光文社文庫

傑作時代小説

川烏（かわがらす）

介錯人別所龍玄始末

『介錯人』改題

辻堂　魁（かい）

光　文　社

目次

北
南
東
西
鐘ヶ淵
千住大橋
荒川
豊島の渡し
隅田村
千住道
三河島
日暮里
田端
駒込
小塚原
隅田川
寺島村
谷中
日本堤
三ノ輪
金杉上町
今戸町
吉原
鷲神社
山谷堀
今戸橋
千駄木
白山
下谷
東叡山寛永寺
浅草寺
小梅村
根津権現
幡随院
広徳寺
東本願寺
阿部川町
浅草花川戸町
御薬園
小石川
本郷
石川御簞笥町
大塚町
伝通院
不忍池
吾妻橋
新堀川
田原町
竹町の渡し
無縁坂
三間町
菊坂臺町
下谷広小路
御徒町
並木町
駒形堂
春日町
湯島天神
蔵前
水戸徳川家
妻恋坂
北割下水
牛込
森田町
御米蔵
石原町
神田明神
外神田
神田川
天王町
向柳原
神楽坂
牛込御門
小石川御門
水道橋
駿河台下
浅草橋
柳橋
御竹蔵
昌平橋
筋違御門
和泉橋
南割下水
番町
柳原土手
両国広小路
本所
田安御門
俎板橋
雉子橋御門
一ツ橋御門
内神田
馬喰町
回向院
両国橋
元柳橋
市谷御門
清水御門
神田橋御門
竪川
小伝馬町
牢屋敷
通旅籠町
本石町
常盤橋御門
新大橋
日本橋
北町奉行所
小名木川
室町
葺屋町
堺町
麹町
江戸城
半蔵御門
呉服橋御門
日本橋
江戸橋
永久橋
仙台堀
深川
南茅場町
箱崎町
材木町
西之御丸
南町奉行所
鍛冶橋御門
組屋敷
八丁堀
永代橋
富岡八幡宮
京橋
霊岸島
桜田御門
永田町
赤坂御門
数寄屋橋御門
西本願寺
石川島
越中島
山王日枝神社
新橋
築地
佃島
溜池
幸橋御門
汐留橋

切腹

一

高曇りの空に吹く風が、静江の丸髷に戯れかかった。

風は、少し下ぶくれの頬にかかるほつれ毛をそよがせ、赤子に乳を与える母親の頬笑みのようなさざ波を、紺色の川面に残して吹きすぎていった。

静江は、和泉橋の手摺りごしに、不思議そうな眼差しを神田川へ遊ばせた。右手に柳原堤、左手に佐久間町二丁目の河岸通りがつらなり、佐久間町の堤に積み上げた材木や薪が、川筋のずっと先まで並んでいる。神田川の川下に、新シ橋が白い空の下に見えている。

「ああ、もうすぐ九月だわ」

白い空へ眼差しをやり、物憂く独りごちた。

ほつれ毛にからまる風の冷やかさが、深まりゆく秋の気配を伝えていた。

今年は、いつまでも暑い日が続いた。

無縁坂の住居の庭では、夜は秋の虫がすだき、昼間は季節外れのつくつくぼうしが昨日も鳴き騒いでいた。虫の声はとうに夏が終って秋の到来を告げているのに、一向に秋らしくならないから、移ろうときを部屋の片隅に追いやったまま、つい忘れていた。

すると、すぐ後ろの下女のお玉が、静江の独り言をどう聞いたのか、何やら屈託のありそうな口調で言った。

「はい、大奥さま。駄目でございました」

静江は後ろのお玉へ顔だけを向け、小さな笑みを投げた。

「戸並さまは、大奥さまに借りたお金をかえしもしないのに、本当に偉そうなんでございますね。わたしは奉公人ですからいいんですけれど、大奥さまを土間に長々と待たせたうえに、やっと出てきたと思ったら、御用聞きの魚屋に言うみたいに立ち話で、ただ今は手元不如意ゆえ四、五日待ってほしいなんて、よくもいけしゃあしゃあと、言えたものでございます」

「仕方がありませんね。お旗本でも、よほど苦しいのですよ。かえすまで帰らないと、あそこに居座るわけにはいきませんのでね」

「でも、あんなに大きなお屋敷に住んで、奉公人を三人も四人も抱えて、お約束の期限がきても借りたお金をかえさないなんて、おかしいんじゃございませんか。この次もまた、なんだかんだ理由をつけて、ずるずると返済を先のばしになさる気じゃございませんか。かえすお金がないのじゃなくて、お約束を守る気がないように、わたしには思えてなりません」

「それは困りますね。だけど、お玉、大丈夫ですよ。身分の高いお旗本は、高い身分なりの体裁をつくろわねばなりませんから、そのために何かと要りようがあるのです。次はちゃんと、かえしてくださいます」

「そりゃあ、借りたお金をかえさない騙りまがいのことは、いくらなんでもなさらないでしょうけれど、戸並さまは、そのほうらが気安く屋敷に出入りされては迷惑だ、みたいな、なんだかお旗本の身分を笠に着た、横柄な素ぶりでしたから、わたしはとても、口惜しゅうございました」

憤懣やるかたないらしく、お玉は小鼻を小さな生き物のようにふくらませた。

お玉は、浅草今戸町の瓦職の十六歳の娘で、日に焼けた丸顔に団子鼻の、器量はよくないが、気だてが明るく素直なところが気に入り、夏の初め、住みこみで雇い入れた。

お玉を雇い入れてからは、静江は利息や借金のとりたてに、大抵、お玉をともなって行った。

「身分とは、そういうものなのですよ」

また独りごちながら、藍縞の背中をお玉へ向け、ゆるやかに反った和泉橋に、草履を鳴らした。

和泉橋を渡り、佐久間町、平河町代地、松永町と外神田の町家をすぎて、藤堂家上屋敷を廻る濠沿いの通りを御徒町へとった。

御徒町は、藤堂家上屋敷わきから上野山下の往来まで、徒衆の組屋敷のつらなる武家地である。同じ武家地でも、旗本屋敷の多い駿河台下とはだいぶ違う。

御徒町の往来をしばらく行って、ほどなく小路へ折れ、道の両側に板塀や垣根がつらなり、庭の木々の間にはどれもよく似た組屋敷の瓦葺屋根が並ぶ界隈の、古びた板塀の片開き木戸を開けた。表戸ではなく、裏庭へ廻って、勝手口から土間をのぞいた。

義姉が勝手の土間にいた。

「義姉(ねえ)さん、こんにちは」

「あら静江さん、お入んなさいな」

「兄さん、いる？」

「いるわよ」

四方山話(よもやまばなし)をしばらく交わしてから、お玉を台所に残し、兄の好太郎(こうたろう)の居室へ行った。

「兄さん、わたしです。開けますよ」

狭い廊下に膝をつき、襖ごしに声をかけた。

「入ってくれ」

好太郎の軽い口調がかえってきた。

居室と言っても、亡くなって六年と七年になる父母が、寝間に使っていた四畳半である。庭側の腰付障子が開け放たれ、好太郎は濡れ縁の前の文机(ふづくえ)に向かい、書物を開いていた。

板塀が囲う狭い庭の隅に、葉を繁らせている南天(なんてん)の灌木と、板塀の上に白い曇り空が見えている。

「とりたての、戻りかい」

好太郎は書物を閉じ、向かい合った静江へ、端座のまま膝を向けた。

「駿河台下まで。無駄足でしたよ」

「駿河台下？　じゃあ、相手は旗本か」

静江はどうでもよさそうに笑いかけ、ゆっくり頷いた。

「十両ですけれどね。どちらのお屋敷も、勝手向きは苦しいらしくて」

「ご改革が始まって、景気の悪い話ばかりさ。われら貧乏人には、諸色が下がるのはありがたいが、米の相場が下がっては、わずかな禄を食む身にはつらい。改革には痛みがともなうと、簡単に言われてもな」

好太郎は、静江より四つ上の五十一歳。髷の白髪や薄らとのびた無精髭と月代、痩せて丸くなった背中に、御家人の勝手向きの苦労がにじんでいた。

好太郎が家督を継いでいる竹内家は、職禄七十俵の徒衆の、三番勤めである。

三番勤めは、公儀のひとつの役目に三人が就き、各々が三日に一度交替で勤め、職禄も三人で分ける勤め方である。徒衆七十俵の職禄は二十三俵余にしかならず、幕府の御家人といえども、内職に励まねばならない。

静江はその竹内家の、兄の好太郎、姉の水江との三人兄妹の末娘だった。

「龍玄夫婦は、息災かね」

好太郎が、さりげなく訊いた。

「はい、変わりなく。孫の杏子も、物につかまってなら、立てるようになりました。もうすぐ歩き出しそうです」

「すると、杏子が生まれてそろそろ一年か。そんなになるのかい。早いな」

「本当に……」

杏子の様子を思い出し、静江の気持ちが、真水に手を浸したようになごんだ。

倅の龍玄が、神田明神下の界隈では名の知られた旗本・丸山家の、長女の百合と祝言をあげたのは、一昨年の天明七年（一七八七）だった。

百合は龍玄より五つ年上で、一度他家に嫁ぎ、嫁ぎ先との折り合いが悪く、丸山家に戻った身だった。それでも、神田明神下や湯島、本郷、池之端の町家のみならず、武家の間でも、名門の旗本の息女が身分のない《首斬人》の女房になったと、ずいぶん噂に上った。

それほど、身分違いの婚姻だった。

けれど、去年の九月に杏子が生まれ、さらにつつがなく一年がたとうとしている。

本当にありがたいことです……

静江は心から思うのだった。

「兄さん、用というのは、もしかしたらお金のこと？」

静江から先に切り出した。

「ふん、貸してくれるのかい。貸すと言うなら借りてもいいな。けど、いくら妹でも、金を借りるのに呼びたてたりはしないよ。だから今日はまあ、金はいい」

好太郎は、端座してそろえた指先で、膝を打ちつつ相好をくずした。それから、くずした相好のまま続けた。

「龍玄に、用ができた。出羽のさるお大名の侍が、殿さまに切腹を申しつけられた。介錯人を家中の練達の士に、というわけにはいかない事情がある。少し複雑な事情でね。介錯人を龍玄に頼みたいのさ。こういう話は、わたしのほうからは、どうも言い出しにくくてな。母親のおまえが、まずは龍玄に訊いてくれないか」

静江は答えなかった。好太郎を黙然と見つめた。そのとき、

「お茶をお持ちしました」

と、襖の外で明るい声がした。

襖が引かれ、お玉が二つの茶碗を盆に載せて部屋に入ってきた。

「おや、お玉が運んでくれたのかい。済まないな」

「わたしの務めで、ございますので」

お玉は、うすい湯気の上る茶碗を、好太郎と静江の膝のそばにおいた。

「いつも元気だね。務めは慣れたかい」

「はい。大奥さまのお供をして、お武家さまのお屋敷廻りをするのは、楽しゅうございます。山あり谷ありでございますから」

「あはは、大奥さまのお供をして、山あり谷ありか……」

お玉は静江を《大奥さま》、龍玄の妻の百合を《奥さま》と呼んだ。武家はすべて、主の母親は《大奥さま》で、妻は《奥さま》と思っている。

龍玄の妻なら《おかみさん》が相応しいが、勝手向きの御用聞きや、両天秤の棒手振りなどは、百合を《お内儀さま》、静江を《おばばさま》と言った。

わたしは、おばばさまではありませんけれどね、と静江は思っているが。

「刻限は明後日、夕刻。場所は深川の下屋敷だ。どうだい。頼まれてくれるかね」

好太郎は指先で膝を打ちつつ、ささいな頼みごとのように言った。

ただ、好太郎のあとの言葉は途ぎれた。

静江は、まばたきもせず、かすかに眉をひそめ、好太郎を見つめていた。

何かを考えていたのではなかった。頭の中が白くなって、何も考えられなかったのだ。

二

小柄で十人並みの目だたない器量と、三番勤めの貧しい御家人の家の生まれ、という以外に、これといった理由はなく、二十代の半ば近くまで、静江の嫁ぎ先はなかった。二十四歳のとき、人を介して、湯島妻恋町の別所勝吉という浪人者より、静江を妻に、という申し入れがあった。

静江は、別所勝吉がどのような男か、知らなかった。だから、勝吉の歳が二十七歳で、生業が小伝馬町の牢屋敷の《首打役》と聞かされ、耳を疑うぐらい驚いた。

牢屋敷の首打役に就くような侍は、見るからに恐ろしげで、いつも血なまぐさい臭いをさせているのだろう、というぐらいにしか思っていなかったし、そんな見るからに恐ろしげで、血なまぐさい臭いをさせているような侍が、自分を妻にと申し入れてくるなど、思いもよらぬことだった。

「首打役など……」

と、静江はわけもなく思っていた。だから、勝吉との縁談がまとまるとは、思っていなかった。当然、父母や、すでに家督を継いで嫁も迎えていた兄の好太郎は、勝吉の申し入れを断るだろうと思っていた。

ところが、別所家との縁談は、静江の知らぬ間に進んでいた。同じ御徒町の貧乏御家人の家に嫁いでいた姉の水江に、結納（ゆいのう）の日どりを訊かれ、縁談が進んでいることを知った。

「あら、知らなかったの。呑気（のんき）ね」

姉は笑って言った。兄に確かめ、

「なぜだ？　相手が首斬人では不服か」

と、意外そうな様子で逆に訊きかえされ、

「いえ。そういうわけでは……」

と、つい答えていた。

ただ、別所家と結納をとり交わす日までの間に、勝吉の牢屋敷の首打役は、本式の役目ではなく、町奉行所の若い同心が務める首打役の《手代わり》で、首を打った罪人の胴を試し斬りにし、刀剣の利鈍を鑑定して謝礼を得る生業とわかって、驚いたのを通りこし、気味が悪いとさえ思った。

しかも、試し斬りと刀剣の鑑定の謝礼が相当な額であり、別所家の勝手向きは、貧乏御家人の台所事情よりだいぶ豊からしく、どうやら両親と兄は、別所家よりの結納金を多少はあてにし、縁がないまま兄の世話になって暮らしていくよりはましだろう、という勝手な言い分で、静江を身分のない別所家に嫁がせる気になったと、これも姉から聞かされ、呆れて二の句が継げなかった。

とは言え、婚姻は当人の意向がどうあれ、家と家でとり決めるものであるから、気は進まなかったものの、両親や兄の決めたことに従うしかなかった。

勝吉と義父の弥五郎を初めて見たのは、縁談があってひと月もたたずに、わずかな嫁入り道具とともに、妻恋町の別所家へ嫁いでからだ。

勝吉と弥五郎は、ともに背丈が五尺八寸(約百七十六センチ)余あり、小柄な静江は二人の大男に見下ろされ、初めはえらいところに嫁いでしまった、という心境だった。

しかしながら、別所家と竹内家の内輪だけの、形ばかりの婚礼と披露の宴がとり行われ、静江と並んで坐った大男の勝吉は、見るからに恐ろしげで血なまぐさい臭いをさせている、と思っていた侍とはだいぶ違っていた。

　山のような大きな身体を、小さく丸めて俯き、恥ずかしげに顔を赤らめている様子は、童子(どうじ)がいたずらを見咎(みとが)められ、懸命に身を縮めているような、あどけなさすら感じさせた。また、婚礼の間中、勝吉と殆(ほとん)ど目を合わさなかったが、ほんの一瞬、見交わした勝吉の顔は、目鼻だちの整った、ちょっと優しげな男前だったのも意外だった。

　それは、勝吉と並んだ静江へ、倅の婚礼を心から喜び、にこやかな笑みを向けてくる義父の弥五郎の顔だちとよく似ており、この父と倅は、こういう身体つきと顔だちの血筋なのだ、こういう父と倅なのだと、腑に落ちたのを覚えている。

　さらに、両家の内輪だけの婚礼と披露の宴のはずが、町内の表店(おもてだな)、裏店の住人が入れ代わり立ち代わり、勝吉と弥五郎に祝いを述べに訪ねてきて、そのたびに、父と倅は喜びを素直に見せて応接し、屈託のないやりとりを交わし、朗(ほが)らかな笑い声をたて、そのさりげないふる舞いが、父と倅の善良な人柄を感じさせた。

　なんだろう、これは。首斬人も悪くないかも……

　と、静江はそのとき思った。

　義父の弥五郎の素性は、上方(かみがた)の摂津高槻(せっつたかつき)領の永井(ながい)家に仕える別所一門ということと、事情があって十八歳のとき江戸へ下ってきた、ということぐらいしか知らなかった。弥五郎は、倅の勝吉にさえ、自分の素性と江戸へ下ってきた事情を語らなかった。

もしかしたら、勝吉の母親は、弥五郎から聞いていたかもしれないが、母親は静江と勝吉が祝言をあげる数年前に亡くなっていたし、江戸には弥五郎を知る縁者もいなかった。

江戸へ下ってきてから、弥五郎は倉持安左衛門という侍の食客となり、倉持安左衛門を介して、牢屋敷の首打役の手代わりを務めるようになったらしい。

倉持安左衛門は、将軍家御腰物奉行扱いによる御試し御用役・山野勘十郎久英の五人の門弟のひとりで、将軍家御腰物御試し御用を世襲している当代の山田浅右衛門という侍も、何代か前は、門弟のひとりだったと聞かされたが、静江はそれもよく知らない。

ともかく、勝吉はその親父さまの弥五郎の跡を継いで、牢屋敷の首打役の手代わりを、生業にしたのだった。

「親父さまは、おのれが何者かなどと、語りたくないのだ。おのれは、今ここにあるおのれで十分。そう思っているのだ」

勝吉は静江に、そう言っていた。

静江は、明和五年（一七六八）の二十六歳のとき、倅の龍玄を産んだ。孫が生まれ、隠居暮らしをしていた弥五郎は、小躍りして喜んだ。

「でかした。なんと凛々しい目をした赤子ではないか。この子はよき侍になるぞ」

猿のような赤い顔をした赤ん坊をのぞきこんで静江に言い、勝吉には、

「勝吉、よくやった。われらのような者にも跡を継いでくれる子が授かったな。まことにありがたいことだ」

と、目を潤ませて繰りかえした。

龍玄は健やかに育ち、一年がたつ前に立って歩き出した。

弥五郎は、龍玄がよちよちと歩き出すと、龍玄を遊ばせながら、相撲や剣術などの武芸の稽古の真似事を始めた。小さな龍玄が、弥五郎を相手に、目に見えて動きが敏捷になっていくのがわかって、静江は龍玄の成長の速さに目を瞠った。

一方で、弥五郎が、倅の勝吉に継がせた牢屋敷の首打役の手代わりと、首のない胴を試し斬りにする生業を、孫の龍玄にも継がせようとしているのが感じられ、少なからず心配になった。それは、そういう祖父と父を持った龍玄の定め、と承

知していながら、やはり気になった。

むろん、勝吉も弥五郎同様、倅の龍玄が親の跡を継いで同じ生業に就くのを、あたり前のことと、頭から決めてかかっていた。幼い龍玄に自ら剣術の稽古をつけたが、十歳の正月、本郷の喜福寺(きふくじ)裏菊坂臺町(きくざかだいまち)にある、江戸市中で評判の高い、一刀流の大沢(おおさわ)道場に入門させた。

「由緒正しき武門に相応しき、剣術を身につけねばな」

と、勝吉は言った。そして、龍玄が十二歳になると、

「武士の学問は、やはり、昌平黌(しょうへいこう)でなければならん」

と、刀剣鑑定で顔見知りになった旗本の伝(つて)を頼り、昌平黌へ通わせた。

人柄は善良だが、勝吉は武家の体裁を気にかけ、童子のように重んじる気質があった。

安永(あんえい)八年(一七七九)、さる譜代大名家より、殿さまの差料(さしりょう)の試し斬りと鑑定の依頼が勝吉にきた。そのころ、義父の弥五郎はすでになく、住居は、妻恋町より無縁坂の講安寺(こうあんじ)門前に越していて、その住居には、儒者であった前の住人が残した、形ばかりの玄関式台があった。

勝吉は裃(かみしも)に拵(こしら)え、喜色満面に顔を紅潮させ、使いの大名家の家臣を、玄関

にうやうやしく迎え、畏(おそ)れ入って依頼を承(うけたまわ)った。

それがあってから、勝吉は称し始めた。

「われらは、介錯人・別所一門である」

けれども、勝吉は、介錯人を頼まれたことも、務めたこともなかったはずである。ただ、義父の弥五郎には、介錯人を務めた覚えがあったらしく、勝吉は介錯人を果たした父親を、ひと廉(かど)の侍として誇らしく思い、その父親の跡を継いだ倅として、《介錯人・別所一門》を無邪気に信じた。

「おまえは介錯人として、別所一門の名を継がねばならぬぞ」

勝吉は倅の龍玄が十三歳のとき、由緒ありげな家名を守れ、と命ずるように言った。われらはただの首打役ではなく、介錯人を務める槍ひと筋の武門なのだ、と言いたかったのかもしれない。だが、龍玄は、

「血を見るのは、いやです」

と答え、勝吉を驚かせた。

龍玄の顔つきは、細い眉に二重の目が切れ上がり、真っすぐな鼻筋の下に、赤い小さな唇を拵え物の面のように結んで、白く広い額(ひたい)から、わずかに張った顎のなだらかな輪郭まで、少々のっぺりした母親の自分に似ていて、勝吉の望む、

ひと廉の武門を継ぐ介錯人になれそうには思えなかった。

龍玄が三、四歳のころ、まだ存命だった弥五郎が、母親似の龍玄の、色の白い少しのっぺりした顔つきをためつすがめつ眺め、

「男前だが、ふてぶてしい面がまえだ」

と、無理やり褒めていたのが、静江は自分に似ているから、この子の顔つきはふてぶてしいのかと、褒められても、あまり嬉しくなかったことを覚えている。

十四、十五と歳をへて、若衆の年ごろを迎えた龍玄の風貌は、祖父の弥五郎にも父親の勝吉にも、似たところがなかった。背丈は五尺五寸（約百六十七センチ）足らずからのびず、五尺八寸余はあった弥五郎と勝吉の、強健そうな身体つきと比べ、小柄な、華奢な体軀に見えた。

勝吉は、龍玄の背がのびないことを気にかけ、務めたこともないのに、「介錯は……」と、静江のせいのようにこぼした。

「介錯は力だけではない。とは言え、生きた人の首を一刀の下に断つのだ。相応の膂力はいる。背がのびぬとな」

それでも、勝吉は、龍玄が十六歳のとき、下僕として牢屋敷にともない、切場の首打ちと、そのあとの土壇場においた胴の試し斬りに立ち会わせた。

すると、二年がたった十八歳の春、龍玄は勝吉に代わって、首打役の手代わりと、試し斬りの刀剣鑑定を見事に務めた。

そのあと、勝吉は四十代半ばすぎの歳で、龍玄に首打役の生業を継がせ、隠居になった。毎日、昼間から酒を呑み、何かの呪縛から解き放たれたかのように、酔い痴れる暮らしに耽溺した。

「いいではないか。倅が一人前になった。さすがはおれの倅だ。魂消た。凄いものを見た。あの男は天から何かを授かっておる。おれの出る幕ではない」

勝吉は静江に、そんなことを言った。

静江は、勝吉の言う天から授かった凄いものを見て魂消たわけではないから、龍玄に訊いたことがある。

「あの日、何があったのですか」

すると、龍玄は昂ぶる様子も見せず、平然と答えた。

「父上の言いつけどおり、務めを果たしました」

「あなたは十三歳の折り、父上に、血を見るのはいやです、と言っていましたね。あなたは、父上の生業を継ぎたくないのだと、思っていました」

「血を見るのは、今でもいやです。ですが、これか、と思い、ならばこれでよい、と決めたのです。それだけです」

龍玄は、淡々としたのどかな笑みを、面のような白い顔に浮かべて言った。

そのとき、静江は不意に、龍玄がこういう倅だとこれまで思いこんでいたことと、十八歳になっている目の前の龍玄は、何かが違っていることに気づいた。何が違うのかはわからない。だが、そういえば、とわけもなく腑に落ちる何かがあって、確かに違っていることだけはわかった。

三

静江とお玉は、池之端の茅町（かやちょう）の往来を、無縁坂へ折れた。榊原（さかきばら）家中屋敷の土塀に沿って、幅三間（けん）（約五・五メートル）の急な無縁坂を上り、称仰院（しょうこういん）門前をすぎれば、講安寺門前である。

榊原家の土塀より高く繁る楢（なら）や椎（しい）や欅（けやき）が、高曇りの空を覆い、冷やかな秋の風が、木々の枝葉を寂しげに騒がせていた。昨日鳴いていた季節外れのつくつくぼうしの声は、もう聞こえなかった。

もうすぐ九月だものね……

静江はまた思った。

講安寺門前の通りを、ひと筋はずれた小路へ曲がると、小路の二軒先に、古く飾り気のない板塀に囲われ、柿や椿の枝葉からのぞく瓦葺の屋根が見えてくる。

妻恋町の裏店から、無縁坂の講安寺門前の店に越してきたのは、龍玄が五歳の秋である。

静江は、御家人の末娘でありながら、算盤ができた。金勘定に疎い勝吉の稼ぎをやりくりし、勝手向きを支え、この店を地面の沽券ごと手に入れたのは、静江の才覚だった。

静江は、夫の勝吉の存命中より、御徒町や本郷、小石川、近ごろは駿河台下までの、小禄の武家を相手に金貸を営んできた。少しばかりの融通というほどの金貸で、利息は春夏冬の三季米に合わせ、三月ないし四月縛りの年利一割三分。ご改革前の御蔵前の札差の融通と同じで、それなりの儲けを出していた。

だが、静江はいかほどの蓄えがあるのか、それをどこに仕舞っているのか、倅の龍玄にも龍玄の妻の百合にも、教えなかった。杏子が生まれる前は、

「龍玄が、いずれ剣道場を開くときの元手作りですから」

と言い、杏子が生まれてからは、

「杏子が嫁入りするとき、支度にお金がかかりますから」

と言っている。

瓦葺の引き違いの木戸門をくぐり、玄関南隣の中の口の腰高障子を引いた。一間（約一・八メートル）ほどの土間続きに茶の間の板敷があり、炉（ろ）のそばで、龍玄と百合が向き合い、二人の間に杏子を遊ばせていた。杏子は静江を見つけると、無邪気な声を上げながら、四つん這（ば）いになって近づいてくる。

「杏子、ご機嫌はよいですか」

静江は茶の間に上がって、杏子を抱き上げた。杏子はほのかに甘い、懐かしい乳の匂いがした。大きな目が静江の腕の中から見つめ、何かをしきりに訴えている。何が言いたいの、と静江は愛（いと）おしく思う。杏子を抱いていると、屈託はたちまち消えていく。

「お義母（かあ）さま、お戻りなさいませ」

「母上、お戻りなさい」

百合と龍玄が言った。

「はい、ただ今……」

杏子を抱いたままこたえながら、百合と龍玄のそばに坐った。すると杏子は、すぐに静江の膝から下り、百合の膝へ這って、百合の手につかまって立とうとした。

「杏子。立つのですか。上手ですね」

静江が言ったとき、勝手口に廻ったお玉が勢いよく戸を引き、勝手の土間に入ってきた。

「ただ今戻りましたあ」

お玉の元気な声にこたえて、杏子が小鳥のような声を上げると、

「はい、お嬢さま。ありがとうございます」

と、お玉が杏子の言葉がわかるようにかえしたから、龍玄と百合は笑った。

「お玉、葛せんべいを出してちょうだい」

「はい、大奥さま」

「今日は駿河台下から、御徒町の伯父さんの屋敷に寄ってきましたので、途中の神田の三河町の菓子処で、葛せんべいを買ってきました。みなでいただきましょう」

「では、お茶を淹れます。杏子、いい子にして待っていてね」

静江は、百合から杏子を引きとり、杏子が静江につかまって立とうとするのを、

手を差しのべ添えながら、

「御徒町の伯父さんのご用は、あなたに頼みたい仕事があるのです」

と、龍玄に言った。

「そうでしたか」

龍玄は短く言った。

「伯父さんは、わたしから頼んでほしいと言っていましたが、本当はわたしを気にして、先に断っておくつもりだったのです。むずかしいご事情のある方だそうです。明後日、夕刻……」

「わかりました。これから伯父上のところへ行って、子細（しさい）をうかがってまいります」

「ご苦労さまです。けれど龍玄、葛せんべいをみなでいただいてからにしなさい。今はそれが大事なことです」

「はい」

百合は整った横顔を見せ、茶の支度をしている。

龍玄が、牛込（うしごめ）の御家人の切腹の介添役、すなわち介錯人を初めて務めたのは、牢屋敷の務めを果たした翌年の天明六年（一七八六）。勝吉が亡くなる前だった。

失態を演じた武士は、たとえ、家禄の低い御家人であっても、お上（かみ）よりその咎めを受ける前に、咎めが一門におよばぬよう、自ら屠腹（とふく）した。自ら屠腹して家人が病死と上役に届ければ、上役は事情を承知したうえで、それを了承し、よって、一門に咎めはおよばなかった。

太平の世が長く続き、武士の自裁である切腹は、切腹の形をとった儀式と作法が重んじられるようになり、扇子腹（せんすばら）や、喉の皮一枚を残して介錯し抱え首にするなど、実際に斬首を行う介錯人の役割が、重要になっていた。膂力が強いだけのなまじいの腕前では、介錯人は務まらなかった。

大家（たいけ）であれば、腕のたつ家士（かし）を抱えており、そういう者が介錯人を務めたが、家禄の低い武家はそうはいかなかった。そのため、市中に練達の士を求めた。

未だ十九歳の龍玄に、介錯人の依頼がきたのは、菊坂臺町の一刀流道場主・大沢虎次郎（とらじろう）を介してだった。

その日、龍玄は麻裃（あさがみしも）に身なりを整え、祖父・弥五郎より伝わる同田貫（どうだぬき）を携え、ひとりで牛込の御家人の屋敷に向かった。そして、つつがなく務めを果たし、

「われら介錯人・別所一門の名をあげ、見事継いでくれた」

と、勝吉を喜ばせ、満足させた。

龍玄が介錯人を務めたその年の暮れ、勝吉は卒中で倒れ、数日後、四十七歳で亡くなった。義父の弥五郎は、それより十四年前、倅の勝吉と同じく卒中で倒れ、五十五歳のさほど長くもない一生を閉じていた。

弥五郎も勝吉も、浴びるほど酒を呑み、呑むと賑やかに騒いだ。静江は勝吉の身体を案じたが、強く止められなかった。父と倅は呑んで騒ぎ、ほんの束の間でもおのれ自身を忘れたかったのだ。

静江にはそれが、わかっていた。

四

日が沈み、上野山下の往来にまとわりつくようなうす闇が下りると、龍玄と伯父の好太郎は、肌寒いほどの夜気にさらされた。今にも消え入りそうな果敢なげな虫の声が、一節、二節と、闇の中に聞こえては途絶えた。

龍玄の提げた提灯の灯が、わずか数歩先の道を淡く照らし、二人の歩みを恐る恐る導いていた。

養玉院の山門の前にきて、左へとれば奥州街道裏道の坂本町、右手へ行けば古くは沼地であった御切手町や黒鍬町の町家の影が、息をひそめるように黒々と固まっていた。

御切手町の小路へとった。

小路の先に沼が黒い水面を見せ、干からびた蘆が水辺を覆っていた。その沼の岸辺に沿って、うす闇の空を背に柘植の生垣に囲われた茅葺屋根の影が見える店があった。

好太郎が先に立って、垣根に設けた片開きの木戸を開け、縁側のある中庭へ廻った。

暗い庭のあちらの隅、こちらの隅で、虫がすだいている。沓脱のある縁側を明障子が仕切っていて、障子に映る人影が認められた。

「岩本先生、竹内です。別所龍玄が、きております」

好太郎が声をかけた。

人影が座を立ち、障子に近づいた。明障子が両開きに引かれ、行灯のうす明かりを背に敷居に佇む人影が、縁先の龍玄と好太郎を見下ろした。中背の痩せた人影に思われた。

龍玄は提灯の火を消し、好太郎と並んで辞儀をした。

「竹内さん、お待ちしておりました。別所龍玄どの、どうぞお上がりください」

鍊三郎は、好太郎と並んだ龍玄へ目を向け、束の間をおいた。それから身をかえし、行灯のそばへそよぐように端座した。

鍊三郎は、瘦せた背を少し丸めた姿勢で、濃い鼠の袴の膝に両手をおき、龍玄と好太郎が沓脱から縁側に上がり、刀をはずして部屋に入って対座する様子を見守った。

部屋は六畳間で、明かりの届かない部屋の隅に、暗がりが息をひそめていた。背後の壁ぎわに書物が山のように積まれ、書物の山のわきにおかれた文机には、一冊の書物が開かれたままになっていた。

行灯のうす明かりが、鍊三郎の風貌を、少々侘びしく物憂げな陰影で隈どっていた。総髪の結髪のほつれを瘦せた肩に触れさせ、ひと重の目をなごませて好太郎と龍玄に向けている佇まいは、秋の宵の静けさに似合っていて、切腹に臨む侍の悲壮さを感じさせなかった。

鍊三郎は、龍玄が黒鞘の刀を右わきに寝かせると、頭を垂れ、やおら言った。

「岩本鍊三郎です。わざわざおこしいただき、畏れ入ります」

「別所龍玄と申します。江戸小伝馬町の牢屋敷において首打役の手代わり、ならびに試し斬りを行い、刀剣の利鈍の鑑定を生業にしております」

龍玄は、同じく頭を垂れ淡々とかえした。

「このたびは、伯父より岩本さまのご事情をうかがい、不束者ですが、ご依頼のお役目を、謹んでお受けいたす所存です」

「お聞き入れいただき、礼を申します。江戸に出て、十年に相なります。幸い多くの方々のご支援ご恩情をたまわり、四十三歳の今日まで、生き長らえてきました。この住居も、わが知己の商家のご主人より、好き勝手に使ってよいと許され、私塾を開き、歳月を送るたずきといたすことができ、日々、感謝の念に堪えません。竹内さんや、御徒町の組屋敷の方々と知り合えましたのも、こちらに私塾が開けたからです」

錬三郎が言い、好太郎は黙って首肯した。

「竹内さんから、別所どののお人柄と、本郷の一刀流の大沢虎次郎先生に、天賦の才、と言わしめた剣の技量のみならず、二十二歳の若さながら、すでに幾たびか介錯人を果たされた子細をうかがいました。別所どのは、切場に臨んでは、首打役と罪人ではなく、斬る者と斬られる者がいるのみにて、斬る者と斬られる者の間に、一瞬の相通ずる心の働きが生ずる、その一瞬の相通ずる機に従い、首打ちに臨まれるそうですね」

龍玄は気恥ずかしそうに、ほのかに顔を赤らめ、「はい」と目を伏せた。

錬三郎は、やわらかな語調で続けた。

「竹内さんからそれをうかがい、凄まじいと思いました。それならばこそと、得心できました。そのような御仁であればぜひにと、お願いしたのです。先刻、竹内さんより、別所どのが、わが介錯人をお受けくだされたと知らせをいただき、ふと、切腹場ではなく、今宵、わが住居にて、別所どのにお会いしたくなったのです」

錬三郎は短い間をおいた。

「別所どの、切腹場においては、介錯人と切腹人は、斬る者と斬られる者、二人だけのほんの一瞬の、しかしながら、親と子、兄弟姉妹、友と友、主君と家臣、それとはまったく異なる、むしろ、それ以上に濃密なかかり合いを結ぶことになるのでは、ありませんか」

龍玄は、沈黙のまま頷いた。

「四十三年のわが人生に、誤りはなしか、失態はなしか、あるいは悔いはなしかと自らに問うて、なさねばならぬことをなさず、なしてはならぬことを冒した愚かさを、積み重ねてきた始末がこれであったかと、今さらながら身に覚えのある謂れは、枚挙にいとまがありません。すなわち、わが人生の愚かさを積み重ねてきた昔話をお聞きになれば、わたしが切腹を申しつけられた謂れは、自ずとおわかりいただけるでしょう。切腹を申しつけられたことが、無念、理不尽と言うのではありません。未練でも心残りでもなく、この始末にいたったわが四十三年の人生を、別所どのの腹に収め、わが介錯をお願いしたい。そう思ったのです」

そのとき、襖ごしに声がかかった。

「先生、支度が整いました」

「ふむ。運んでくれ」

錬三郎は好太郎に向いた。

「竹内さん、この年月、あなたには言いつくせぬ世話になりました。今宵、別れの杯を交わしていただきたい。よろしいですね」

「ははあ」

好太郎は、畳につきそうなほど背を丸め、恐縮した。

「別所さん、あなたとは、今日初めてお会いしたとは思えない。遠い昔から、別所どのを存じていたような気がします。不思議な人だ。武張った武士というより、雅なご様子を拝見いたし、感銘いたしました。お会いしてよかった。別所どの、最初の、そして最後のわが杯を、受けていただけますか」

「いただきます」

龍玄はひと言、答えた。

やがて、長着を身綺麗に着けた二人の若い男が現れ、三人の前に銘々膳と黒塗りの提子を並べた。膳には、膾の猪口、煮しめの鉢、小鯛の尾頭つきの平皿、羹と汁の椀や漬物が調えられていた。

「竹内さんはご存じですが、この二人はわが門弟です。この者は良右衛門。元は薬売りの行商をしておりました。こちらは又ノ助。練馬村の農家の倅です。良右衛門、又ノ助、介錯人をお願いした別所龍玄どのだ。竹内さんの甥御にあたられる」

「良右衛門でございます」

「又ノ助でございます」

二人は畳に手をついた。龍玄と同じぐらいの年ごろに思われた。

「別所どの、明後日は、良右衛門と又ノ助に介添役をさせるつもりです。むろん、二人は武士ではありませんので、介添役は初めてです。粗漏なきよう、お指図を

願います

「別所龍玄です。どうぞ手を上げてください。よろしくお願いいたします」

龍玄は良右衛門と又ノ助へ、さりげなく言った。二人は紅潮した顔を引き締め、龍玄に決意を見せるかのように、強く頷いた。

「ああ、今宵は気持ちよく酔えそうだ」

錬三郎は手酌で酒を満たし、龍玄と好太郎の杯には、良右衛門と又ノ助が酌をした。

沈黙の中、しめやかな酒宴が始まった。庭の虫が、思い出したようにすだいた。閉じた明障子に、男たちの薄墨色の影が映っていた。錬三郎は、淡く湯気のたつ椀をひと口吸い、膳に戻した。

五

わたしは、出羽新野領六万八千石の坂上家の勘定衆に就いておりましたが、十年前、わけあって役目を解かれ、国を追われた身です。

岩本家は代々、家中では郷方の組頭を務める中士の家柄で、家禄は二百俵。

兄が家督を継いでおります。この十年、音信は途絶えておりますが、新野には岩本家の一門が大勢暮らしております。

　岩本家の三男に生まれ、部屋住みの身であったわたしは、十代のころ、自分の将来を思い描けぬまま、勉学に励む日々をおくっておりました。と申しますのも、主家には、家臣の次男以下の部屋住みに、広く有能なる人材登用を図るという名目で、三年ごとに考試が行われておりました。

　その藩庁の考試に、長年の勉学の甲斐あって合格を認められ、勘定方の助役見習いとして、出仕を始めたのは十六歳のときです。

　真新しき裃を着け、初めてお城に出仕したときの、身震いするほどのときめきは忘れられません。おのれの将来が開ける、おのれにも一家をかまえることができる、という望みを持つことが許されたのです。

　ただし、それは望みだけであって、助役見習いに給金はありません。わずかな足代が与えられるのみにて、自立することは到底かなわないのです。

　自立できるのは、助役見習いの中で有能と認められたほんのひと握りの者が助役に就き、運よく空きがあって、本役に上ることができた者だけです。見習いのまま歳をとり、部屋住みの暮らしから抜け出すことがかなわず、いつかお役御免を迎える者も、少なからずおりました。

誰もが、おのれはそのようにはなるまいと、わずかな見こみにすがって、上役には家臣のように仕え、身を粉にして務めに励み、夜は寝る間を惜しんで勉強と、まさに鎬を削って、本役への登用を競うのですが、実情は、上士の家柄の者、高い役目に就いている親類縁者のいる者が優遇され、本役に引きたてられる道には、なす術なく呆然と見上げるばかりの、高い壁がたちはだかっておりました。

見習いを十六歳から二十五歳まで務めましたが、二十歳をすぎたころは、まだ、いつかは本役にと、少しは期待を寄せていた兄や家の者も、二十代半ばという歳の声を聞くとそれを口にしなくなり、わたし自身、もう無理だろうと諦めかけておりました。

そのころ、主家は新しいご当主が継がれ、先代より悪化の一途をたどっていたお家の台所事情をたてなおすため、従来の古習を改め、ご改革を進める若きご当主のご意向により、家臣の上下を問わず、よき提言を募られたのです。そして、それに応じたわが提言がご重役方の目にとまったのです。

領内の中小の高請地を持つ本百姓の中に、不慮の天災による不作や、家人の病気、怪我など、様々な災難に遭って、高利貸や質屋、酒問屋、醤油酢問屋などの商人らから、田畑を形（かた）に高利の借金をし、結果、借金がかえせなくなって田畑を失い、小作農民、すなわち、水呑百姓に零落（れいらく）していく例が、多く見られました。

小作農は借金で失った田畑で、従来どおりに収穫を続け、お上への年貢を納めたうえに、田畑の事実上の地主へも、年貢を納めなければならず、その二重の年貢が暮らしをいっそう窮迫させ、一旦、水呑百姓に身を落とすと、二度と本百姓への回復は望めず、むしろ、代々にわたって水呑百姓の境遇に、甘んじなければならなかったのです。

このような中小の本百姓の零落は、本百姓の農民を減らすばかりか、農民の先祖より受け継ぐ田畑への愛着を失わせ、米作りの意欲を阻害（そがい）し、ひいては、領内の米の収穫の減少をもたらす結果になる。これを放置するなら、いずれは、農民の逃散（ちょうさん）や一揆（いっき）など、領内の治安をゆるがす重大な事態を招きかねない。

よって、とるべき施策は、中小の本百姓が田畑を手放すことがないよう、暮らしを助けるための貸付（かしつけ）、領内の農民が病気や怪我などで働けなくなり、貧困や飢餓にあえいだ末に命を落とす事態が起こらないよう、お救い米の設置、作物の収穫を安定させるための治水や山林の整備、そして何よりも、小作農民に課せられた二重の年貢の軽減である。

というのが、わが提言でした。

わたしは、ご重役方のお呼び出しを受け、殿さまもお目を通され、いずれももっともな提言である、と殿さまよりのお褒めの言葉をいただいたのです。

そののち、わたしは勘定方助役の見習いから、勘定衆本役にとりたてられました。郷方組頭の兄は、「身を慎みお役に励め」と言うのみでしたが、わが提言が郷方にかかわる内容であったため、あたかも、自分が指導した手柄のごとくに周りに吹聴しておりました。

ですが、そうではありません。

その三年前、兄に家督を譲って隠居をしていた父が、寝たきりになって、老母が世話をする助けに、お里津という近在の村の娘を、端女に雇い入れておりました。そのお里津がまさに、わたしの提言にある小作に零落した中小の百姓の娘でした。

お里津が奉公に上がる二年前、近在の川があふれて村々の田畑が流され、多くの百姓が、収穫を得られませんでした。お里津の父親は田畑を形に、翌年の作づけの元手をご領内の酒問屋から借り、作づけをしたのですが、翌年は、実りかけた稲が虫にやられて、二年続けて、収穫が得られなかったのです。

広い高請地を持つ大百姓でさえ、困っておるほどの不作が続き、お里津の父親のような、小さな田畑しか持たない百姓は、たちまち疲弊し、田畑を人手にわたすしか、なす術がなかった。お里津の父親は、小作農民に零落し、暮らしは苦しくなるばかりで、弟や妹がおるゆえ、食い扶持を減らすためと、少しでも暮らしの足しになるように、お里津は岩本家の端女奉公に上がったのです。

そのときお里津は、十五、六だったと思います。よく働く娘でしたが、初めは、武家の慣わしを知らなかったからでしょう。母や兄嫁に叱られ、物陰で泣いていたのを見かけたことがありました。

わたしは、お里津を哀れに思い、我慢するしかないのだと、声をかけてやったことがあったのです。それがあって、希にですが、短いやりとりながら、お里津と言葉を交わすようになって、その折りに、領内の多くの零落した小作農民の、暮らしぶりの実情を聞かされたのです。武家としての自分の暮らしが、じつは貧しき小作農民の暮らしと、深いかかわりのある仕組に、気づかされたのです。

気づかされたとは、物も言いようです。わかっていたのに、わからぬふりをしていた、と言うべきです。確かなことは、貧しい端女のお里津から聞かされた、小作農民の暮らしぶりを基にしたわが提言が、本役への道を開いてくれた。ただそれだけです。

　ただし、ご重役方より申し聞かされた、いずれもっともであると、殿さまのお褒めの言葉をいただいたはずのわが提言は、何ひとつとり上げられておりません。

　わたしとて、勘定衆にとりたてられると、上役のご機嫌を損ねぬよう、お役目大事に務めることがすべてと、わが提言などは箪笥の奥に仕舞い、目をつぶることに、やがて慣れていきました。

　二十七歳のとき、兄の朋輩の郷方の家の女を娶りました。しかし、その婚姻は長くは続きませんでした。妻となった女は、夫の値打ちを、家柄と血筋と出世以外に、認められなかったからです。その妻とは心を通わすことなく、一年もたたずに離縁となり、以後、妻は娶っておりません。

　一方、お家の台所事情は、わたしが勘定衆に就いてからも、年々、悪化の一途をたどっておりました。たびたび、家中の学者が一堂に集められ、勝手向きたてなおしの方策が諮られましたが、従来の権益などにはいっさい手をつけず、都合のよい改革だけを推し進めると唱えても、何も変わらぬことは、勘定方、郷方、山方など、家中の実務に携わる者はみなわかっておりました。

勘定衆に就いて八年目の三十三歳のとき、領内のある郡の入会地に、新田開発の企てがたてられました。

その入会地は、わたしが勘定衆に就く以前にも新田開発の企てがあった、豊かに木々の繁る美しい原野でした。

しかし、その入会地で集められる大量の枯れ葉などが、近在の村々の田畑に必要な肥料になっており、入会地がなくなると、新たに肥料を他所で求めなければならず、農民の大きな負担となるばかりか、入会地より得られる薪などの燃料を失い、近在の村人の暮らしにも、障りが生じるのです。

そのため、周辺の村々の強い反対があって、新田開発はとりやめになっていたのです。

ところが、その年の新田開発は、勝手向きたてなおしの名目の下に、奥方さまの生家と結びつきの強い城下の豪商とその商人仲間に許されておりました。それが周辺の村々の意向を考慮せず、かの豪商らに許されたのは、奥方さまの強いご意向が裏で働いていたことは、家中の誰もが周知の裏事情でした。

わたしはなぜかそのとき、八年前、勘定衆に就いてから、簞笥の奥に仕舞ったわが提言を思い出したのです。なぜなのか、なぜそうしたのか、上手く言い表せません。ただ、沈黙を続けていることに、我慢がならなかった。そうしなければ、自分の気持ちが収まらなかった。そう言うしかありません。

新田開発の企てを自ら洗いなおし、このたびの入会地の新田開発は有益ではなく、かえって、領内の農民の不利益になることが多い、新田開発の企てを即刻とり止め、台所事情をたてなおす施策は、と八年前のわが提言に新たに知り得た事情を書き加え、改革の上申書を差し出しました。

わたしが上申書を差し出したことは、すぐに家中に広まり、下級の一介の勘定衆が出すぎたふる舞い、と非難が渦巻きました。

しかし、一方では、優れた上申書である、よくやった、とこっそり伝える者も、わずかながらおりました。

半月後、わたしは勘定衆の役目を、突然、解かれました。理由は、わたしの上申書に、改革に水を差す無能な勘定衆の身分をわきまえぬ無礼なふる舞い、という奥方さまの強いご不快の念が、殿さまに伝えられたからです。殿さまが激怒なされ、

「切腹は慈悲を以って許すゆえ、即刻、領国より立ち退け」

と、組屋敷を追われ、累のおよぶことを恐れた兄や縁者からの支援も得られず、

その日を境に、わたしは領国におけるすべてを失ったのです。

沈黙が訪れた。庭の虫が侘びしげにすだいていた。好太郎は杯を上げ、舐めるようにひと口含んだ。良右衛門は目を伏せ、又ノ助は唇を嚙み締めている。

錬三郎は、物憂く吐息をついた。

「わたしは何もかもを失い、路頭に迷うしかなかったのですが、幸いにも、わが上申書に賛同を寄せてくれる村名主がおり、その村名主が救いの手を差しのべてくれたのです。村名主には江戸に知己があり、その方を頼って江戸に出ることを勧められました。その方のご支援を受け、この住居に雨露をしのぐことができ、江戸の暮らしもはや十年の歳月がすぎました」

そのとき、良右衛門が言わずにはいられないというふうに、顔を上げた。

「別所さま、十年前の岩本先生の上申書を知り、感銘を受けた家中の若い方々が、岩本先生の教えを乞いに、この私塾にしばしば訪ねてこられています。岩本先生は、教えを乞いにこられた方々に、政（まつりごと）の真義とは何かを説かれてこられました。岩本先生の教えを学ばれた方々が、坂上家のご重役方の失政と、奥方さまと陰で通じ、坂上家の政を実情において操っている新野城下の、豪商と商人仲間を厳しく糾弾し、対立が深まっているのです」

又ノ助がそれに続いた。

「坂上家は、それらの方々に弾圧を加えていますが、岩本先生のお考えを信奉なさる方は、増える一方です。岩本先生を、新野にお戻ししよう、という動きさえあるのです」

「先生の教えを乞いにこられた、坂上家の方から聞かされました。坂上家は、このまま岩本先生を信奉する者が増えることを恐れ、先生の排除を決めたのです。先生に切腹が申しつけられた咎めは、十年前、殿さまに上申書を差し出した無礼なふる舞い、なのだそうです。なんという理不尽でしょう」

「先生は坂上家を追われ、今は殿さまの家臣ではないのです。にもかかわらず、先生に切腹を申しつけるなど、坂上家のふる舞いこそ、人の道にはずれていま す」

「良右衛門、又ノ助、よいのだ。わたしは坂上家に仕える家臣であった。それは変えられぬ。君君たらずとも臣臣たらざるべからず、という考えもある」

「しかし、先生」

「わたしはそれでよいのだ」

良右衛門と又ノ助は、それ以上は言えず、目を赤く潤ませた。

庭の虫がすだき、沈黙が続いた。

「坂上家の理不尽を、幕府に訴え出ることは、できないのでしょうか」

龍玄は沈黙を破った。すると、

「それはすでに、わたしら江戸の門弟が、先生にお勧めした。幾らなんでも、坂上家の切腹申しつけには、無理があるからね」

と、好太郎が龍玄に答えた。

「けどね、坂上家は、先生が切腹に応じないなら、領内の岩本家一門をすべて改易にすると、口には出さないが、暗に嚇(おど)しているのさ。幕府に坂上家の理不尽を訴えても、新野の岩本一門が改易になって、女子供もみなが、住む屋敷と禄を失うことになる。また、先生を支援されてきた村名主にも、どんな災いが及ぶかわからないのさ。だから……」

「別所どの、退屈な話を長々とお聞かせしました。もうすぐ終ります。数年前、坂上家の勝手向きは破綻状態に陥り、多大な借財のある城下の豪商より、苗字帯刀を許された番頭や手代が勘定方に遣わされ、これまで勤めていた勘定衆は、今は豪商の配下にあるそうです。破綻の原因は、新田を開発し石高さえ上げれば、という粗雑な農政にあり、十年前、入会地に開いた新田は、まともな収穫を得られず、ただ草むらに覆われた荒れ地になって、放置されたままです。坂上家は、公儀にとりつくろっておりますが、貧農の中に餓死者が出て、在郷において一揆が起こり、城下でも、打ちこわしが頻発(ひんぱつ)していると、聞こえています。弱い立場の小作農は、さぞかし苦しんでいるのでしょうね」

錬三郎は杯を舐めた。

「しかし、つまるところわたしは、弱い立場の小作農のためにはなんの役にもたてず、ただ、人の温情や憐(あわ)れみにすがって、この十年を生きのびたにすぎないのです。ここにいたった今、十年前に上申書を差し出した自分が、滑稽(こっけい)ですらあります。まったく、余計な十年でした。仕舞いにしてよい潮どきです。今宵、別所どのとお会いでき、またひとつ新たな縁が生まれました。別所どのに介錯していただけるのであれば、よき最期が迎えられそうです」

錬三郎はそう言って、行灯のうす明かりと戯れるような果敢なげな頬笑みを、男たちに投げた。

六

出羽新野領坂上家の下屋敷は、竪川(たてかわ)に架かる三ツ目橋から、徳右衛門町(とくえもんちょう)の往来を小名木川(おなぎがわ)のほうへとった武家屋敷地の一画に、漆喰(しっくい)が所どころ剝げ、ひび割れの目だつ低い土塀をつらねていた。色づく季節には早い邸内の楢や榎(えのき)の木々が、くすんだ緑の枝葉を、四方にのばしていたが、手入れの行き届いている様子ではなかった。

龍玄は、閉じられた表門わきの小門をくぐった。うららとした秋の日が、西の空にまだ高くかかり、淡い木漏れ日を、玄関前の敷石に落としていた。ただ、邸内は、穏やかさとも重苦しさとも違う、よそよそしい静けさに包まれ、人の気配がひどく希薄だった。

ここで、よいのか。

と、戸惑いを覚えた。

龍玄は、媚茶(こびちゃ)色の小袖に麻裃を着け、白足袋(たび)に草履。着替えなどを包んだ風呂敷と同田貫をくるんだ刀袋を携え、腰には村正(むらまさ)の二刀を帯びていた。裃姿の取次(とりつぎ)

の家士が、従える供もなく、ひとり玄関先に立った中背で痩身の龍玄を、訝(いぶか)るように見つめ、

「お待ちしておりました。どうぞ」

と、冷やかに迎えた。

通された部屋は、取次の間から拭縁(ぬぐいえん)をわたった突きあたりの、片引きの帯戸(おびど)がたてられた溜(たま)りの間だった。着座するとすぐに、茶が運ばれてきた。

「刻限になりましたら、切腹場にご案内いたします。それまで、こちらにてお支度を調えられ、お待ちください」

家士が去り、龍玄はひとりになった。

やおら、刀袋にくるんだ黒鞘の同田貫を抜き出し、一度捧げ持って、左わきの村正とともに同田貫を寝かせた。

それから、茶を一服し、邸内の静寂に心をゆだねた。静寂に溶けてゆくまで思考を消し、身体の脈動(みゃくどう)を研ぎ澄ました。

「ごめん」

張りのある低い声が、龍玄の無を破った。

龍玄は、茶碗を茶托に戻した。

帯戸が引かれ、黒裃を着けた大柄な侍と目が合った。骨張った浅黒い顔に、二重の険しい眼差しが光っていた。

中年には見えなかったが、若侍でもなかった。おのれを強く恃む、そういう気風にある年ごろに思われた。

「別所龍玄どの、ですな……」

「岩本錬三郎さまの介錯人を、相務めます、別所龍玄でございます」

龍玄は侍に膝を向け、頭を垂れた。

侍は、左手に黒鞘の大刀を無造作に提げていた。分厚い胸を反らし、溜りの間の一隅に端座した龍玄を、凝っと見つめた。

「坂上家目付役の高井猪左衛門と申す。今夕の検使役を、仰せつかっておる」

と、まるで値踏みをするかのように龍玄を睨み、部屋に入って、閉じた帯戸を背に着座した。提げていた大刀を、そのまま無造作に左わきにおいた。そして、

「卒爾ながら、別所どののご流派は」

と、張りのある低い声でいきなり質した。

「本郷の大沢虎次郎先生の道場にて、一刀流を稽古いたしました」

「ああ。一刀流の大沢道場の名は聞いておる。江戸では、評判の高い道場です

な」

　龍玄は黙然と頷いた。

「別所どのは、牢屋敷の首打役をお務めともお聞きしたが、さようか」

「小伝馬町牢屋敷の、首打役の手代わりを務め、また試し斬りによって、刀剣鑑定を生業にしております」

「そのような、不浄な稼業に就かれているふうには、お見かけしない。人は見かけによらぬものです。しかし、牢屋敷の首打ちと切腹の介錯は、為様も意味も、まったく違いますすぞ。そこは心得ておられるのでしょうな」

「首打役の手代わりのほかに、切腹の介添役を、幾度か務めた覚えがございます」

「ほう、介添役を幾度か。すなわち、介錯人ですな。では、切腹場においてこちらがお伝えすることは、ありませんな」

「坂上家にて、切腹場に臨むさいの特別な儀礼、もしくはふる舞いなどが、ないのであれば……」

「家臣の切腹の介錯人は、主家が決めるのが作法ながら、岩本錬三郎は坂上家を追われ、今は家臣にはあらず、ひと廉の侍でもない。岩本錬三郎の無礼の段、本来ならば当下屋敷にて斬首にすべきところ、ご主君の寛大なるご配慮により、罪一等を減じ、切腹をお許しくだされた。本人が望むのであれば、槍ひと筋の者でなくとも、本人の身分に合った介錯人でよい、との仰せでござる」

高井は、束の間、考える素ぶりを見せた。

「とは申せ、岩本錬三郎も元は家臣。縁者の者も家中におるゆえ、切腹と相なったからには、落ち度なきよう儀礼をつくさねば、主家としての体面にかかわり申す。牢屋敷の罪人の首を打ち落とせば役目が果たせる、というわけにはいかぬ。粗相があっては、ただでは済まされん。それも、よろしいな」

龍玄は、また無言で頭を垂れた。

「大名屋敷の務めは初めてでござろう。気おくれを覚え、肝心なときに手元に狂いが生じて縮尻り、衆人環視の中で恥をさらさぬよう、わが家中に練達の者がおるゆえ、その者に代わりを務めさせても、坂上家としては差しつかえござらん。そのようになされては、いかがか。こちらには余計な手間でも、切腹場で失態を犯され、後始末をさせられるよりは、よろしいのでな」

「お気遣い、いたみ入ります。しかしながら、岩本さまの介添役は、わが務めです。わたくしにお任せいただきます。また、大名屋敷にて介添役を務めたことはございます。念のため」

高井は、相貌(そうぼう)に幼さを残している龍玄を見くびっていた。侮(あなど)りを隠さず、鼻先でせせら笑った。

「さようか。ならばよかろう……」

と、黒の肩衣の埃(ほこり)を軽く払うような仕種を見せた。立ち上がって行きかけたが、龍玄へ一瞥(いちべつ)を投げ、言い捨てた。

「しつこいようだが、くれぐれも粗相のないようにな」

高井が去り、溜りの間は再び静寂に戻った。

「別所どの、刻限でございます」

溜りの間の帯戸ごしに声がかかり、片引きの戸が引かれた。取次の家士が、片膝をつき、黙礼を寄こした。

溜りの間から、また拭縁を案内された。

拭縁は折れ曲がりになって、内塀に囲われた中庭へ出た。中庭に面した広間らしき座敷の明障子は、すべて閉じられ静まりかえっていた。縁庇(えんびさし)に釣り灯籠(とうろう)が下がっていた。

南向きの中庭に西日が降り、東西と南側に廻らした白い幔幕の中に白縁の二枚の畳の上に敷いた血止めの白布団、その後ろに白張りの屏風、二灯の白木の燭台を、まぶしいほど鮮やかに照らしていた。

塀ぎわに植えられた松の影が、幔幕の模様のように映っている。

裃姿ではないが、濃い鼠色の着物と袴を着けた良右衛門と又ノ助が、腰に小刀を帯び、切腹場の左右に片膝づきの恰好で、すでに控えていた。

幔幕の陰に、切腹刀を寝かせた三方（さんぽう）、首を洗う水を入れた首桶、柄杓（ひしゃく）、料紙、香を焚いた香炉、末期（まつご）の白盃と塩を盛った土器（かわらけ）、水を入れた銚子を載せた白木の台が並べてあった。二灯の燭台には、飾りのような小さな炎がゆれていた。

拭縁の中ほどに沓脱があり、龍玄の草履がそろえられていた。

「ほどなく検使役のお出ましです。別所どのはあれにて」

龍玄は庭へ下りた。良右衛門と又ノ助に頭を垂れ、幔幕の囲う切腹場に上がって南西の一角に佇んだ。提げていた同田貫を腰に帯び、袴の股立（ももだ）ちを高くとった。

良右衛門と又ノ助は、青白い顔を引き締め、龍玄を見守っている。

幔幕は、拭縁のある北側が開かれ、検使役は、拭縁から切腹の検使をするらしく、家士らによって、床几（しょうぎ）が三つ並べられた。拭縁の下の左右に畳が敷かれ、そこは切腹に立ち会う家士らの座と思われた。

中庭に妻戸があって、両開きの戸口から切腹場へも敷物が敷かれていた。切腹人は、自失して履物を履けない醜態をさらさぬよう、履物なしで切腹場へ向かう。

空は青みを残しているものの、夕方に近い刻限だった。ついさきほどまで静寂に包まれていた広い邸内に、鳥のさえずりが聞こえ、人の気配が感じられた。

ほどなく、裃を着けた家士らが次々と中庭に現れ、拭縁下の畳に居並んだ。みな若い侍たちばかりで、切腹場に佇む龍玄と、侍の風体ではない良右衛門と又ノ助を見廻し、咳払いやささやき声を交わした。

ひそめた笑い声までが、聞こえた。

そこへ、黒の裃を着けた正副三人の検使役が拭縁に現れ、正面の床几に腰かけた。高井猪左衛門が正検使役らしく、真ん中の床几にかけ、両側の副検使役も、高井と同じ年ごろに思われた。

続いて、先導する家士に従い、浅葱（あさぎ）の無垢と、水浅葱の無紋の裃をまとった錬三郎が、妻戸より中庭に入ってきた。錬三郎の顔は青ざめていたが、静かな、ゆるぎない歩みだった。幔幕の囲いの中で、良右衛門と又ノ助と目を合わせ、それから龍玄に、先夜と変わらぬ涼しげな笑みを寄こした。

錬三郎は、白い布団の上に北面の検使役へ向いて端座した。又ノ助が、白木の台を錬三郎の前に据えた。故実に従い、錬三郎は水をそそいだ末期の盃を、二口で呑み乾した。

盃事の間に、龍玄は肩衣をはずして錬三郎の左背後へ進み、控えていた。盃事が終るころに、同田貫の刃を上に向けて、棟を音もなく滑らせ抜き放った。

良右衛門が切腹刀を載せた三方を、錬三郎の前においた。切腹刀は作法どおり、九寸五分（約二十九センチ）。柄をはずし、切先を五、六寸（約十五〜十八センチ）残し、杉原紙を巻き、紙縒りで結ばれ、刃を錬三郎に向け、切先を左側に向けて寝かされている。

錬三郎は、北面の三人の検使役へ目礼を投げ、肩衣をとり、浅葱の無垢の前襟を押し広げた。三方を手前に引き、左手で切腹刀をとり上げ、右手を下から添えて押しいただいた。

それに合わせるかのように、龍玄は八相にとった。

拭縁の高井ら三人の検使役と、拭縁下の家士らが、冷然と錬三郎を見守っていた。あたりは、邸内のどこかから聞こえる、鳥のさえずりだけになった。

咳は消え、切腹場は荘重な沈黙に覆われた。

そのとき、錬三郎は左後方に身がまえた龍玄へ横顔を見せ、沈黙を破った。

「別所どの、よろしいな」

「心得て候」

龍玄は、勇気に満ちた凛とした声で答えた。そして、八相をさらに上段へとった。

錬三郎は切腹刀を右手に持ち替えた。左手で前を開いてさらした臍の上あたりを、三度押しなでた。それから、刃を右へ向け、左わき腹へ切先をあてた。刀を持つ右手に、左手を包むようにかぶせた。手の皮膚がみるみる血の気が消えて白くなり、満身の力がこもったのがわかった。

いきなり、だが呆気ないほど唐突に、錬三郎はそれを始めた。

左わき腹へ切先を、突きたてた。

見守る家士らの間に、かすかな喚声が沸いた。良右衛門と又ノ助は、唇を真一文字に結び、まばたきもしなかった。

切腹は、左わき腹から右わき腹へ、引き廻すというより、押し廻す。突き入れた切腹刀が、腹腔に吊るされたはらわたの弾力で上滑りして押し出されぬよう、右手は刃を奥へとしっかり押しこみ、右手をつかんでいる左手の力を主にして、右わき腹のほうへ押しつつ、押しつつ、腹部を切り開いてゆくのである。

　このとき、すぐに鮮血で真っ赤になるが、腹部には、太い血の脈絡が通っていないため、血が噴き出すことはない。

　しかし、腹の中ほどの臍のあたりで、腹腔内のはらわたが、切腹刀に歪(いびつ)に押しつけられ、刃を押し戻す抵抗が大きくなり、切腹刀は進まなくなる。

　はらわたは、刺身のようには切れない。

　錬三郎の身体が小刻みに震え、初めてうめき声を上げた。それは、苦痛に耐えつつ、必死におのれを励ます雄叫びに聞こえた。

　龍玄は、上段にとったまま動かなかった。

　錬三郎は切腹刀を一旦引き抜き、震える手で刀を持ち替えた。そして、今度は右わき腹へ一気に突きたてた。逆に右から左へ、押し廻し始めたのだ。切腹刀を巻いた杉原紙も、にぎる両手も血まみれになって、右わき腹から臍のほうへ、歯ぎしりするような硬い音をたてながら、少しずつ、だが、確実に切り進んでいるのがわかった。

　切腹は息をつめ、声もなく行う。呼吸や声を出すのは、腹腔の横隔膜が上下し、切腹刀を引き廻し、押し廻しにくくなるからだ。

錬三郎はなおも切り進み、龍玄は動かない。

と、先に切り開いた左わき腹の、白い腹壁の裂け目から、淡黄色をした大網膜が押し出されるように露出し、灰白色や薄桃色のはらわたがのぞいたのだった。

だが、大網膜が押し出されることによって、切腹刀はかえって切り進みやすくなる。

その凄惨なあり様に、拭縁下の固唾（かたず）を呑んでいた家士らの沈黙が破れ、初めのどよめきとは違う、強烈な感覚を呼び起こされたざわめきが、怯（おび）えたように交錯した。

そのとき、検使役の高井が拭縁から叫んだ。

「もうよい。介錯をしてやれ」

高井の顔色はどす黒くなり、見開いた目が血走っていた。しかし、それでも龍玄は動かなかった。

「何をしている。臆（おく）したか、別所」

高井が怒りに震えて、再び叫んだ。

すると、錬三郎が鋭い声をふり絞り、邸内に響きわたらせた。

「まだだっ」

その瞬間、邸内の鳥のさえずりが途絶えた。

高井は声を失い、呆然と錬三郎を見やった。

龍玄は瞬時も錬三郎から目を離さず、錬三郎が一文字に切り廻し、次に再び切腹刀を引き抜き、刃を下に持ち替え、みぞおちへ突きたてた様を見守った。

錬三郎は、顔を歪め、震える唇を引き締め、息をぎゅっとつめ、十文字に切り下げていった。臍の下へ切り下げたところで、錬三郎の上体が斜にかしげた。

途端、灰白色の大腸と薄桃色の小腸が、一文字腹より、ぬめりを帯びた蛇がこぼれ出るように、血に汚れた膝から布団の上へ押し出され、とぐろを巻いた。

赤い西日が、血に濡れて艶やかに色づいたはらわたを、圧倒するほどの鮮やかな色彩で映し出し、噴き出る脂汗に光る錬三郎の土気色の顔を照らした。

「ああ」

見守る家士の間に声が起こり、ひとりの若い家士が、堪えきれずに吐物をまいた。

「介錯を……」

喘ぎながら声が絞り出されたと同時に、龍玄の同田貫が、白いひらめきを残し、上段より下段へ下りた。

その一瞬、陽射しの中を、ひと筋の閃光が交錯した。膝を折った龍玄の痩軀は、錬三郎の背後に沈み、静止した。

その一瞬、すべてが凍りつき、声を失い、赤い西日すらが、真っ二つになって固まった。

そしてその一瞬、深い静寂が訪れ、束の間、切腹場にも中庭にも、拭縁にも、動くものは何もなかった。

だがやがて、幾ぶん前かがみの恰好で、錬三郎の首はゆっくりと落ちた。喉の皮一枚を残して抱え首となり、錬三郎は俯せた。

血が白い布団に染みわたり、次第に広がった。染みわたる血は、ひとつの終焉が、静かにもたらされたことを物語っていた。切腹場の誰もが、もたらされた終焉を、厳かな沈黙の中で迎えたのだった。

良右衛門が、俯せた錬三郎の亡骸の傍らに跪いた。小刀を抜き放って喉の皮を落とし、錬三郎の髻をつかんで首をとり上げた。

亡骸の右手より拭縁の検使役の前に進み出て、片膝をつき、首の右面、続いて左面を差し出した。

このとき検使役は、「見事」とか「大儀」とか、あるいは「見届けた」と言わねばならない。

しかし、高井は凄まじい切腹と、龍玄が果たした介錯に気を奪われ、それを忘れていた。高井は、動揺を隠せなかった。両側の副検使役とともに、何も言わず、床几から立って行きかけた。

龍玄は刀を下げ、錬三郎の亡骸の傍らに立ちはだかり、検使役へ高らかに言った。

「待たれよ、検使役どの。お見届けの言葉がなければ切腹は終りませんぞ。われら介添役を、このままにしておかれるおつもりか」

高井は役目を思い出し、慌てて、

「み、見届けた」

と言い捨てた。そして、逃げるように拭縁から消えた。拭縁下の家士らも、いっさいが終ったあとの空虚にさらされ、みな重苦しげに押し黙り、そそくさと立ち去った。吐物をまいた家士は、朋輩に両腕を抱えられ、連れ出されていった。

龍玄は刀をぬぐい、同田貫を鞘に納めた。

「別所さま、た、大儀でございました。ありがとう、ございました」

良右衛門が、錬三郎の首を支え持ったまま、目を真っ赤にし、途ぎれ途ぎれに言った。又ノ助は錬三郎の亡骸の傍らに跪き、顔を伏せていた。

「良右衛門さん、又ノ助さん。あなた方の介添で、岩本さまは、あっぱれ見事な切腹を果たされました。岩本さまの真意、誠心、霊魂の潔白、侍としての勇気は、この切腹により明らかです。岩本さまの首を洗い、亡骸を布団にくるんで家に戻り、みなで弔いましょう」

「はい」

と、良右衛門は唇を嚙み締めた。又ノ助が顔を上げ、涙をあふれさせ、声を引きつらせて嗚咽し始めた。夕方の中庭に、邸内の鳥のさえずりが聞こえてきた。

坂上家の家士は、誰ひとり中庭に現れなかった。無念の思いを残した霊魂の呪いを恐れるかのように、つい今しがた目のあたりにした、介錯人の恐ろしいほどの技量にたじろいでいるかのように、物陰に身をひそめ、そっとのぞいているだけだった。

七

それから二十日余がすぎ、秋はさらに深まった。杏子が、一歩、二歩と、妻の百合の手を離れて、歩き始めていた。

母親の静江は、昼前、お玉とともにとりたてに出かけ、夕刻前まで戻りそうになかった。無縁坂のほうから、

「唐辛子、七色唐辛子……」

と、唐辛子売りの売り声が聞こえてきた。

龍玄は杏子を抱いて、午後の庭に出ていた。父親の勝吉が、武家屋敷らしく見せようとして、庭の板塀ぎわに植えた、梅やなつめ、もみじや松の木々が、秋の空へ枝をのばしている。

なつめの葉が、少し色づき始めていた。

朝の肌寒さが、昼近くなってやわらぎ、のどかな午後のときが流れていた。龍玄の腕の中で、杏子が白い手を宙へ差し出し、龍玄に訴えた。龍玄が、そうかい、ふむふむ、とこたえると、杏子は止まることなく訴え続けた。龍玄はおかしくなり、杏子に言った。

「杏子は母さまに似ているな。よく喋る」

すると杏子が、そうなのです、とこたえたような気がした。

瓦葺の引き違いの木戸門が引かれ、菅笠をかぶった二人の女と、やはり菅笠を

つけ、柳行李の荷を風呂敷にくるんで、背にかついだ旅姿の男が、前庭に入ってきたのはそのときだった。三人は、木戸門から玄関へ続く踏み石を歩み、つつじや木犀の灌木ごしの中庭に、杏子を抱いて佇んでいる龍玄に気づいた。

三人は、踏み石の途中で立ち止まり、灌木ごしに辞儀を寄こした。龍玄も杏子を抱いたまま、軽く辞儀をかえした。

二人の女は、菅笠の陰になって顔だちは定かにはわからなかった。だが、ひとりは三十代の半ばすぎ、ひとりは十七、八の若い娘らしく、母娘に思われた。娘は細身だが、母親より背が高く、二人は鳶色と淡い縹の小袖を裾短に着け、白の甲がけに白足袋草鞋履きで、杖を手にしていた。

行李をかついだ男は、かなりの年配で、どうやら母娘の老僕らしかった。

誰だろう。

ふと、龍玄の心がほのかにざわめいた。

すると、来客に気づいた百合が、玄関わきの中の口から前庭に出てきた。三人は百合のほうへ行き、菅笠をとって辞儀を交わした。百合と母親がやりとりを交わし、しきりに頷き、頬笑みを浮かべていた。

母親と娘の横顔が、少し赤らんでいた。老僕は、母娘二人の後ろに控えていた。

杏子を抱いて龍玄が近づいていくと、母親と娘と老僕は、再び龍玄へ向きなおり、改まってさっきより深い辞儀をした。

「あなた、出羽の新野から、わざわざ旅をしてこられたお里津さんと、娘さんのお芙さんです。それから、お供のとき造さんです。主人の別所龍玄です」

百合が言った。

「別所龍玄です。出羽の新野ですか。それは遠いところを、いたみいります」

「出羽新野領北最上郡の百姓山根為吉の女房・里津でございます。これは娘の芙でございます。この者は長年わが家に奉公いたしております、とき造と申します」

二人は、また頭を垂れた。

「こちらは、お嬢さまでございますか」

「杏子と言います。二歳です」

百合が、龍玄から杏子を抱きとった。

「まあ、可愛い。美しいお嬢さまでございますね。やはり、立派な旦那さまと綺麗な奥方さまの、お嬢さまでございます。ねえ、お芙」

「はい。本当に、玉のよう」

お芙が言い、老僕が頷いている。

「お里津さん、お名前は存じております。初めてお会いしますが、初めてのような気がしません」

龍玄は、お里津に笑みを見せた。

お里津は、わずかに目を輝かせ、愁(うれ)いある面差(おもざ)しをやわらげた。

寂しげな顔だちだったが、北国の女らしく抜けるような色白で、よく見ると目鼻だちは整い、芯の強そうな顔だちだった。お里津と並んだお芙は、まだ蕾(つぼみ)の細身ながら面影がある、と龍玄は思った。

「冬がくると、新野は雪が、沢山降るのでしょうね」

「はい。家の軒の高さまで、雪が積もることも、珍しくございません。奥深い山国でございます。けれど、雪の多い翌年の実りは、よいと申します」

「江戸へは、いつ」

「三日前でございます。御蔵前のほうに山根の家の縁者がおり、そちらに厄介になっております。冬を迎える支度がございます。明日は江戸をたたねばなりません。別所さまのお屋敷に、いきなりお訪ねいたしますのはご無礼とは思いましたが、なんの所縁(ゆかり)もございません、ただの、田舎の百姓の女房でございます。別所さまにお会いできなかったとしても、いたしかたございません。諦めて、新野に戻るつもりでございました」

「よく訪ねてくれました。そちらが玄関になっております。どうぞお上がりください」

「とんでもないことでございます。わたくしどものような者が、お武家さまの玄関から上がるなど、もったいないことでございます」

「わたしは裏店に住む浪人者です。形ばかりの玄関ですが、このような暮らしでも、お客さまは玄関よりお迎えしています。山根さんは、村名主のお家柄ですね。どうぞ、そちらから」

龍玄は勧めた。

玄関式台から、衝立をたてた取次の間に上がり、取次の間の南側が板敷に炉のある茶の間、北側が八畳の客座敷になっている。

客座敷の縁側と土縁（どえん）の外に、板塀ぎわに梅やなつめやもみじ、松を植えた庭が見えている。客座敷には、床の間と床わきがあって、床わきの棚の花活けに、少し色褪（いろあ）せた彼岸花が活けてあった。

龍玄は床の間を背に坐り、お里津は龍玄と向き合い、畏（かしこ）まっていた。

「三日前、江戸に着き、亭主が日ごろよりおつき合いのございます坂上家のお役人さまの縁者の方を、下谷の江戸屋敷にお訪ねし、錬三郎さまが今月のはじめ、深川の下屋敷において切腹なされ、御切手町の養玉院というお寺に葬られた子細をうかがいました。その縁者の方より、ご自分はご切腹の場に立ち会わなかった、と前置きしたうえで、錬三郎さまは、家中の方の介錯をお断りになられ、本郷の別所龍玄さまを、介錯人にたてることを申し入れ、それが許された、と教えられたのでございます。あの日、下屋敷の切腹場に立ち会われた方々はどなたも、なぜか錬三郎さまのご切腹の子細を、語ろうとなさらないそうでございます。ですが、漏れ聞こえますところでは、錬三郎さまのご切腹のあり様は凄まじいものであったらしく、別所龍玄さまにお訊ねいたせば、錬三郎さまの最期の子細を知ることができるであろう。介錯人の別所龍玄さまは、江戸牢屋敷において首打役を務める、知る者ぞ知る練達の士であると、うかがったのでございます。それで、知人を介し、牢屋敷のお役人さまより、別所さまのお住居が、こちらとうかがったのでございます」

お芙と下男のとき造は、茶の間の板敷の炉のそばで、母親のお里津と龍玄の話が済むのを待っていた。お芙が杏子の機嫌をとり、杏子の無邪気な声と、百合とき造とお芙の楽しげな笑い声が、その間、ずっと聞こえていた。

九月のあの日……

と、龍玄が語り始め、語り終えたとき、お里津は堪えきれず、咽び泣いたのだった。袖に顔を埋め、肩を細かく震わせ、

「お可哀想に、お可哀想に……」

と、繰りかえした。茶の間から聞こえてきた楽しげな笑い声が途ぎれ、お芙が客座敷の襖をそっと開けて顔をのぞかせた。

「おっ母さん……」

龍玄はお芙と目が合い、やはり面影があると思った。

「大丈夫だよ」

お里津はくぐもった声でお芙に言い、二度三度と頷いてみせた。お里津の様子を気にかけながら、お芙が襖を閉じて退がった。

「岩本さまは、お里津さんのことを少ししか話されませんでした。胸の裡に、あまりにも多くの思いを秘めておられたからなのですね。お里津さんとお会いして、それがわかりました。お芙さんとお会いして……」

龍玄は言葉を切り、お里津を見つめた。

すると、お里津は袖から顔を上げ、ひとしきり泣いたあとの、物憂げなため息を吐いた。そして沈黙をおき、すぎ去った遠い思い出をたどるかのように言った。

「わたくしは、田畑を人手にわたし、小作人に落ちぶれた水呑百姓の娘でございます。岩本家のお屋敷に、端女奉公に上がりましたのは、十五のときでございました。寝たきりのご容態でございましたご隠居さまのお世話に、ご奉公に上がったのでございます。錬三郎さまと、初めてお言葉を交わしましたのは、お屋敷にご奉公に上がって、間もないころでございます。わたくしは、お武家屋敷のしきたりや慣わしがわからず、大奥さまや奥さまに、お小言をよくいただいておりました。粗相があって、奥さまにひどく叱られ、つらくて、お屋敷の物陰で泣いておりましたら、錬三郎さまが、我慢するしかないのだ、とお声をかけて、慰めてくださったのでございます。端女風情が、主家の方と気安くお言葉を交わすなど、許されるふる舞いではございません。ですから、わたくしのほうからお声をかけたことはございませんが、ただ、それがあってから、錬三郎さまはとき折り、お屋敷でたまたま二人になったときなど、お声をかけてくださるように、なったのでございます」

お里津は、指先で濡れたまぶたをぬぐった。

「と申しましても、百姓の日々の暮らしぶりや、田畑を手放して小作に零落した水呑百姓が、ご領主さまの年貢と地主さまへの、二重の年貢を納めなければならない実情や、新田開発のことや、稲作に大事な肥料のことなど、ご自分のお勉強の調べのために、あれはどういうことだ、これはなぜだとお訊ねになったのでございます。そういうことなら、錬三郎さまのお勉強に、少しはお役にたてればと思い、お話ししたことが何度かございました」

　お里津は、懐かしそうな小さな笑みを浮かべた。

「錬三郎さまは、毎日お城にご出仕なされ、お戻りはいつも、暗くなってからでございました。お屋敷にお戻りになりますと、ご自分のお部屋に閉じこもり、ひたすらお勉強をなさっておられました。けれど、お城のお勤めとお勉強に明け暮れる毎日を送りながら、錬三郎さまは、ご自分の将来に、とても大きなご不安を、抱いておられるふうでございました。毎日がひどくお苦しそうで、傍から見ていても、お気の毒な、お可哀想な様子でございました。夫婦でもない男と女の密通は、許されない行いでございます。ましてや、主家のお血筋の方と、水呑百姓の娘の卑しい端女が、とんでもない行状でございます。それでも、お可哀想、お気の毒な、と日ごろ哀れに思っていた錬三郎さまを、愛おしいとお慕いするようにだんだんとなっていった自分の気持ちを、上手く言い表せないのでございます。愛おしいと思う自分の気持ちが、どうにもならなかったのでございます」

束の間、ためらいの沈黙をおき、お里津の話は続いた。

「三年がたち、錬三郎さまは二十五歳になられ、わたくしは十八でございました。ある夜、錬三郎さまが、お庭の隅でぼんやりと佇んでいらっしゃるところを、お見かけいたしました。お庭の隅には薪などを仕舞った小さな納屋があって、薪か何かを納屋へとりに行ったときでございました。錬三郎さまをお見かけし、思わず、錬三郎さま、とお声をかけてしまいました。錬三郎さまは、お庭の隅でひっそりと、泣いていらっしゃったのでございます。泣いていたところを見られ、錬三郎さまはすぐに涙をぬぐい、なんでもないふうを装われました。けれど、わたくしには、錬三郎さまがお悩みになり、おそらく、毎日が苦しくてつらくて不安で、おひとりになったとき、つい涙をこぼされていたのが、わかりました。お可哀想に、と思いました。励まして差し上げたいと思いました。あの夜、どうしてそうなったのか、今はもう、思い出せません。本当に、覚えていないのでございます。ただ、錬三郎さまに強い力で抱き締められたとき、何も考えられず、仕方がないのだと、わたくしにはこうするほかに、何もお力にはなれないのだと、自分に言い聞かせたことだけは、覚えております」

龍玄は、あの夜、御切手町の裏店で錬三郎が語った言葉の裏に、語らずに秘めていた、蔑（さげす）みと、憐れみと、人へのせつなく深い思いの数々の言葉を、聞いている気がした。

「思えば、三月（みつき）余のわずかな間でございました。傍から見れば、みだりがましく罪深く、断じて許されない所行でございましたが、わたくしは錬三郎さまとの、ひそかな逢瀬のときを持ちました。身持ちの悪い女とそしられても、いたしかたございません。でもわたくしは、錬三郎さまとそうなったことを、悔（く）やんではおりません。今でも、悔んではおりません」

「そのころ、岩本さまは勘定衆におとりたてになられたのでしたね」

「錬三郎さまに、おまえのお陰だと、言われました。わたくしが百姓の暮らしのお話をして差し上げ、それがお役にたって、ご提案がご重役の方々の目にとまり、勘定衆におとりたてが決まったと。そして、兄上に申し上げて、おまえを妻に迎える、おまえは、坂上家勘定衆の妻になるのだ、と仰（おつしや）ったのでございます。本当に、嬉しゅうございました。あまりに嬉しくて、涙が出るほどでございました。けれどそのとき、錬三郎さまとは終るのだと、お別れしなければならないのだと、はっきり感じたのでございます。わたくしの役目が終った、そんな感じでございました」

お里津は、土縁の先の庭の木々へ寂しげな目を遊ばせた。

「何日かがたって、台所の勝手で立ち働いていたわたくしのところへ、奥さまが見えられ、ほかにも使用人のいる前で、おまえのような汚らわしく不届きな娘を、当屋敷に抱えておくことはできません、すぐに出ていきなさい、と言われたのでございます。もっともなことでございます。覚悟はしておりました。錬三郎さまに、お別れを告げる間もなく、お屋敷を出されました。水呑百姓の、貧しい親元に戻るしかございませんでした。親元に戻って、翌年……」

お里津の顔に、ひと筋の明るい陽射しのような笑みが差した。

「目と口元が錬三郎さまに似た、可愛い赤ん坊でございました」

「岩本さまの面影があります。最初にお見かけしたときに、わかりました。お芙さんは、自分の父親を知っているのですか」

「お芙の父親は、為吉でございます。為吉のほかにはおりません。わたくしは、お芙を連れて、山根家の台所働きの女に雇われておりました。亭主の為吉は、お芙が五歳のとき、身持ちの悪い女という評判を承知のうえで、わたくしを女房にし、お芙のよき父親になってくれたのでございます。わたくしの生涯の、恩のある亭主でございます。それからお芙の弟が生まれ、その子は、村名主を務める山根為吉の跡を継ぐことになります」

「岩本さまは、ご存じだったのですか」

「錬三郎さまが坂上家を追われ、新野領を去られる少し前、北最上郡の山根家に訪ねて見えたのでございます。錬三郎さまは、わたくしが岩本家を出てから、お芙を産んだことや、お芙を連れて、山根為吉の女房になった経緯をよくご存じでございました。あの折り、錬三郎さまは、亭主の為吉と二人きりで、とても親密な様子で、何かを語り合っておられました。それからしばらくして、錬三郎さまが、江戸へ旅だたれたという便りが、聞こえたのでございます」

「岩本さまが、新野のある村名主のひそかな支援を得て、江戸へ出ることができたと、仰っておられました。その村名主は、お里津さんのご亭主の、為吉さんだったのですね。お里津さんのお口添えが、あったのですか」

しかし、お里津はそれには答えずに言った。

「錬三郎さまが、坂上家より切腹を申しつけられたご家中の事情は、存じております。坂上家はその事情のため、今なお争いが絶えないのでございますから。錬三郎さまが、江戸でご切腹をなされたとお聞きしたとき、お芙を連れて、どうしても江戸へ行かねばと思ったのでございます。哀れで、お寂しいご生涯でございました。錬三郎さまは、お可哀想な方でございます。哀れで、お寂しいご生涯でございました。錬三郎さまの葬られた江戸の、どこかのお寺をお芙とともに訪ね、経を上げ、供養して差し上げたい、錬三郎さまの、悲しく寂しい生涯に、せめて小さな花を添えて差し上げたいと、思ったのでございます。亭主の為吉も、わたくしの気の済むようにと、許してくれました」

茶の間で杏子が、急に不安を感じとったかのように、むずかって泣き出した。百合が杏子を抱き上げてあやした。

お芙とときの声は、聞こえてこなかった。

八

同じころ、駿河台下の納戸衆組頭四百俵の旗本・戸並助三郎の屋敷の、十数畳の書院造りの客座敷に、当主の戸並助三郎と静江が対座していた。南画ふうの掛軸をかけ、菊を活けた床の間を背に、戸並助三郎が着座し、静江は二間（約四メートル）以上も間を開けて、戸並助三郎と対座している。

お玉は、屋敷の中の口から入った寄付きの狭い部屋で待たされていた。中働きの女が澄ました様子で茶を出したが、長々と待たせているねぎらいの言葉のひとつもない。

失礼だわね。

と、お玉はちょっと立腹している。

客座敷では、戸並助三郎が静江を睨み据え、静江は肩をすぼめ、困ったふうな様子で目を伏せ、わきへ流していた。だいぶ前から、重苦しい沈黙が続いていた。

その沈黙を先に破ったのは、静江だった。

静江は、軽く咳払いをして、膝の前においた茶托の茶碗をとり、ぬるい茶を一服した。

すると、静江を睨み据えている戸並が、大きく目を剝いたまま、肉づきのいい大柄な上体を投げ出すように折り、畳に手をついた。さらに、毎日、若党が綺麗に月代を剃り、髷を結った頭を畳につきそうなほど低くして、客座敷の縁側を閉じた腰付障子が、震えるほどの声で言った。

「済まぬ。面目ござらん。何とぞ……」

静江は茶碗を茶托に戻し、不満そうに、少し唇を尖らせた。戸並は、畳に手をついた恰好で上目遣いに静江を見上げ、唇を尖らせた静江の不満そうな様子に、

「へへえ」

と、再び畳につきそうなほど畏れ入り、頭を低くした。

「でも、戸並さま、それはいくらなんでも、お約束が違いませんか。駿河台下にこれほどのお屋敷をかまえておられます、天下のお旗本の戸並さまが、そのようなことを、仰るのでございますか」

「済まぬ。まことに相済まぬことと、思っておる。このとおり。しかしながら、静江どの、恥ずかしながら、ないのでござる。本日おかえしする約束の利息分がない。ないものは、ないのでござる」

「ないものがないことは、子供にでもわかります。子供はそれで済むかもしれませんが、大人はそれでは済みません。子供でも、大人は違うとわかると思います。でございますから、大人は約束を守るために、奔走いたすのでございますよね」

さようさよう、というふうに、戸並は手をついたまましきりに頷いた。

「たとえば……」

と、静江は書院造りの客座敷を見廻した。

「二束三文かもしれませんが、床の間の掛軸を書画骨董商、花活けは古道具屋、書物を書物問屋、このご時世に持っていてもお役にたたない弓矢とか、槍とか、鎧兜とか、そのお派手なお召し物は古着屋とか。十両の一割三分は、お上のお定めの相場では一両と一分二百文でございます。その気にさえなれば、これほどのお暮らしをなさっておられるのでございますから、なんとか工面できたのではございませんか。わたくしどもを軽んじられて、その気がなかっただけでは、ございませんか」

静江が、友禅と思われる戸並の羽織と小袖を見つめると、戸並は脂ぎった太い首をすくめ、がま蛙のような声をもらしてうめいた。

半刻（約一時間）後、静江とお玉は、白い雲の浮かぶ秋空の下の、神田川にかかる和泉橋を、柳原堤から佐久間町のほうへ渡っていた。

佐久間町の河岸通りには、材木や薪が積み上げられ、川船が神田川を大川のほうへくだっていく。すっかり秋も深まり、冬の気配が兆していた。

「九月もはや、下旬ですね」

静江は、川船のくだっていく新シ橋のほうを見やって呟いた。

下女のお玉が、静江の独り言をどう聞いたのか、橋板を鳴らしながら、不満を隠さずに言った。

「さようでございますよね。わたくしもそう思います。戸並家の方々は、使用人までみな偉そうで。借りたお金をかえしもせず、利息の支払いさえ四、五日待ってほしいと言っておきながら、何度、四、五日待てばいいんですか。もしかしたら、戸並さまは、お旗本の身分を笠に着て、大奥さまの借金を踏み倒す気じゃ、ございませんか」

静江は、お玉へ顔を向けて微笑んだ。

「お玉、今日は戻りに松下町代地へ寄って、かる焼をお土産に買って行きましょう」

「東都名物のかる焼でございますか。よろしゅうございますね。旦那さまも奥さまもかる焼はお好きですし。杏子お嬢さまは、まだ無理でございますけれど」

お玉が、急に機嫌をなおして言った。

二人は和泉橋を渡り、人通りの多い神田川の河岸通りを横ぎり、御徒町のほうへの往来をとった。これから、御徒町のあそことあそこに寄って、それから松下町代地へ行ってかる焼を買って、と静江は考えた。

「そうですね。杏子にはまだ、無理ですけれどね……」

静江はまた、呟いた。

そのとき、冷やかな風が、静江のほつれ毛を戯れるようになびかせた。そして、その風とともに、ふと、物憂く果敢ない秋の気配が静江の脳裡をよぎり、足早に追いこしていったのだった。

密夫の首

一

寛政元年（一七八九）晩秋九月。生まれて丸年の一年になる杏子が、百合の手を離れ、龍玄の目の前を、新しいときへ踏み出すかのように、一歩二歩と、たどたどしく歩み始めた。

龍玄の母親の静江が、杏子が歩き始めたのを見て、手を叩いて喜んだ。

「杏子、上手ですよ。えらい、えらい……」

杏子は、歩みを数歩運ぶと、茶の間の板敷に手をつき、四つん這いの恰好になった。だが、静江が出した手にすがらず起きて、たどたどしい歩みを続けた。それからまた、数歩行って白綿をおくように俯せ、黒髪の生えそろわぬ小さな頭をもたげ、雛鳥が母鳥を鳴いて探すように母親を呼んだ。

「いますよ。歩けましたね」

百合はにじり寄り、杏子を抱きとって、愛おしげな眼差しを向ける。

杏子は百合の懐の中から、無邪気な声を投げ、そのたびに百合は、はい、はい、と頷きかえした。母親の懐に抱かれた赤子の様子は、朝の茶の間の明るみの中で、淡く輝いていた。

「つつがなく一年がすぎて、ありがたいことです。そうだわ。根津権現さまに杏子がこれからも無事に育ってくれますよう、お願いのお参りに行きましょう。今日はお天気もいいし、暖かそうですから。ねえ、百合」

静江が、杏子の小さな頭をなでて言った。

「ええ、お義母さま。根津権現さまの楓も紅葉して、とても綺麗と聞きました。お参りにはいいお日和です」

「お昼は、根津の料理屋さんでいただくことにしましょう。お玉、わかりましたね」

「はい、大奥さま。根津権現さまのお参りでございますね。根津権現さまには行ったことがありませんから、楽しみです」

勝手の流し場で、笊や桶を藁の束子で音をたてて擦っていた下女のお玉が、襷をかけ袖捲りした色黒の手を止め、笑顔を見せた。

茶の間から、二つの竈と流し場が並ぶ勝手の土間へ降り、勝手の西側の片引きの勝手口から裏庭へ出ると井戸がある。

井戸を覆うように椿が枝葉を繁らせ、朝の青い陽射しが椿の緑を照らしていた。

「お玉は根津さまが初めてですか。今戸からは、少し遠いですのでね」

「浅草の観音さまは、お父んとお母んに何度か連れて行ってもらいました」

「ああ、浅草のね。根津さまは浅草の観音さまほど大きくありません。でも、門前町はお店が沢山並んで、とても賑やかですよ」

静江は、朝食を済ませたあと、茶の間の炉のそばで茶を喫していた龍玄に向いた。

「龍玄、杏子の健やかな成長の祈願に行くのです。あなたも一緒に行きましょう。支度をしなさい」

龍玄は、刀剣の鑑定書を認めなければならなかった。だが、百合と杏子の様子を眺めている朝ののどかなひとときに厭きず、居室の文机に向かう気になれなかった。

鑑定書は明日でもよい、と思った。

「わかりました。支度をします」

「楽しみですね、杏子。お父さまとご一緒にお出かけしますよ」

珍しく、百合が声をはずませた。

秋の深まる東の空の下に、青い水面が静まる不忍池と対岸の忍岡の杜が、無縁坂から眺められる。天空に霞をおびた白雲がたなびき、紅や黄に色づいた木々と、ときわ木の緑が綾なす忍岡の杜に囲まれた堂宇の甍が、陽射しを受けて厳かな輝きを放っている。

龍玄が杏子を抱いて、先を行った。

すぐ後ろに百合、静江とお玉が続いて、朝の木漏れ日が落ちる無縁坂を下った。無縁坂の住居から根津権現まで、本郷下の町家や武家地、寺社地の往来を抜け、およそ半里、十八丁（約二キロ）の路程である。

根津門前町の惣門をくぐると、二階家の茶屋が往来の両側に軒を並べ、紅葉を楽しむ行楽客や参詣客で、賑わいを見せていた。町内の一画に、派手な朱の勾欄などを二階の出窓に廻らした妓楼が、軒をつらねている。参詣客や行楽客に呼びかける客引きの声や、鉦や太鼓に三味線、嫖客の戯れる声や手拍子、女の嬌声はまだ聞こえない午前の刻限である。

根津権現の鳥居をすぎ、境内の砂利道を踏んだ。境内は、一画が根津社地門前という町家にもなっていて、軒暖簾(のきのれん)をそよがせ、葭簀(よしず)をたてかけ、緋毛氈(ひもうせん)を敷いた腰掛を並べ、朱の襷をかけた茶汲み女が、艶めいた呼び声を参詣客に投げかける茶屋や料理屋、土産物屋などが店をつらねていた。

五人は、壮麗な社殿に参拝を済ませると、未だ秋涼(しゅうりょう)を思わせるさわやかな境内を廻り、みず楢(なら)や楓や銀杏(いちょう)、すだ椎(じい)や樫(かし)などの紅葉と黄葉が、日盛りの中に華やぐ景色をゆっくり楽しんだあと、軒庇に半暖簾を下げた境内の会席料理屋の二階座敷で、少し遅めの昼をなごやかにしたためた。

静江は余ほど気持ちが晴れたのか、さりげなく杯をとる仕種を、龍玄にして見せた。

「龍玄、少しいただきましょう。たまには」

「いただきましょう」

龍玄は笑ってこたえた。

半刻余をすごし、愛想のよい女将(おかみ)と中働きの女に見送られ、料理屋を出た。

五人は、根津権現の境内を根津門前町のほうへ、きたときと同じく、杏子を抱いた龍玄が先を行き、すぐ後ろに百合が続き、静江とお玉は遅れがちになっていた。

静江は、ほろ酔いが心地よさそうにほんのりと顔を赤らめ、お玉相手にひそめた声で、利息のとりたての話をしていた。

静江は、御徒町から、本郷、小石川の、家禄の低い旗本や御家人を相手に、少しばかりの融通というほどの金貸を営んでいて、近ごろは、駿河台下の旗本にも融通先が広がっていた。

「戸並家の台所事情は、身の丈に合っていないのです。それをお改めにならないと……」

と、静江とお玉は話に気をとられていた。

二人が、根津社地門前の鳥居を根津門前町へ出かかったそのとき、突然、後ろの境内でどよめきが起こり、続いて、女の甲高い悲鳴が、昼下がりののどかさを破った。

ふりかえると、境内の砂利を踏み散らし、鳥居のほうへ駆けてくる、紫紺の小袖に赤襷をかけた茶汲み女の姿が見えた。女の黒髪の島田が乱れ、片手は割れた前身頃を鷲づかみにし、片手を懸命にふって駆けながら、

「助けて、助けて、人殺しい……」

と、繰りかえし叫んでいた。

赤い蹴出し(けだし)の裾からのぞく足は、まぶしいほどの白足袋に履物をつけていなかった。紅を塗った唇を醜く歪ませ、白粉(おしろい)顔は、微塵(みじん)の媚(こび)もない怯えに引きつっていた。

そして、女のすぐ後ろを、出刃包丁をふりかざした着流しの職人風体が、これは怒りに逆上したどす黒い顔を震わせ、地響きをたて、今にも覆いかぶさりそうな勢いで追っていた。男の着流しの胸元ははだけ、臑(すね)や股をむき出し、下帯が見えるほど乱れ、裸足(はだし)に履いた草履の片方が脱げていた。

男は罵声を投げつけ、出刃包丁をふり廻して、女の背中へ繰りかえし斬りかかっていた。

逃げる女と追う男は、みるみる鳥居へ迫り、鳥居の傍らへよけた静江とお玉の前を、悲鳴と喚声と、けたたましい足音を残して走り抜けていった。

参詣客が、狂気に憑(つ)かれて走ってくる女と男の前方を、波が引くように開いた。

静江とお玉は、啞然として見守るばかりだったが、人波が両側へ一斉に開いた往来に、杏子を抱いた龍玄と百合が見えた。

「あ、杏子が……」

静江はうろたえ、駆け出した。

どよめきと女の悲鳴が聞こえ、龍玄と百合はふりかえり、根津社地門前の鳥居のそばにいる静江とお玉、さらに、境内の雑踏が左右に散る間から、修羅のごとくに駆けてくる女と、その後ろで包丁をふり廻して追いかける男を認めた。

龍玄はすぐに百合へ向いた。

「杏子を」

と、杏子を差し出した。

「はい」

すかさず、百合は杏子を抱きとり、杏子が不穏な気配を察したかのように声を出すと、いっそう胸の中に強く抱き締めた。

龍玄は百合と杏子を背に庇（かば）って立ち、鳥居を駆け抜け、目前をたちまち走りすぎていこうとする女と背後の男を、目で追った。

龍玄と百合は、根津権現の鳥居を出た東西の参道が、根津門前町の惣門の南北に通る往来へ出る曲がり角にいた。西側の鳥居からの参道は根津門前町の往来に出て、南へ曲がって門前町の惣門へ、北へ曲がれば裏門のほうへ逃げられた。

「待て、雌猫。てめえ、ぶっ殺す」

男が喚き、

「やめて、あんたあっ」

女が金切り声を甲走(かんばし)らせた。しかし、往来を惣門のほうへ曲がりかけた途端、白足袋の足がすべって、土煙を上げて転倒した。

倒れた女の上に飛びかかり、すがりつく男を、女は蹴り飛ばした。そして、身をよじり、転がり、必死に立ち上がった。乱れた小袖の裾を引き摺(ず)って、再び走り出した。その背中を、束の間遅れて立ち上がった男が、

「逃がさねえ」

と、手で突き退(の)けた。背中を強く突かれた女は、走り出した勢いのままに前へつんのめり、往来を曲がることができず、突きあたりの茶屋の連子格子(れんじこうし)にぶつかった。

女は連子格子につかまって、身体を支えた。

次の瞬間、男は背後から身体ごと突っこんで、女の背中に出刃包丁を突き入れた。

絶叫が往来を貫き、二人を遠巻きに見守る男女の喚声や悲鳴が、どっと沸いた。

男は、身をよじって悶える女の島田をつかんで仰け反らせ、耳元で叫んだ。

「てめえも密夫も、許しちゃおかねえ」

「あんた、い、痛いよ。堪忍、堪忍して」

女が泣き声を絞り出し、哀願した。

しかし、男は容赦しなかった。

「冥土へ、行ってろ」

と喚き、再び今度はわき腹を刺した。

女は、烏の鳴き声のような叫び声を、ひと声上げた。連子格子にすがって、男から逃れようとあがいた。背中とわき腹から噴きこぼれる血をしたたらせ、やがて、身体を支えきれず、連子格子の下へ、引き摺り落とされるように仰のけに倒れていった。

女は小刻みに身体を震わせ、すでに虫の息に見えた。だが、男はなおも怒りにかられていた。仰のけに倒れた女に馬乗りになって、出刃包丁をふり上げた。

そこへ、門前町の宮番屋と社地門前の宮番所の両方の店番や当番の町役人が、捕物道具を手に駆けつけた。町役人らは、女に馬乗りになった男を怒鳴りつけながら、出刃包丁を叩き落とし、とり押さえにかかった。男は数人の町役人に引き倒され、たちまち縛り上げられた。町役人が女をのぞきこみ、叫んだ。

「医者を呼べ。誰か、戸板を持ってこい」

「まあ、むごい」

龍玄の傍らへ駆け寄った静江が、連子格子の下に倒れた女の身体の周りに、血がにじむように広がるのを見て、胸を大きく震わせた。


突然、目の前で起こったその刃傷沙汰で、根津権現参詣の晴れた気分が、憂鬱な戻りになった。百合は物憂げに目を伏せ、杏子をしっかりと抱いて放さなかった。のどかな秋の日が、急に晩秋らしく寒々しい感じになった。

門前町の上横町の角まできたとき、静江は昂ぶりを抑えようとするかのように、歩みを止めて深い呼吸を繰りかえした。

「大奥さま」

お玉が気づき、訝しげに呼びかけた。

「龍玄、少し休みたいのですが」

ふりかえった龍玄と百合に、静江が言った。顔が青ざめていた。

「まあ、お義母さま、お顔の色がよくありません。お加減が悪いのですか」

百合が心配そうに静江に近寄った。

「いえ。びっくりして、まだ胸がどきどき鳴って収まらないだけなのです。大したことではないのですけれど」

「あなた」

百合が龍玄に言った。

「そこに茶屋があります。休んで行きましょう」

上横町の角に、葭簀をたて廻した茶屋があり、緋毛氈を敷いた長腰掛が、店先に並んでいた。

茶屋はたてこんではおらず、龍玄たちは前土間の長腰掛の二つにかけることができた。香煎湯や煎茶を頼んで、湯気の上る碗が運ばれてきた。静江は香煎湯の香りを嗅いでから、ゆっくりと一服し、

「ああ、ほっとします」

と、穏やかに息を吐いた。

龍玄と百合の間に坐らせた杏子が、丸い目で静江を見上げていた。

「本途に、驚きましたものね」

百合が言い、

「はい。驚きました」

と、お玉が相槌を打った。

静江が、そうですね、と笑ったときだった。

「お玉ぁ」

と、往来を隔てた向かいの楓(もみじ)色の半暖簾を下げた小料理屋から、赤い花柄模様の派手な小袖を着けた女が、小走りに出てきた。

「あ、お加江(かえ)姉さん。お加江姉さん」

お玉がはじけるように腰掛から立って、花柄模様の女に手をふった。

だが、すぐに静江と龍玄や百合へ見かえり、いけない、というふうに口を覆った。

静江はお玉に微笑んで、いいですよ、と頷いてやった。

「お玉、久しぶりぃ。権現さまにお参りにきたの？」

人通りを縫って茶屋の前まで駆けてきたお加江は、白粉顔に華やいだ笑みを浮かべ、その笑みをお玉から龍玄たちへ寄こした。

「うん。今日は朝から、旦那さまと奥方さまと大奥さまのお供なの。あたし今、こちらの旦那さまのお屋敷に、ご奉公しているの」

お玉は小声でかえした。

「あら、お武家さまのお屋敷に？」

「姉さん、大きな声を出さないで」

お玉はお加江を咎め、龍玄へ小腰をかがめた。

「旦那さま、幼馴染みのお加江姉さんなんです。少しかまいませんでしょうか。三年ぶりなんです」

お玉が申しわけなさそうに言った。

「かまわないよ。もう少しここにいるから、話しておいで」

龍玄が笑みを向け、百合もにこやかに頷いた。

「ありがとうございます。では、ちょっとだけ……」

お玉は、若い娘らしく俊敏に茶屋を出て、

「姉さん、こっちへきて」

と、お加江を茶屋の前から少し離れた道端へ連れていった。

「姉さん、綺麗になって。見違えたよ」

「でしょう？　お玉も大きくなったから、すぐにはわからなかったわ」

「そりゃあ、十六だもの。姉さんも、今日は権現さまへお参り？」

お加江は頷き、「旦那さまと」と、少し秘密めかした、意味ありげな目つきになった。

「お玉、さっきの見た？　いやねえ。旦那さまと一服してたら、悲鳴が聞こえてさ。外に出て見ると、女の人が刺されて血だらけだったから、びっくりしたわ」

「み、見たよ」

「小料理屋の女将さんに聞いたけど、刺された女の人は、職人のご亭主がいるのに、ほかの男と懇ろになって、それが見つかって、ご亭主が怒り狂って、ああなったそうよ。そんなことをしちゃあ、自業自得よね」

お玉は、うん、と小声になった。だがすぐに話を変え、

「じゃあ、旦那さまというのは、姉さんのご亭主？　姉さん、所帯を持ったの」

と、往来の向かいの小料理屋のほうを見やった。お加江は、ふふ、と笑い声をこぼした。

「所帯を持ったって、わけじゃないの。ちょっと事情があって、所帯はそのうちに持つことになると思うけど。住んでるところは、通旅籠町の大丸新道よ。お玉は？」

「お屋敷は本郷の無縁坂なの」

「無縁坂か。静かでいいところね。通旅籠町は大きなお店が一杯あって、人も多くて賑やかな町でね。今戸町とは大違い。一度、遊びにきてよ」

「うん、行く」

お玉が言ったとき、小料理屋の暖簾を払って男が出てきた。鈍茶(にびちゃ)の羽織を着けた四十代と思われる、身形(みなり)のいい様子だった。往来の人ごしに、お加江を見ていた。

お玉は、意外そうな顔つきになった。

「あの人が、旦那さん？」

「鉄炮町(てっぽうちょう)の味噌醤油問屋のご主人よ」

「味噌醤油問屋のご主人？」

「ちょっとお金持ち……」

お加江は、わざとらしく声をひそめた。

「お加江、行くよ」

男が、茶屋の前からお加江を呼んだ。

「はあい。じゃ、あたし、もう行くから。お玉、必ず、遊びにきてね。必ずよ」

と言うと、茶屋の龍玄たちにしなを作るような辞儀をし、踵(きびす)をかえして足早に戻っていった。そして、男に寄り添い、根津権現のほうへ、往来の人ごみにまぎれた。

「あの人がお加江さんのご亭主ですか」

茶屋に戻ると、静江がお玉に声をかけた。

「ご亭主ではないみたいです。旦那さまとは言っていましたけど……」

お玉は、腰掛にかけながら、往来の人通りにまぎれていくお加江から目を離さなかった。

「だいぶ、歳の離れた旦那さんですね」

「鉄炮町の、味噌醤油問屋のご主人だそうです。お加江姉さん、今戸町のころはあんなふうじゃなかったのに。お化粧も濃くなって、知らない人みたいです」

「そうですか。もう子供ではありませんからね。さあ、お玉もお茶を飲みなさい」

静江に言われ「はい」と頷いたとき、ふと、龍玄と杏子を抱いた百合へ目がいった。

ああ、なんて清々(すがすが)しいのだろう。

と、お玉はなぜか思った。

二

その夜、百合は杏子に乳を呑ませ、満ちたりた様子で手足を投げ出し、眠りについた杏子を、童用（わらべよう）のかいまきにゆっくりと寝かせた。

夜が深々（しんしん）と更け、住居の外は秋の虫の、ほんのかすかなささやき声さえ今は消え、いっさいの物音の途絶えた、暗く冷たい静寂の底に沈んでいた。ただ、杏子の小さな寝息だけが、静寂の深淵にたったひとつ息づく、ささやかな命を感じさせた。

百合は、かいまきにくるまれた杏子の寝顔を、愛おしさの昂ぶりがやわらぐまで凝（じ）っと見守ったが、やがて、行灯の明かりを落とし、布団の中へ身体をすべりこませた。

龍玄と百合の、居間と寝間をかねた部屋は西向きの八畳間で、引き違いの明（あかり）障子に仕切られて半間（約九十センチ）幅の土縁（どえん）がある。土縁にたてた板戸の外の狭い庭に、楓の木が黄葉した枝葉を板塀の上まで広げている。

夏になるころから、杏子は夜泣きをしなくなった。それから、龍玄と百合はひとつの布団に休み、杏子を寝かせたかいまきは、夫婦の布団に並べていた。

百合は、龍玄の傍らへ横になった。

冷えた身体が、やわらかく溶けるような温もりにくるまれた。静かな龍玄の呼気が、温もりの中へ伝わってきた。暗闇が冷たく沈黙し、昼間から収まらない胸の鼓動を、百合は暗闇に聞かれている気がした。

「眠れないのか」

龍玄の声が、暗闇を追い払った。

「起こして、しまいましたか」

そのとき手と手が触れ、二人はどちらからともなくにぎり合った。すると、胸の鼓動が聞こえなくなった。

「寝てはいない。昼間のことが思い出されて、眠れなかった」

わたしも同じです、とは言わなかった。

「ええ……」

と、物憂くかえしただけだった。

「根津権現のあの女を、助けることはできた。女は哀れだ。男もみじめだった。みすぼらしいほどに、みじめだった。あのとき、わたしのたち入ることではないと、思えてならなかった。だから、ためらった。ためらわなければ、救えたかもしれない……」

百合は龍玄の温かい身体に寄り添い、龍玄の首筋へ手を廻した。中背の痩身で、外からはそう見えないが、龍玄は肩幅があった。目を開けると、闇にまぎれた龍玄の横顔の影が、朦朧（もうろう）と認められた。ゆるやかに強く打つ龍玄の胸の鼓動が、問いかけるように聞こえ、

「龍玄さんの所為（せい）ではありません。ご自分を責めないで」

と言った。

百合は龍玄と二人のとき、あなた、ではなく、龍玄さん、と呼ぶことがあった。龍玄さん、と呼びかけると、童女だったころの遠い思い出が、湯島天神の木々をざわめかす風とともに甦（よみがえ）ってくる。

雨の日は、湯島天神へは行かなかった。

だから、湯島天神の木々の枝葉を透（すか）して見えた高い空は、青く澄（す）んでいたり、白く霞んでいたり、陽射しが光の粒のように輝いていたり、そういう覚えしかない。

百合は九歳で、龍玄は四歳の小さな童子だった。昼下がり、湯島天神の境内に

界隈の武家も町家も分けへだてのない幼い子供らが、誰が呼びかけるでもなく集(つど)い、子供らだけの遊戯に耽(ふけ)った。百合は、昼下がりの湯島天神に集う子供らの中の、一番年長の、神田明神下の名門の旗本・丸山家の、綺麗で優しいお嬢さまの《百合姉さん》だった。湯島天神境内で、男女別々に遊びに興じていた童子や童女らは、百合姉さんに声をかけられると、男女の別なく百合姉さんの周りに集まり、百合姉さんの指図の下(もと)、隠れ遊びや草履隠し、石蹴りなどに興じるのだった。

　それは、新しい遊びではなかったけれど、百合姉さんの指図の下では、子供らの誰もが、その不思議な楽しさに気づかされ、胸を躍らせ、夢中になれた。

　百合は、湯島天神に集う童子や童女の中で一番小さい龍玄を気にかけた。幼い者への気遣いやいたわりだけでなかった。不浄な首打役の家の子、ということを聞いていた。不浄な首打役の家がどういう家か、よくわからぬまま、龍玄は可哀想な家の子、と思っていた。可愛い顔だちだが、時どきは聞かん気そうな顔つきを見せ、時どきはひどく寂しそうな目をして、ひとりぼんやりしていることのある童子だった。

　龍玄さん……

　そう呼びかけると、目を大きく見開いて見かえり、百合の指図を聞き漏らすまいと、懸命に見守る様子が甦ってくる。

この子はどうして、こんなに寂しそうな目をしているのだろう。百合はそれを気にかけ、少し不思議な気持ちになった。

ただそれは、九歳の百合が胸の奥に仕舞いこんだ、湯島天神の境内で遊んだほんの一年足らずの、楽しさとせつなさが溶け合った思い出にすぎず、その思い出のひとつに、可哀想な家の子の龍玄の寂しそうな目も、仕舞われていた。それだけのことだった。

年が明けた十歳の春の季節が長け始めたころ、百合はもう湯島天神へは行かなくなった。武家の子女らしく暮らし、行儀作法、武家の子女としてのたしなみ、心得、覚悟、忠誠、勇気、謙譲、それらを身につけなければならなかった。

湯島天神の境内に青く燃えていた木々の葉が、季節が廻って赤や黄に染まり、子供らの吐息が白くなり、葉が散り、雪が降り、境内が白い綿色にくるまれ、また年が明け、ときはそれを数えきれないほど繰りかえした。いく度もいく度も

……

百合が、家同士の決めた縁談により、家禄千数百石の名門の旗本に嫁いだのは、二十三歳のときだった。勘定吟味役を務める家禄二百俵の旗本・丸山家の、美し

く賢いお嬢さまと、神田明神下界隈や御徒町にも知られていた百合には、相応しい嫁ぎ先だった。だが、数ヵ月のち、百合は嫁ぎ先を離縁となって、神田明神下の丸山家に戻った。あれほどのお嬢さまが何ゆえ離縁になったのか、いかに勘定吟味役の家柄とはいえ、家禄二百俵の丸山家と千数百石の名門の旗本では、身分が違いすぎたのか、百合にどのような粗相があったのか、などと噂が流れた。中には、百合は離縁になったのではなく、思うところがあって自ら嫁ぎ先を出たらしい、という噂も聞こえたが、その子細について、百合は龍玄に語ったことはなかった。龍玄も訊ねなかった。

百合は、朦朧とした龍玄の影に呼びかけた。

「龍玄さん」

龍玄の胸の鼓動が聞こえていた。

「前の夫には、わたしが嫁ぐ前から、身も心も許し合った方がいたのです。御用達の豊かな商家の一女（いちじょ）で、嫁ぎ先は商家に大きな借金がありました。縁談の話が始まったとき、親類縁者が集まり、勘定吟味役の家柄でも家禄の低い丸山家と、借金を負っている商家を秤（はかり）にかけ、家柄家名を考慮すべしと談合の末に決まって、縁談が進んだのです」

百合は沈黙し、暗闇に包まれた。

「でも前の夫は、わたしが嫁いでからも、その人と、親密なかかり合いを断たなかったのです。嫁ぎ先の親兄弟はそれを知りながら、沈黙し許していました。嫁いでからそれを知ったとき、前の夫は、家のためゆえ了見してくれ、と言いました。でも、わたしはいやでした。許すとか許さないとか、了見するとかしないとか、そんなことがいやだったのです。どうしてもいやだったのです」

「それでわたしは、百合を妻にできたのだな。杏子の父親にも、なれたのだな」

百合は、龍玄に肌を寄せて寄り添い頷いた。

丸山家に戻り、一年余がすぎた。

初秋のその日、百合は下女をともない、母親の使いで、池之端の茅町の店に出かけた。その戻り、湯島天神の参詣を思いたった。

男坂(おとこざか)に差しかかり、上り始めてすぐ、坂の上に佇んでいる龍玄を認めた。

あれは……

不浄な首打役の家の子。時どきは聞かん気そうな顔つきを見せ、時どきはひどく寂しそうな目をして、ひとりぼんやりしていることのある可哀想な家の子。その子があんな侍になっている、と百合は思った。

坂の上に出て、龍玄と真っすぐに向き合った。龍玄は目を大きく見開いて、顔を紅潮させ、だがあのときのように、凝っと、懸命に百合を見守っていた。清々しい絣模様の着物に細縞（ほそじま）の袴を着け、腰に帯びた黒鞘の二刀が若侍の風貌に似合っていた。たちまち、十五年前の湯島天神境内の、昼下がりの光景が甦り、思わず笑みがこぼれた。四歳の童子の懐かしい面影が見えた。

百合は目を伏せ、辞儀をした。

あの昼下がりの日々のように、境内の木々に鳥の声がさえずり、天神下の家々に初秋の白い陽射しが降っていた。あの昼下がりの日々と違っているのは、童子や童女の声が聞こえないことだけだった。

「お久しぶりでございます。下からでも、すぐに龍玄さんとわかりました」

龍玄さん、と声に出し、思いもよらず気恥ずかしさを覚えた。それをとりつくろい、

「龍玄さん、背がのびましたね」

と、百合姉さんに戻って言った。

龍玄ははにかみを見せた。百合が二言三言話しかけても、はい、いいえ、それほどでも、としか言わなかった。

たったそれだけの、短い再会だった。

だが、明神下の屋敷に戻ったとき、百合は自分が龍玄に何を話しかけたのかを、覚えていないことに気づいた。

数日がたち、御徒町の御家人の、竹内好太郎という年配の士が、着古した裃に拵え、菓子折を携え明神下の丸山家の屋敷に訪ねてきた。丸山家は、百合の兄が家督を継いで、今は勘定組頭に就いており、弟は勘定衆として大手門わきの勘定所に出仕していた。

隠居の身であった父親の織之助が、竹内好太郎に応接し、百合はそのとき、自分の部屋で書き物をしていた。

そこへ母親が、少し顔色を変えて部屋に現れ、問い質すように言った。

「百合、あなた、別所龍玄という方をご存じですか。無縁坂にお住居があって、牢屋敷の首打役を、生業になさっていらっしゃるご浪人さんとかの」

「はい。存じております」

「や、やはり。別所龍玄という方とは、どういうお知り合いなのです」

「子供のころ、湯島天神の境内で遊んでいた子供たちの中のひとりです。わたしより五つ年下の、四、五歳の男の子でした」

「子供のころの？　四、五歳の？　でも今は、別所龍玄という方と百合は、どういうかかり合いがあるのですか」

「お見かけしたら、ご挨拶ぐらいはいたします。かかり合いというほどでは……」

母親は訝しそうに、目を泳がせた。

「お母さま、別所龍玄さまがどうしたのですか。お客さまのご用は、なんなのですか」

「あのね、百合。お客さまは別所龍玄さんの伯父にあたる竹内好太郎という方で、別所龍玄さんの申し入れを、うかがいにわが家へ見えられたのですよ」

「別所龍玄さまの、申し入れ？」

「ですから、牢屋敷の首打役のご浪人さんが、あなたを妻にと、申し入れてこられたのですよ。勘定吟味役の、丸山家にですよ。なんということでしょう。もしかして、わたしたちの知らないところで、あなた、別所さんと何か言い交わしたとか……」

母親はうろたえていた。

そのとき百合は、母親の言葉を最後まで聞いていなかった。母親が止めるのもかまわず部屋を出て、廊下伝いに客座敷へ行った。

客座敷の襖のそばへ行くと、襖ごしに父親の聞き慣れた厳しい声が聞こえた。百合は襖に向かい、廊下に端座した。

「……出戻り、夫に見限られた女、と傍(はた)からいかに思われようともかまわぬが、わたしは百合が丸山家に相応しいふるまいをしたと、父親として自信を持って申すことができます。われら丸山家の者は、これまでそうしてきたように、分相応にこののちもゆるぎなく家名を守ってゆくのみでござる。ゆえにこのたびの話、別所龍玄どののご意向は重々承ったが、分不相応と申さざるを得ません」

父の厳しい声が続き、客の恐縮している気配が伝わってきた。

「別所龍玄どのにお伝えくだされ。わが丸山家と龍玄どのの別所家とでは、不相応でござる。どうぞ、お申し入れは、これきりにしていただきたい。これがわが丸山家の返事でござる」

ああ、龍玄さん。あなたはなんという不思議な人なのですか。

百合は、せつせつとざわめく胸の中で思った。

「失礼いたします」

許しも得ずに襖を開けた。客が、不仕つけなふる舞いに不審を隠さず、百合を見た。父親が睨みつけ、たしなめる口調で質した。

「百合。何事か」

「父上。わたくし、別所龍玄さまのお申し入れを受けとうございます」

屋敷中が、冷たい石のように静まりかえった。龍玄の伯父・竹内好太郎は、力なく口を開け、百合から目を離さなかった。

「望んでいただけますなら、わたくし、別所龍玄さまの元に嫁ぎとうございます」

冷たい石の沈黙がくだけた。

「許さん。下がれっ」

父親の怒声が、疾風（はやて）となって百合に吹きつけた。だが百合は、自分の言葉と覚悟に励まされ、勇気づけられ、疾風に耐えた。

三

その日、北町奉行所の平同心・本条孝三郎（ほんじょうこうざぶろう）は、無縁坂講安寺門前の、別所龍玄の住居を訪ねた。

妻の百合が、玄関の取次の間に手をつき、本条と、本条の従える紺看板に梵天帯の、御用箱をかついだ中間（ちゅうげん）を出迎え、辞儀を述べた。娘の杏子が、百合の肩にすがって、玄関の軒庇下に立った本条に、今にも何か問いかけそうな、丸い大きな目を向けている。

本条が、無縁坂の別所龍玄の住居を訪ねたのは、今日で三度目だった。

最初は、龍玄の父親の別所勝吉が卒中で亡くなり、北町奉行所の朋輩の同心らと、通夜の焼香を上げにきたときだった。二度目の、残暑の厳しいこの秋の初めは、龍玄が百合を妻に迎え、一年足らずではや生まれた赤ん坊が、子猫のような声で泣いていた。その赤ん坊が、そろそろ立って歩こうとしている。

「お内儀、ご無沙汰しておりました。別所さんは、ご在宅ですか」

本条は、前きたときよりはくだけた口調で訊きながら、杏子に笑いかけた。

「主人はただ今、所用で出かけております。どうぞ、お上がりくださいませ。お待ちいただければ、追っつけ戻ってまいります」

「生憎（あいにく）、今日はまだ用があって、ゆっくりしていられません。別所さんにお伝えください。明日昼八ツ（二時頃）、奉行所のお呼び出しです」

本条は、差し紙を中間の御用箱からとり出した。百合は杏子をわきに抱えて式台に降り、改めて端座し、差し紙を受けとった。杏子がそれをとろうと、小さな手をのばした。

本条は思わず笑い、すぐに真顔になった。

「いつもの、牢屋敷の御用ではありません。お奉行さまが直々に、別所さんに御用をお達しになられます。そのように」

「お奉行さまの？　それでは、お奉行所ではお奉行さまに直に、お取次をお頼みいたすのでしょうか。それとも、本条さまをお訪ねいたせばよろしいのでしょうか」

「お奉行さまの御用には、わたしも同席を命じられています。たぶん、御用部屋ではなく、奥のお奉行さまの居室にうかがうと、思われますので、まずはわたしのところへ。わたしが案内します」

「承りました。明日昼八ツ、北町奉行所お奉行さまのお呼び出しにより、まずは本条さまをお訪ねいたすよう、主人に伝えます」

「よろしく」

本条は、百合の傍らで今にも何か問いかけそうに見上げている杏子へ、一瞬、滑稽な顔を作って見せ、びっくりさせた。

大名屋敷の土塀に沿って、晩秋の日が降る不忍池が見える無縁坂をくだりながら、本条は呟いた。

「相変わらず、器量よしじゃねえか」

中間が本条の呟きを聞きつけ、

「本当に、綺麗なおかみさんですね。あたしらの間でも、別所さんのおかみさんは器量よしと、評判ですよ」

と、後ろで言った。

「そうかい。どんな評判だい」

「出戻りだが、身分のない浪人者の別所さんには、分不相応なお旗本の家柄で……」

「器量よしと評判のかみさんと、愛くるしい子供ってわけかい。妬けるね」

本条は、龍玄より二つ年上の二十四歳で、未だ独り身である。

「本条さまも、そろそろおかみさんを……」

本条は、ふん、と鼻で笑った。

用を済ませて北町奉行所に戻ると、当番方の上役から、早速、出役を命じられた。

日本橋通旅籠町の大丸新道で、刃傷沙汰があって、自身番よりおとり調べの出役願いが届いていた。

「下手人は、町役人らがとり押さえお縄にしている。死人は出していないが、怪我人がいるようだ。刃傷沙汰だと、町役人では始末がつけられないから、かかり合いの者らが通旅籠町の自身番に顔をそろえ、御番所の出役を待っている。すぐに行ってくれ」

承知しましたと、本条は休む間もなく、中間を従え通旅籠町へ向かった。

通旅籠町の自身番には、当番や店番、自身番雇いの書役のほか、怪我を負い、頭に晒を何重にも巻き、目が隠れそうな左多右衛門という中年の男と、お加江という若い年増、大丸新道界隈の家主がいた。

刃傷沙汰を起こした下手人は、明次という二十三歳の小伝馬町の畳職人で、歳は若いが腕がいい、と小伝馬町でも通旅籠町でも知られていた。自身番奥の三畳の板間に、後手に縛られ、ほたにくくりつけられていた。唇が切れて血が固まり、殴られた頬が赤く腫れていた。

鉄炮町の味噌醤油問屋の左多右衛門は、今日の昼間、大丸新道の店に困っていた妾奉公のお加江と畳表の張替えを頼んだ明次との、姦通の現場にき合わせた。左多右衛門は明次をなじり、二人は争い、もみ合っているうちに、明次は台所の出刃包丁をとり出し、左多右衛門に斬りつけた。さらに、大丸新道を逃げる左多右衛門を追いかけたところへ、町役人らが駆けつけ、明次をとり押さえた。

というのが刃傷沙汰の子細だった。

「とり押さえるとき、暴れたようだな」

「温和しくしておりました。包丁も持っておりませんでした。顔の腫れは、左多右衛門さんと争った折りのもので」

「ほう。争った折りにかい」

本条は晒をぐるぐる巻きにし、つらそうにうな垂れた左多右衛門を見かえした。左多右衛門は中年ながら、腕っ節の強そうな身体つきだった。それに比べ、若い明次は、見た目は目鼻だちの整った美男だが、身体つきは若い職人らしく、無駄な肉のない細身だった。

「包丁はこれでございます」

当番が手拭にくるんだ出刃包丁を差し出した。手拭をとると、包丁に血はついていなかった。

「血はぬぐったのかい」

「いえ。台所に捨ててあるのを拾ったのですが、初めからこんなもので。よく見ると、先のほうにほんの少し……」

これじゃあかすり疵じゃねえのか、と左多右衛門を一瞥し、明次へ向きなおった。

「明次、妾だろうと人妻だろうと、姦通は同じだ。おめえとお加江は姦通を働いた。相違ねえか」

顔を伏せた明次は、気弱そうに頷いた。

「違います。あたしは、明次さんに無理やり押さえつけられたんです。畳の張替えを頼んで、休憩の折りにお茶を運んでいったら、いきなり襲いかかられて。女の身では、男の力にかないませんから」

お加江が、すすり泣きながら言った。

「おう？　そうなのかい」

「布団を敷いたのは、お、お加江さんです。色っぽい声で誘われて、つい……」

明次はか細い声でかえした。

「そんな。あたし、無理やりやらされたんです。恐い顔で睨まれ、仕方なかったんです」

「恐い顔で睨まれたから、温和しく布団を敷いたのかい」

机の前の書役が、ぷっ、と噴いた。

「嘘つき。いい加減なことを言うな。か弱い女に罪を着せて、言い逃れる気か」

左多右衛門が明次を睨みつけ、怒声を投げた。頭に巻いた晒で目は隠れそうだったが、声は元気だった。

「で、左多右衛門にその場を見つかって争いになった。おめえはかっとなって、台所の出刃包丁をつかみ、左多右衛門に斬りつけた」

「さようです。この破落戸はわたしを殺そうとしたんでございます」

「そ、そうじゃありません。左多右衛門さんに打たれましたが、左多右衛門さんはそれでは気が収まらず、包丁をとり出し、殺してやると言ったんです。やめてください、ともみ合いになりました。もみ合っているうちに、包丁が左多右衛門さんの額にあたって、血が出ました。左多右衛門さんは、人殺し人殺し、と叫びながら外へ走っていったんで、あっしは包丁を捨てて、待ってください、そうじゃありませんと、追いかけました。そこへ町役人さんらがきたんで……」

「いい加減なことを言うな。おまえはわたしを殺そうとしたじゃないか。おまえはわたしを殺して、お加江を無理やり自分のものにしようと企んだ。そうじゃないか。お役人さま、こいつは密夫の極悪非道の人殺しです。即刻、打ち首獄門に」

左多右衛門がいきなり立ち上がり、板間の明次の前にきて喚きたてた。

「左多右衛門、晒ぐるぐる巻きにしちゃあ、元気そうじゃねえか」

すると、左多右衛門は急に頭を抱え、

「痛たたた。だめだ。立っていられない」

と、苦しげに板間へ坐りこんだ。

姦通は本来、姦夫姦婦とも死罪で、本夫(ほんぷ)は、不義を犯した妻も密夫も、殺して差しつかえなかった。ただ、妻が拒んで未遂の場合、妻は死罪にはならなかったし、姦通は親告罪でもあって、密夫が本夫に内済金を払って内済にすることがしばしば行われた。《密夫の首代》を金で話をつけた。江戸で七両二分、上方では五両が相場になっていた。

姦通は、妾の場合も同じである。

だが、左多右衛門は内済にする気はなかった。逆恨みに殺されかけた、と頑なに主張した。仕方なく、本条は明次を南茅場町(みなみかやばちょう)の大番屋へしょっ引いた。お加江は未遂だと言い張り、明次も同意したので見逃した。

夜更けの五ツ（八時頃）すぎ、入牢証文を奉行所手附同心より受けとった。明次を縛め、大番屋から小伝馬町の牢屋敷へ夜道を連行した。途中、明次は顔をくしゃくしゃにし、男前が台なしだった。密夫にしては、気の弱そうな男だった。

本条は、ちょっと同情した。

「おめえの落ち度だ。仕方がねえよ」

「お父っつあんとおっ母さんが、います。あっしが打ち首になったら、倅はあっしひとりだし、お父っつあんとおっ母さんは……」

「そうかい、お父っつあんとおっ母さんと、おめえひとりかい。お父んとお母んは、さぞかし悲しむだろうな」

明次は喉を絞り、頷いた。涙が顎からいく筋もしたたり落ちた。

「おれから左多右衛門に、内済にするように言ってやるよ。今は気がたっているから、無理だがな。小伝馬町の町役人にも、寛大なお裁きの嘆願書を出してくれるよう、頼んでやる。まあ、重い罪には違いねえが、今どき打ち首にはならねえと思うぜ。大丈夫さ」

「……本途は、未遂じゃ、ありません」

喉をつまらせつつ、明次は言った。

「わかってるさ」

本条は気が重かった。

こいつひとりを、責めるのもな……

と思いながら、夜道に雪駄を鳴らした。

四

翌日、北町奉行所内座之間（うちざのま）に、本条と龍玄は、床の間に向かって端座していた。内庭へ射していた日が午後になって陰り、背後に閉じた腰付障子が、薄墨色に沈んでいた。

昼八ツすぎ、下城した北町奉行・初鹿野傳右衛門（はじかのでんえもん）が、黒の裃のまま、次之間より内座之間に現れた。奉行は、畳に手をついた本条と龍玄に、ふむ、と頷きかけ、床の間を背に着座した。続いて今ひとり、継裃を着けた年配の士が、奉行の隣へ座を占めた。

「手を上げよ」

奉行が重厚な声で言った。

龍玄は目だたぬ鼠色の裃を着け、本条より少し退って端座していた。龍玄が町奉行にお目通りが許されるのは、二度目である。一度目は、父親の勝吉が亡くなったあとのお目通りだった。そのお目通りは、「励め」と、ひと言をかけられただけで退った。

奉行は、手を上げた龍玄を見つめ、こういう男だったか、というふうに目を細めた。

しばしの間をおき、やがて言った。

「別所龍玄、おぬしに御試し御用がある。できるか」

「承りました」

龍玄は頭を垂れ、平然と答えた。

龍玄の平然とした応対に、奉行のほうが訝しんで眉をひそめた。本条も、後ろの龍玄へ意外そうに首をひねった。奉行の隣の士が、遠慮のない探る目つきを寄こしていた。

御試し御用とは、老中、若年寄、御腰物奉行扱いによる、将軍家のお試し斬りの御用である。従来の試し斬りとは格式がまるで違う。奉行は、それがわかっておるのか、というふうな不審を露わにして、すぐに次の言葉を出さなかった。

「畏れ多くも将軍家の御試し御用を承り、粗漏なく相務める所存です」

平然とした口ぶりで龍玄が続け、奉行と並んだ士が顔を見合わせた。士は龍玄へ向きなおり、冷やかに言った。

「別所龍玄どの、それがしは、御腰物奉行さま配下の、腰物方頭役・菅田猪兵衛（すがたいへえ）でござる」

「別所龍玄でございます」

「若いのに落ち着いておられる。肝が据わっておられるのであろう。そうでなければな。ところでこのたびは、御家門・尾張家の松姫（まつひめ）さまお輿入れお道具の、小さ刀にて……」

菅田は御試し御用の子細を述べてから、また遠慮のない探る目つきを投げた。菅田と龍玄の間で、本条は居心地が悪そうに黒羽織の背中をすくませている。

「御試し御用は、享保（きょうほう）以来、山田家の世襲ということになっておるが、ただ、このたびの御用が小さ刀ゆえ、ご老中さま、若年寄さま、御腰物奉行さまのご協議中、たまたま、山田家でなくとも、相応しい品格と技量を具（そな）えた者であれば、という意見がご老中さまより出された。それではと、こちらのお奉行さまにお訊ねいたしたところ、別所どのの名前が出たのでござる」

「囚獄の石出帯刀と、首打役を務めた同心らに訊いた。みな、別所龍玄の技量に一目おいていた。殊に、そちらの本条が、別所龍玄は、歳は若いが、山田浅右衛門に技量、胆力、ともに劣らぬと強く推したのだ」

奉行が言い添えた。

「畏れ入ります」

「それがしのうかがったところでは、別所家は、摂津永井家に仕える古き家柄にて、別所どのは、その別所家の血筋を引いておられるようですな。別所どのの先々代が、摂津より江戸に下り、御試し御用役の山野勘十郎の門下にて、御試し御用の手代わりを務めたこともある倉持安左衛門の食客となった。倉持安左衛門亡きあと、牢屋敷の首打役を引き継がれた。同じ山野勘十郎の門下には、ただ今の山田家の祖・山田浅右衛門貞武がいた。それでよろしいか」

はい、と静かな口ぶりで龍玄はかえした。

「先々代の別所弥五郎どの、先代の別所勝吉どの、当代の別所龍玄どのと、別所家は三代にわたって、首打役の手代わりを務めておられる。別所どのはどういうお考えで、先代よりその務めを継がれた」

菅田は試すように訊いた。

龍玄は、黙然として目を伏せた。

牢屋敷の首打役は、相当の技量と度胸を必要とし、しかも失敗は許されなかった。だが、仕損なうことはあった。そのため、町奉行所の若い同心の役目ながら、町奉行扱いにより、下請役の《手代わり》が認知されていた。龍玄は、牢屋敷の首打役の手代わりを務め、首を落とした胴を試し斬りにし、刀剣の利鈍、斬れ味を鑑定し、謝礼を得ていた。謝礼は、数十両から、大家や大名家の依頼ならば、百両、二百両という場合もあった。

世間では、牢屋敷の首打ちと公儀の御試し御用を務め、代々浅右衛門の名を継ぐ山田家が知られていた。別所龍玄を知る者は殆どいなかった。だが、町奉行所や牢屋敷の一部の同心らの間では、もしかしたら、山田浅右衛門より腕がたつのではないか、あいつは化け物だ、などと、揶揄とある種の畏敬をない交ぜにした評価で、龍玄の名は通っていた。

「十八歳の春、わが父・勝吉に代わって首打役と試し斬りを務め、刀剣の利鈍の鑑定書を依頼主に提出いたしました」

龍玄は淡々と答えた。

「初めて切場に臨み、目隠しをされ、人足らに両腕をとられた罪人が、筵(むしろ)に据えられたとき、わたくしは、ただ斬られる者と斬る者として、死にゆく者と生き残る者として、一個の人と人として、罪人と相対しておりました。あのとき、相手が誰であれ、一個のわが生と、一個の他者の死に向き合った一瞬が、胸に刻みこまれました。すなわち、首打ちを果たしたその一瞬が、例えようもなく厳かに感じられてならず、あのとき、わたくしは、それをわが務めにする決意をいたしました」

菅田と奉行が顔を見合わせ、冷やかな苦笑いを交わした。奉行が苦笑いを払うように、咳払いをした。

「厳かに、でござるか。よくわからんが。では、本条どの」

と、菅田は本条に向いた。本条は上体を傾け、はあっ、と甲高い声を上げた。

「本条どのは、牢屋敷の様場(ためしば)において、これまで別所どのの技量、胆力を見てこられ、別所どのの今のお話はおわかりか」

「いえ。よくわかりません。死にゆくとか生きるとか、罪人の首を刎(は)ねるのが厳かと言われても、どうもわたしにはなんのことやら、呑みこめません、はい。ですが、初めて別所さん、ではなくて別所どのの首打ちに立ち会ったときの驚きは、今でも覚えております。別所どのが、ちら、と動いたと思ったら、首打ちはもう終っており、罪人の首は土坑(どこう)に落ち、首を打ったあとに血は噴かず、雨垂れのように、ととと、と静かにしたたっておりました。別所どのはまるで、木だちのように、首のない罪人の傍らに佇み、なんと言いますか、ふる舞いの何もかもが穏やかで、無理がなく、驚いたというか、こんなふうに人の首を刎ねる者がいるのかと、寒気を覚えたほどです」

菅田は、まだ腑に落ちぬという様子で首をかしげた。奉行が、黒裃の袴を指先でときを刻むように打っていた。すると、

「今ひとつ……」

と、菅田は物思わしげに呟き、再び龍玄に訊ねた。

「別所どのは、以前、武家の切腹の介添役を務められたことがあると、うかがっておる。それについてはいかがか」

「三年前の十九歳のときから、希(まれ)に介添役の依頼があり、事情をお聞きしたうえで、お引き受けいたしております」

「切腹の介添役は、牢屋敷の首打ちとは違う。ただ、技量、胆力があればできる、というものでもない。ひと廉(かど)の、槍ひと筋の士分でなければ、務まる役目ではな

い。失礼だが、浪人の別所どのが、いかなる武家の、いかなる事情の切腹の介添役を務められたのか」

「それは、切腹をなさるご当人とお家の事情があり、お答えいたしかねます。わたくしが切腹をなさる事情をお訊ねするのは、何も知らぬ者の介添を受けるのは、ご当人も無念かと思われますゆえ……」

「ふむ。それもそうだな。別所どのは、本郷の大沢虎次郎どのの道場で、一刀流を修行なされたとうかがっておる。大沢どのに、介添役の手ほどきを、授けられたのでござるか」

「初めは、大沢先生のお口添えがあって介添役をお受けしました。その折りに、介添役の手順しきたりをうかがったのみにて、特段に手ほどきを受けたことはありません」

「希に、と言われたが、ということは、一度ではないのですな。切腹する武士の介添を、すでに何度か、果たされたのですな」

菅田は、手刀で空を斬り、介錯をする仕種をして見せた。

龍玄は黙って首肯した。

「われらは、介錯人・別所一門である」

父親の勝吉は称した。ただし、勝吉は切腹の介錯人を務めたことはなかった。勝吉にとって、介錯人と称することは、ひと廉の武士の誉れであり、牢屋敷の首打役で生涯を終えた別所勝吉が、武士であることの証(あかし)であり、値打ちであった。龍玄にはそれがわかっていた。勝吉が、介錯人・別所一門と称することの、せつなさも空虚さもである。

だが、龍玄は沈黙を続けた。

「ふむ。その若さで、凄いな」

菅田が奉行へ目配せした。

「よかろう。別所、日どりは追って沙汰する。御家門・尾張徳川家の御試し御用ゆえ、牢屋敷では執り行わない。箱崎(はこざき)の久世大和守(くぜやまとのかみ)どのの中屋敷になるだろう。本条、別所への指図は滞りなくおぬしが務めよ。よいな」

奉行が命じた。

五

町奉行所で明次の詮議が始まるのは、当分先で、もしかすると、年を越してからになるかもしれなかった。明次が両親と暮らす小伝馬町三丁目の界隈では、畳職人として腕はたつし、姿形のよい男前で、親孝行で人柄もいいと、明次の評判はよかった。

「自分から、不埒(ふらち)なふる舞いを仕かけるような男ではありません。あのとおり、見た目も人柄もいいので、声をかけられることが多く、二十三歳の若い男ですから、つい魔が差した、ということだと思うのですが」

町役人はため息まじりに言った。

確かに、お加江の色っぽさで言い寄られたら、魔が差すのも無理はねえな、と明次と同じ年ごろの本条は思った。左多右衛門が内済を受け入れなかったとしても、町役人や界隈の住人らが、明次の寛大なお裁きの嘆願書を出せば、そう重い刑にはならないはずだった。御定書では姦夫姦婦ともに死罪だが、内済があたり前に通用している今どき、それはないだろう、日本橋で三日間の晒しに所払い、そんなところか、と考えていた。

その日、平同心の本条は御成道(おなりみち)の警固役に、終日、駆り出された。夕刻、役目を終えて奉行所の同心詰所に戻ると、年寄並同心の三山圭助(みやまけいすけ)が、本条の傍らにきてささやいた。

「本条、手柄だな。ご褒美が出るぞ」

「ええ、手柄？　からかうのはやめてください。朝から御成道の警固役で、立ちっぱなしだったんです。こうくたびれちゃあ、手柄をたてている暇なんぞありませんよ」

「からかっちゃいないさ。手柄をたてたんだって。間違いない。ご褒美が出たら、二番組で盛大に祝宴をあげようじゃないか」

三山は、本条の属する二番組の組頭である。

「はいはい、二番組でぱっとやりましょう。ご褒美がいただけましたらね」

と、本条は真に受けず、十以上歳の離れた三山の戯れに苦笑をかえした。

「で、わたしは、どんな手柄をたて、どなたからご褒美がいただけるんで？」

「人斬りの別所龍玄にやらせる、御試し御用の件だ。御試し斬りの罪人が決まったと、さっき、牢屋敷の石出さんから知らせが届いたのだ。そのうち、お奉行さまのお指図があるだろう」

「ああ、やっと決まりましたか。でも、それがわたしの手柄になるんですか。御試し斬りをやるのは別所さんですよ。御家門の御試し斬りですから、鑑定料は相当な額になるのは間違いありませんが。そりゃあね……」

そこで本条は声をひそめた。

「別所さんから、このたびはと、某かのつけ届けはあると思いますよ。何しろ、お奉行さまに別所さんを強く推したのは、わたしですから。御試し御用を拝命するのは、首打役の誉れでしょう。けど、つけ届けをご褒美と言われましてもね。それがご褒美なら、三山さんは初中終、ご褒美をいただいているじゃありませんか。お出入りの大店から」

「よせよ。そうじゃない。御試し御用のお役にたてる罪人のことだ。先だって、通旅籠町の大丸新道で刃傷沙汰があったな。明次とかいう畳職人が、鉄炮町の味噌醤油問屋の妾に密夫を働いて、それが味噌醤油問屋に見つかり、逆に怪我を負わせた。明次を牢屋敷に打ちこんだのは本条だろう」

「そ、そうですが」

本条の顔から急に血の気が引いた。だが、夕方の赤い西日が詰所に射していたため、三山は気づかなかった。

「囚獄の石出さんが、大牢と西牢の三十歳以下の若いのを丸裸にして一列に並べ、身体に彫物はないか、疵痕はないか、腫物できもの虫刺されの痕はないか、肌の色艶は悪くないか、弛まずにぴちぴちしているか、手足は健やかか、逸物の形と大きさは一人前か、牢屋同心に丹念に調べさせ、この胴体なら将軍家の御試し御用に相応しい、と決まったのが明次だ。ありがたい話じゃないか。明次は首を打たれて罪を償ったうえに、自分の胴体が御試し斬りのお役にたち、人斬りの別所龍玄は名を上げ、本条はご褒美がいただけ、二番組は祝宴をあげる。いいことずくめだ」

「ちょっと、ま、待ってくださいよ」

本条は三山へ身を乗り出した。

「おかしいじゃないですか。明次の一件はまだ詮議も開かれていないんですよ。詮議も開かれず、お裁きも出ていないのに、首打ちの御試し御用なんて、できるわけがないでしょう。首打ちと、決まっていないんですから」

と声を荒らげたので、詰所の同心らがふり向いた。三山は周りを見廻し、本条を制した。

「大きな声を出すな。密夫は死罪に決まっておる。詮議をするまでもなく、明次の死罪は明らかではないか。明次は死罪と、お奉行さまがすでにお裁きをくだされた。お奉行さまのお裁きは、御定書になんの障りもない。本条がとやかく口を挟むことではない。待て。話はまだ終っておらん。祝宴の……」

本条は、三山の話の途中で立ち上がって、躍るように詰所を走り出ていた。

破風造りの壮麗な表玄関の式台に駆け上がり、玄関の間を抜けて、磨き抜かれた板敷の先の奉行用部屋へ飛びこんだ。

用部屋では、十人の手附同心がそれぞれの机についており、手附同心の頭越しに、紫檀の文机に向かっている黒の裃姿の奉行が見えた。傍らに目安方の与力・神津彦左衛門が着座し、奉行と言葉を交わしていた。三間余の朱の素槍が、奉行の背後の壁に厳めしく架かっている。

西向きの内庭のほうから、夕日が腰付障子を照らし、用部屋はまだ十分に明るかったが、なんとも言えない陰気な明るさだった。

手附同心らが、本条を不審そうに見上げた。かまわず、手附同心らの間を、失礼、お奉行さまの御用で、などと腰を折り、小声で言いわけしつつ通り、奉行の前へ、勢いよく倒れこむように坐った。

本条のいきなりのふる舞いと、ただならぬ様子に、奉行と神津が怪訝な顔つきで睨んだ。

「本条、何事だ。お奉行さまに無礼だぞ」

神津が厳しい語気で咎めた。

「平(ひ)らに、平らに、お許しを願います」

本条は、畳についた手に額がつきそうなほど、頭を下げた。手附同心らが、何が始まるのだ、というふうに見ていた。

「無礼は許さん。退がれ」

「ご無礼は重々承知いたしております。ではございますが、お奉行さまにどうしてもお訊ねいたさねばならぬ子細が、ございます」

「ならん。おのれの分をわきまえよ。お奉行さまにおうかがいをたてるなら、まずは組頭か上役を通せ。一旦退がって出なおせ」

「まことに、わきまえもなく、畏れ入ってございます。しかしながら、お奉行さまにお訊ねいたします」

本条は平身低頭したまま、繰りかえした。

「しつこいぞ、本条。いい加減にしろ」

「神津、よい。どうせ本条を呼ぶつもりだったのだ。本条、何が訊きたい。申せ」

奉行がわずらわしそうに言った。

「おうかがいいたします。このたびの別所龍玄にお申しつけの、御試し御用の罪人が、小伝馬町三丁目畳職人の明次に決まったと、伝え聞いたのでございます。そ、それはまことなのでございましょうか」

「すでに聞いたか。そのとおりだ。明次は姦通をいたした廉で、本条が召し捕えたそうだな。姦通は死罪だ。御定書で明らかである。おぬしの手柄だ。御腰物奉行に伝えておく。ご褒美がくだされるだろう」

「お、お奉行さま、御試し斬りに、明次の胴を使うというのは、異なことでございます。何かの間違いでは、ございませんか」

「何かの間違いだと？」

「本条。控えろ」

「いえ。はい。ま、間違いでございます。と申しますのも、明次は捕えられて日が浅く、未だ詮議は開かれておりません。姦通とひと口に申しましても、それにいたる経緯（いきさつ）にはまだ明らかではない子細があり、わたくしの調べでは、明次には情状を酌（く）みとる余地は、十分にあると思われます。また、明次は畳屋のひとり息子でございまして、倅を頼りに思う両親がおり、のみならず、明次は小伝馬町界隈では親孝行で働き者、歳は若いが腕のいい畳職人、近所づき合いにも気遣いのできる男と、評判もよく、町内の住人らが、明次の寛大なお裁きを願う嘆願書を出す動きもあると、聞きおよんでおります。真っ当に正直に暮らし、汗水垂らして懸命に働き、親を大事にし、お上を敬って生きておる民を、詮議することもなく首打ちに断罪するのは、ま、間違いでございます。明次を首打ちにすれば、明次に江戸中の同情が集まり、お上に恨みが残りかねません」

「黙れっ。民がお上を恨むなどと、滅相もないことを言い出しおって。明次は密夫を働いたのだぞ。罪を犯した者をお定めどおりに罰することの、何が間違いか」

神津が怒声を投げた。奉行は黙って本条を見つめている。本条のこめかみに、冷や汗が流れた。だが、本条は言った。

「民はお上の宝。民なくしてお上は成りたちません。密夫は重い罪でございます。しかしながら、たった一度の、つい魔が差した過ちのために死罪に処するのは、か、可哀想でございます。明次よりもっとひどい、悪事を働いた者が、牢屋敷にはほかにおるはずでございます。御試し斬りになってもいたしかたない明らかな罪人が……」

沈黙が流れた。頭を垂れた本条の鼻先から、冷や汗が垂れた。手附同心の紙をめくる音が、嘲笑うように聞こえた。やがて、不気味なほど低く容赦ない言葉を、奉行が発した。

「御試し御用に、彫物や疵のあるうす汚れた不浄な胴を使えと、おぬしは言うつもりか」

本条は震えながら、声をふり絞った。

「民の命でございます。何とぞ憐みを……」

奉行はこたえなかった。座を立ち、不機嫌を露わに西側の襖を開け放って、用部屋を出た。畳廊下を荒々しく踏み鳴らす音が、去っていった。本条は、平身低頭して石のように固まっていた。

「馬鹿者がっ」

神津が本条の頭の上から罵声を浴びせ、奉行を追っていった。

六

十月のその日、干からびた冷たい風が、町々の往来に土埃(つちぼこり)を巻き上げ、冬の陽射しに黄ばんだ霞をかけた。

明次が乗せられた唐丸籠(とうまるかご)は、網がかぶせられ、その上からさらに筵を覆い、外が見えないように鎖(とざ)されていた。護送の途中、吹きつける冷たい風に筵の裾がひるがえって、まぶしい日が、ゆれる籠に合わせて、筵の隙間からまばたきしていた。

昼前、大牢で明次の名を呼ばれたとき、いよいよ詮議が始まり、町奉行所の詮議所に行くのだと思った。畳を何枚も重ねた上に坐って囚人に睨みを利かす牢名主に、

「御番所へ行ってまいります」

と言った。

「行ってこい……」

牢名主は牛のようにうなった。

ただ、張番所(はりばんしょ)で下男の縛めを受けながら、自分ひとりというのが解せなかった。奉行所の詮議所へ行くのは、いつも早朝で、必ず何人かが数珠つなぎに縛られ、町中を連行されて行くと、聞かされていた。

牢舎の外に唐丸籠が待っているのを見て、奉行所の詮議ではないらしいと察し、怖気(おじけ)づいた。胸が激しく打ち、足が震えて動かなくなった。その背中を、

「心配するな。ただのお調べだ」

と、当番所の平番が乱暴に突いた。

唐丸籠に乗せられ、改番所のある埋門(うずみもん)、次に表門を抜け、南へ折れ、小伝馬町、大伝馬町のほうへとったところまでは知れた。だが、長く籠にゆられているうち、どこを通っているのか見当がつかなくなった。町中を通っているのは、人の声や荷車の車輪の音でわかった。

頭がぼうっとして、恐怖に少し慣れたころ、冷たい川風が籠に吹きこんだ。橋を渡っているらしく、川の臭いがした。かすかな生臭さが感じられ、潮の臭いが混じっているのがわかった。

橋を渡ってから、籠は二つ曲がって、大きなお屋敷に着いたようだった。籠が止まり、筵が払われた。屋敷の木々が風に騒ぎ、茶色く色あせた枝葉のゆらぎの間から光が降りかかって、明次は目を細めた。

籠から出されると、牢屋敷の同心ではなく、袴姿の侍に周りを囲まれ、裏口のような引戸をくぐり、うす暗い土間に入った。

土間続きに広い板間があって、そこに継裃の年配の侍が立っていた。侍は、飾りつけの置物に見え、明次に向けた目をそらさなかった。また激しく鼓動した。背中を丸め、年配の侍の眼差しを避(さ)けて土間を曲がり、板廊下へ上がった。

静寂が屋敷にたちこめ、庭の木々が風にゆれるざわめきだけが、重苦しく聞こえていた。

板廊下を少し行くと板戸の引戸があり、前を行く侍が引戸を開けた。そこは屋敷の風呂場だった。暗い中に、無双窓のわずかな隙間から射す明るみが、奥の古い風呂桶に上る湯気を、青白く映していた。

「牢屋敷の垢を落として、身体を浄めるのだ。獄衣と下帯は焼き捨てるゆえ、身体を浄めたらこれに着替えよ」

侍のひとりが、抑揚のない口調で言った。風呂場の隅に籠があり、そこに新しい布子と帯、それに下帯も用意されていた。

明次はわけがわからないまま、獄衣と下帯をとり、身体を縮めて湯を張った風呂桶のそばへ行った。長い間籠にゆられて身体が冷えていたので、湯は十分温かった。けれど、小伝馬町三丁目の湯屋の、朝湯の熱さほどではなかった。朝湯に入りたい、と思うと涙が出た。目をぬぐい、月代がだいぶのびた髷を、湯で濡らしてなでつけた。

周りを囲んだ侍たちは、眉ひとつ動かさず、明次が湯を汲んで、身体にかける仕種を見守っていた。

と、さっきの裃姿の年配の侍が、風呂場の引戸の外に、いつの間にか立っていた。やはり、湯を浴びる明次へ置物のような目を向けていた。寒気が走り、身体中が粟だった。収まっていた鼓動が鳴り出した。手が震え、湯が上手く汲めなかった。

お父(と)ん、お母(か)ん、と心の中で呼び続けた。

真新しい下帯をつけ、布子を着た。それから、黒光りのする拭縁(ぬぐいえん)を通り、塵ひとつ落ちていない広い座敷に連れて行かれた。裃姿の侍は消え、周りを囲む侍のほかは、屋敷の中に誰ひとり見かけなかった。

座敷は、庭に面した黒塗り桟の腰付障子が閉じられ、白い障子に竹林の影が映っていた。竹林の影は風でゆれ、落莫(らくばく)としたささめきが、邸内の静けさをいっそうかきたてた。

座敷の真ん中に坐らされ、侍たちは部屋の四隅に着座した。すぐに、小姓ふうの二人の士が膳を持って現れ、明次の前に並べた。膳には、口取りに半月の蒲鉾(かまぼこ)、切巻玉子、尾頭つきの小鯛の平皿、酢たこの猪口(ちょこ)、真黒(まぐろ)の刺身、大根と里芋の煮物、吸物の椀、小茄子(こなす)の漬物、味噌汁、白い飯の碗が並んでいた。見るのも初めての、豪勢な料理だった。

「どうぞ」

明次よりも歳の若そうな小姓のひとりが、冷たく言った。黒い目で明次を見つめ、まばたきもさせなかった。

明次は美味そうな料理を目の前にして、食欲を覚えなかった。空腹だったが、食いたくなかった。自分が、こんな豪勢な料理を食う謂れが思いつかなかった。人をからかうのはいい加減にしてくれよ、と思った。

だが、若い小姓が再び言った。

「どうぞ」

どこか、咎めるような口調だった。

明次は怯え、両肩に首を埋めた。

震える手で塗箸をとり、味噌汁の椀をとった。こぼさないように汁を吸った。こぼしちゃいけないよ、と子供のときからお母んに言われてきた。見た目は豪勢でも、味のうすい、生ぬるい味噌汁だった。お母んが毎朝拵える味噌汁は、もっと熱くて辛かった。お母んの味噌汁と比べて、美味いとは思えなかった。

大根と里芋の煮物に箸をつけ、小茄子の漬物で飯をほんの数口、殆ど嚙まずに呑みこんだ。最後に半月の蒲鉾をかじり、残りを戻してから塗箸をおいた。

塗箸が、膳に乾いた音をたてた。

肩をすぼめてうな垂れ、膝に手をそろえた。

「よろしいのか」

小姓が言葉少なに質し、明次は頭を垂れた。

膳が速やかに運び去られた。広い座敷の真ん中に明次と、部屋の四隅に着座した侍だけになった。腰付障子に映る竹林の影へ目を泳がせ、小さな吐息をもらした。竹林の影は風にゆれ、ささめいている。

ふと、明次は思った。

こんなことまでしてくれるのは、お許しが出るからじゃないのか。でなきゃあ、牢屋敷からわざわざ連れ出して、こんなことをするのは、筋が通らないじゃないか。そうだ。まだ詮議も開かれていないのだし、お裁きが出たわけじゃないんだから。

そう思った途端、そうか、そうなんだ、と確信が腹の底から湧き上がってきた。

そのとき、強い風が吹きつけ、障子に映る竹林の影が、失笑するように騒いだ。

すると、間仕切の襖が開き、次の間から、裃姿の新たな侍と、町奉行所の黒羽織を着けた二人の同心が、座敷に入ってきた。三人は明次の前に並び立って、裃の侍が証文をとり出し、即座に開いた。

明次は畳に手をつき、うずくまった。

三人は、町奉行所の検使役の与力と同心に違いなかった。検使役与力が、型どおりに証文を、張りのある声で読み上げた。

「小伝馬町三丁目作兵衛店畳職人明次、そのほう、さる九月二十四日、通旅籠町大丸新道九左衛門店に居住の、左多右衛門雇いの奉公人加江に対して、不埒なるふる舞いにおよび……」

明次は頭がもうろうとして、読み上げられる文言は聞こえていたが、言葉は聞きとれなかった。しかし、

「……よって死罪……」

と、だらだらと続いた文言のあとに、その言葉は発せられた。

それが、風にゆれる竹林のささめきだったのか、与力の声だったのか、明次には区別がつかなかった。ただ、吐き気を覚えるほどの悪寒にさらされ、悲鳴を懸命に堪えて息を喘がせた。いっさいが偽りに思われた。何もかもが仮初めの戯れに思われた。今ここにある自分すらも。そして、死罪すらもが。

全身から力が抜け、気が遠くなり、横たわってしまいそうだった。

明次の両側から、屈強な力で両腕をとられ、倒れそうな身体を持ち上げられた。格天井がゆれて、今にも落ちてきそうだった。座敷を出て、拭縁を通り、うす暗い土間に裸足で降り、再び、風にゆれる木々の枝葉を透して陽射しの見え隠れする庭に出た。

庭には、牢屋敷の同心や人足らが、明次を待っていた。首打ちの刀や首を洗う水桶を、提げている者もいた。

両側の侍に代わって周りを囲んだ人足が、明次の腕を後手にとり、痩身に切縄をかけた。牢屋同心が、半紙二枚を重ねて二つに折り、細い荒縄を折り目に沿って通し、頭の後ろで結え、明次にとりつけた。

目隠しをされ、牢屋同心に背中を押された。

一歩一歩、押し出された。

その間、誰もが押し黙り、ほんの小さな呟き声すら、聞こえてこなかった。ただ、自分の荒い吐息が、耳にまといついて離れなかった。吹きつける風が、明次の鬢のほつれ毛をなびかせ、目隠しを震わせた。吐息は、喉から絞り出される笛の音のように、悲鳴のように鳴り出し、風に乗って流れた。

大川に架かる新大橋の橋詰から、蘆荻に覆われた中洲わきの三俣を通って、田安邸下屋敷の石垣に沿い、箱崎へいたる掘割を入ったところに、永久橋が架かっている。

その永久橋南詰の向かいの、箱崎の掘割端に、前夜、下総の久世大和守の命により、仮小屋が急遽かけられた。

久世大和守の中屋敷は、箱崎にあった。

小屋は板葺屋根の下に、白い幔幕を壁代わりに張り廻しただけの簡易な造りながら、久世家の家士らが周辺を厳重に固め、箱崎側の掘割端の往来は、昼前から通行止めになっていた。また、永久橋の袂の河岸場も、その日は船がすべて退かされ、大川から永久橋をくぐって箱崎へ行くことも、箱崎から大川へ出ることも禁じられていた。

箱崎の掘割端には船宿が軒を並べ、箱崎橋の対岸には、下総の行徳と舟運で結ぶ行徳河岸があった。船宿の船や舟運の船は、新堀のほうを通るしかなかった。永久橋の袂で客を引いている船饅頭も、その日はどこかへ消えていた。

龍玄は、山桃色の小袖、紺地を千筋縞に抜いた袴、白足袋に草履の装いに、黒紐の襷がけと袴の股立ちを臑が見えるほどにとって、その小屋の中に佇んでいた。

佩刀の村正の黒鞘が鈍い質実な光を放ち、総髪に結った髷にわずかな乱れもなく、中背ながら引き締まった痩身は、絵師が若侍の凛々しさと静けさ、そして移ろいゆくときの果敢なさを、一幅の錦絵に描いたような立ち姿だった。

小屋の周囲を廻る白い幔幕を、西の空の日が照らし、掘割の柳の木の影を映していた。東の大川のほうから、中洲の蘆荻を騒がし、三俣を越えて吹きつける風は、虫の羽音のように幔幕を叩き、震わせていた。

小屋は、幔幕を透した日の、淡い明るさにくるまれていた。小屋のほぼ中央に、御試し斬りの土壇場と思われる盛り土が築かれ、検使役の諸役人が坐ると思われる三台の床几が、土壇場の東方の幔幕のそばに並んでいた。北側の掘割に近いところには、九尺（約二百七十センチ）四方の血溜の土坑が掘ってあり、その前に、空俵が敷物のようにおかれていた。

龍玄の佇まいは、その土坑に近い西側の一角の、淡い明るみに気配をまぎらわせ、身動きひとつさせず、光と風をこともなげにやりすごしている、そんな風情だった。

小屋の南側の白い幔幕を背に、五人の屈強な侍が、裃姿で厳めしく立ち並んでいた。これは、万が一の不測の事態に備え、小屋の中を警固する役目に遣わされた、久世家の家士と思われた。背後の幔幕に射す日が、居並ぶ侍たちを黒い影で隈どっていた。

本条は、龍玄と同じ西側の、三間ほど南に離れた幔幕のそばに位置を占め、龍玄に話しかけるか、それともよすか、迷っていた。

本条は、検使役の与力や同心らより先に、久世家の中屋敷から小屋にきた。龍玄が現れるのを待ち、首打ちが始まる前に、話をするつもりだった。しかし、龍玄はすでに小屋にいた。土坑のそばに佇む姿を見つけ、

ああ、この男はそうだったな。

と思った。

牢屋敷の様場でも、気を高めているのか鎮めているのか、あるいは祈っているのか、ひとり物静かに佇んでいる。御試し御用のためにかけたこの小屋の中でも、龍玄のふる舞いは同じだった。

牢屋見廻りの同心や牢屋同心らは、首打ちに臨む前の龍玄の静かすぎる様子を、

「あいつは化け物のようで、気味が悪い」

と言い合った。

「ああ、別所龍玄は化け物さ」

本条も朋輩らに言ったものだった。

けどな、あの男は天から化け物の技を授かって生まれたのさ。だから化け物なのさ。

と、本条は、龍玄が化け物のような技を天から授かっていると、自分だけが気づいていて、もしかしたら、当の龍玄自身さえ気づいていないかもしれない才に、自分だけが気づいていることを、内心、自慢に思っていた。

黙っちゃいられねえぜ。

本条は、自分に言い聞かせた。龍玄の一間余の間まで近づき、声をかけた。

「別所さん、あんたに言っておきたいことがある」

すると龍玄は、今やっと本条が小屋の淡い明るみの中に、ともにいたことを気づいたかのように、冷然とした会釈と、化け物のささやかな笑みを寄こした。

「本当は、今ここで言うことじゃねえだろうし、別所さんの役目にもかかり合いのねえことなんだが、この御試し御用に別所さんをお奉行さまに強く推した手前、やっぱり、言っておかなきゃならねえと、思ってな」

本条は、龍玄の目を真っすぐに見られなかった。視線を土坑のほうへそらし、

「これから、御試し御用になる明次という若い職人のことだ。明次に死罪のお裁

きが下され、御試し御用に決まった事情だ」

と続けた。

龍玄と目を合わせたのは、それを話し終えてからだった。

「こんなことになるとは思わなかった。おれにも別所さんにも、所詮、どうにもならねえとしても、この始末に別所さんを巻きこんだのはおれだ。だから、後ろめたくてな」

幔幕を透した日の淡い明るみの中で、龍玄は変わらずに佇み、冷やかな沈黙を守っていた。本条は、龍玄の沈黙が、ちょっと不服だった。何か言ってくれよ、おれを責めてくれていいんだぜ、と思った。

そのとき、幔幕が外から開かれ、継裃を着けた御腰物方頭の菅田猪兵衛を始め、牢屋敷の奉行・石出帯刀、検使役の町方与力、御腰物方と思われる諸役人が、次々とくぐり、小屋の中に入ってきた。みな裃を着け、重々しい足どりだった。

菅田と石出、検使役の与力が床几に腰かけた。諸役人は、三人の後ろの幔幕との間へ並び立ち、菅田の後ろの者が、御試し斬りの小さ刀を仕舞った桐の白箱を、恭しく捧げ持っていた。

菅田は、北側の土坑のそばに佇む、山桃色の小袖に黒襷をかけた龍玄へ、いく分、好奇の交じった眼差しを投げた。それから、龍玄から数間離れた本条と目を合わせ、頭を垂れた本条に、小さく頷いてこたえた。

風が強くなっていた。幔幕に映る掘割端の柳の木の影が左右に乱れ、幔幕の下から吹きこむ風が、小さな土埃を巻き上げた。

やがて、小屋の外に人数のざわめきが聞こえた。

再び幔幕が開き、先導の牢屋同心に続いて、二人の人足が腕を左右から押さえ、後手縛りの縄目をつかんだひとりは背中を押す恰好で、囚人が小屋へ入ってきた。真新しい布子に切縄がかかり、半紙の目隠しが顔を覆っていた。

そのほかにも二人の人足が囚人につき、検使役同心と牢屋見廻り同心、さらに、四人の牢屋同心が物々しくぞろめいて姿を見せると、幔幕は音もなく閉じられた。

目隠しをかけた囚人の相貌は、わからなかった。それでも、背の高い痩身と、布子の裾から出た裸足の運びが、囚人の若さを感じさせた。囚人ののびた月代やほつれ毛が、風になびいていた。

左右の人足と、後手の縄目をつかんだひとりが、囚人を前へ前へと押して行き、菅田や石出や検使役人、諸役人らの前を足早に通りすぎ、土坑へ近づいていった。囚人も人足も裸足だった。

水桶を提げた牢屋同心と今ひとりが、龍玄の一間余、西側の後方に立った。この二人は龍玄の首打ちの介添をする。また、先導役と二人の牢屋同心、検使役の同心と牢屋見廻り同心の五人は、土壇場を隔て、床几にかけた菅田らと相対し、西側に立ち並んだ。

町方同心は黒羽織に白衣の着流しが定服だが、牢屋同心は羽織袴である。

五人の後方の幔幕のそばに、二人の人足が、これは跪いた。ひとりは、わきに莚を抱えていた。首打ちと御試し御用が済んだ亡骸に莚をかぶせて、回向院へ運ぶのである。

本条は、介添役と五人の検使役の間に、ひとりで立ちつくしていた。明次が人足らに両腕をとられ、背後から押されて土坑の前へ進んでゆく様から、目を離さなかった。明次は息苦しそうに喘ぎ、笛を吹くような音をたてて、喉を引きつらせていた。その喘ぎは、お許しを、と虚しく乞うているように聞こえた。

なんてことをしやがる。

と、本条は顔をしかめた。無性に腹がたった。

明次は、土坑の前の空俵に両膝をついて坐らされた。縄の結び目をつかんだ人足が、明次の布子を肩までくつろげ、うな垂れた頭を真っすぐ土坑へ突き出すように、髷を引いた。疵ひとつない艶やかな肌が露わになって、小屋の淡い明かりに照らされた。

両腕をとった左右の人足は、明次の左右の裸足をにぎって押さえた。目隠しの半紙が震え、明次の喘ぎが、お許しを、と乞い続けている。

そのとき龍玄は、牢屋同心が刀身にかけた水を、一度、鍔を小さく鳴らしてふり、雫を落とした。それから、平然とためらいも見せず数歩進み出て、土坑の前の明次の傍らに立った。そして、まるで、枝の花へ手を差しのばすような、さりげない軽々とした仕種で、淡い明かりに銀色に映える一刀を、上段へとった。

菅田や御腰物方の諸役人や、久世家の警固役の立ち並ぶ家士らの目が、龍玄にそそがれていた。初めて首打ちの場に立ち会うその侍たちは、血飛沫が噴き、首打役が血まみれになる凄まじい斬首の一瞬を、見逃すまいとしていた。その侍たちの誰もが、お上のお裁きが執行される、厳格で威厳のある、お上の正義に一点の曇りもなく、つけ入る隙のない一瞬を、息を吞んで見守っていた。

それは、まばたきの間に執行された。

上段にあった龍玄の一刀は、一瞬の閃光とともに下段へ落ち、神仏に祈りを捧げるようにやわらかくわずかに両膝を折って、龍玄は凝っとしていた。

たった今まで聞こえていた明次の苦しそうな喘ぎ声と、喉を引きつらせた笛を吹くような音は消えた。明次の頭は、さりげなく辞儀をして俯せたかのように見えたばかりで、終ったのかどうかが、菅田らの場所から見えなかった。

人足のひとりが、すぐさま土坑へ飛びこみ、明次の目隠しをとって、髻（もとどり）をつかんで高々と拾い上げて見せた。それで、首打ちの執行されたことが、確かめられたのだった。

菅田も御腰物方の諸役人も、久世家の家士らも、こんなものか、と首をかしげるほど呆気ない一瞬だった。首打役の勇ましい雄叫びも、首を打たれる者の血まみれのむごたらしい血飛沫も、絶叫も悲鳴もなかった。息を呑んで見守るほどのこともない、拍子抜けするような、務めは果たされたのかもしれないが、お上の威厳を示すには少々物足りなく、武士らしい荘厳さにいく分欠けるような、そんな気がしないでもなかった。

しかし、それがそのように執行され、本条は少し、ほっとしていた。

人足がかざした明次の首は、点々としたたる血の雫以外は、穏やかに目を見開き、苦しみのときがようやくすぎ去って、今は落ち着きをとり戻し、小屋の中のすべてを安らかに見わたしていた。顔色は悪かったが、目鼻だちは生きていたときのように整って、なかなかの男前だった。

龍玄は、血刀を差し出し、半紙で刀身をぬぐう牢屋同心に任せた。そのとき、ほんの一瞬、本条と眼差しを交わした。だが、すぐにそらせ、静かに刀を納めた。

そして、淡い明るみの中で変わらぬ佇まいを見せた。

風が白い幔幕を叩き、幔幕に映る掘割端の柳の木の影が、龍玄の周りで躍っていた。

さすがだ、別所さん。礼を言うぜ。

本条は龍玄のそばへ行き、そう言いたい気分だった。

七

翌日、龍玄は小伝馬町三丁目作兵衛店の、畳屋の店先に立った。店の狭い間口から前土間がうす暗い奥へのび、突きあたりに引き違いの腰付障子を閉じた寄付きがあった。

前土間は畳屋の仕事場になっていて、紺縁の畳や坊主畳が、壁にいく帖もたてかけてあり、中央の作業台に、年配の畳職人が向かっていた。紺木綿の半着に股引姿の職人は、薄帖(うすじょう)の畳床に畳表をかけ、畳鍼(たたみばり)で刺縫う作業に黙々とかかっていた。肘を使い畳鍼の糸を引っ張る職人の息をつめたうめきと、畳のかすかな軋みが聞こえた。

職人は頰が痩(こ)け、うすい髷にも白髪がだいぶ目だっていた。黒足袋の片方が破れた穴を、丁寧(ていねい)につくろってあるのが見えた。

職人は、店先の陽射しの下に立った龍玄に気づき、用心深そうな眼差しを向けた。衰えてはいても、厳しい職人の顔つきだった。

龍玄は菅笠をかぶり、濃い鼠(ねず)の袷に黒袴を着けた軽装だった。黒袴の膝に手を添え、土間の職人へ黙礼を投げた。それから、開け放した表戸をくぐって作業台へすすんだ。

前土間には、奥で焚いているのか、やわらかな線香の匂いが嗅げた。龍玄は菅笠をとって再び辞儀をし、職人に言った。

「ご主人の小吉(しょうきち)さんで、いらっしゃいますか」

「へい。あっしが小吉でございます。畳のご用で、ございますか」

小吉は、童子の面影をどことなく残した若い龍玄を物思わしげに見守り、訊ねた。

「畳の用ではありません。こちらの明次さんにいささかかかわりのある者にて、別所龍玄と申します。昨日、明次さんが亡くなられた事情は、承知いたしております。ご主人にお悔みを申し、もしも、明次さんのお弔いが、執り行われているのであれば、明次さんのご冥福を祈り、焼香を上げるため、おうかがいいたしました」

「別所さまは、お上のお役人さまで、ございますか」

「役人ではありません。しかし、牢屋敷において、御番所のお指図を受け、御用を請け負う生業をいたしております」

「御用を請け負う？」

小吉は、鉞を畳に刺して放し、半着の埃を払うと、龍玄をまじまじと見つめた。

そのとき、奥の寄付きの腰付障子が引かれ、年配の女が顔を出した。女は前土間の小吉と龍玄のほうへ、不思議そうな顔を向けた。小吉の女房で明次の母親は、お登喜と聞いている。お登喜は、寄付きから土間に降り、龍玄に辞儀を寄こした。

「あんた、お客さんなら……」

お登喜が、龍玄を探るように見ながら、恐る恐る言った。小吉はお登喜をふり向きもせず、嗄れた声を絞り出した。

「牢屋敷の御用をお務めでございましたら、ご承知でございましょう。わけは申しません。明次の弔いは、いたしておりません。位牌も遺骨もございません。線香が匂うのは、先々代から祀っている仏壇に、毎朝欠かさず、上げているからでございます」

死罪になった者は、下手人の裁断以外、葬儀を執り行うことはできなかった。

「それでは……」

龍玄は白紙の包みをとり出し、小吉の前の畳にさりげなくおいた。

「ご先祖さまを祀る仏壇に、お供えください」

小吉は白紙の包みを一瞥し、また龍玄を暗い目で見つめた。

「昨日の夕刻、北の御番所の本条孝三郎と申されますお役人さまが見え、明次の着物や持ち物を届けてくださったんでございます。明次が入牢になった経緯は、聞いております。明次の落ち度は、重々承知しております。ではございますが、若い者のたった一度の、つい魔が差した罪でございます。あっしらは、明次は罪を償って戻ってくる。お上の御定めがそうであったとしても、お慈悲をかけていただけ、命ばかりはお助けいただけるものと、手前勝手に思いこんでおりました。あっしが言うのは手前味噌とお思いでしょうが、明次は働き者の親孝行な倅でございました。お上がそんな倅の命を、奪うわけがないと、思いこんでおりました。うちは、あっしのじいさんの代からこの町で畳屋を始め、親父から受け継ぎ、あっしが三代目でございます。跡を継ぐ倅も婿をとる娘もおりませんから、この畳屋は、あっしで閉じることになります」

小吉は、物憂い口調で続けた。

「本条さまが申されました。町奉行所の同心の誰も敵わない、神業を授かった腕利きの侍が役目を果たしました。明次は長く苦しまなかった。むごたらしくもなかった。静かに安らかな死に顔だったと、うかがいました。それから、明次の亡骸は、お上の御試し御用のお役に、見事たてられたと……」

小吉は、束の間をおいた。

「もしかしたら、別所さまは、明次の首を打った、神業のお侍さまではございませんか」

「わたくしが相務めました」

龍玄は静かに答えた。

「では、お侍さまの神業で、明次は首を打たれたうえに、ありがたいことに、何度も何度も、お上の御試し御用が済むまで斬りつけられ、ずたずたにされたんで、ございますね」

龍玄に向けた小吉の眼差しが、凍りついていた。

すると、お登喜がいたたまれないような小走りになって、下駄を土間に鳴らした。お登喜は、小吉のそばへ並びかけた。白髪まじりの丸髷は乱れ、ほつれ毛がなで肩にそよいだ。母親らしい純朴な顔に、明らかな心労が刻まれ、目は赤く潤んでいた。

お登喜は胸をはずませ、潤んだ目で口惜しそうに龍玄を見上げた。

「お、お侍さま。明坊に、なんてひどいことをしてくれたんですか。明坊は、あたしの産んだ子です。あたしの自慢の倅です。あたしの宝です。あたしは明坊に看とられて、先に死んでいくはずだったんです。人の宝を奪って、御試し御用だなんて、そんな罰あたりな、そんなむごい仕打ちが、よく平気でできるもんですね。それがお上のすることですか。人をそんな無慈悲な目に遭わせても、お上は許されるんですか」

お登喜の声は震え、涙が頰を伝った。

龍玄は沈黙をかえした。

「よせ。もう言うな」

「だって……」

お登喜は、顔を覆ってその場にかがみこんだ。お登喜のうめき声が、うす暗い作業場に物憂く流れた。

「別所さま、あっしらは、別所さまの所為でも、本条さまの所為でもないことは、よく承知しております。別所さまも本条さまも、お上のお役目を、果たされているだけでございますから、本条さまや別所さまをお恨みするのは筋違いと、わかっております。ただ、あっしらは、そろそろ明次に家業を継がせて、と考え始めたこの歳になって、突然、たったひとりの、かけがえのない倅を、失ったんでございます。そんなことは、珍しくもない、世間にありふれた、理不尽でも、あっしらにはどうすることもできず、諦めて堪えるしかないことなんでございます。あっしらは、明次を守ってやれなかったんでございます。けど、それが苦しくって、ならないんでございます。堪らなくって、つらくって、遣りきれなくって、ならないんでございます。別所さま、どうぞこれは、お持ち帰りください」

小吉は、畳においた白紙の包みを、龍玄のほうへ差し戻し、頭を垂れた。

「あっしらに代わって、ご先祖さまが、今は明次を守ってくれております。別所さま、二度とあっしらに、おかまいくださいませんように。あっしらも明次も、放っておいていただきたいんでございます。これ以上のお気遣いは、ご無用でございます。何とぞ、お引きとりを、お願いいたします」

しかし、龍玄は言った。

「位牌と遺骨はなく、葬送の読経はなくとも、死者を弔う心はあります。帰らぬ人との別れを惜しみ、悲しみ嘆く情はあります。わたくしは明次さんと、この世でたった一度の、深いかかり合いを持ちました。信じてもらえないかもしれませんが、わたくしのような生業の者でも、死者を弔う心は同じです。何とぞこれを……」

と、龍玄は紙包みを再び押しかえし、素早く踵をかえした。往来に出て、速やかに歩みを進めつつ、菅笠をつけた。

龍玄は、二度とふりかえらなかった。

八

数日後、静江とお玉が神田川に架かる新シ橋を渡り、向柳原の往来を三味線堀の先の下谷七軒町のほうへ向かっていたとき、

「お玉ぁ」

と、呼びかけられた。

「お加江姉さん」

お玉は、往来の反対側を、浅葱の十徳に紫の宗十郎頭巾をつけた年配の男に、甘えかかるように並んで通りかかったお加江に気づき、呼びかえした。

お加江は丸髷に髪を結い、白粉に紅の化粧はだいぶうすめで、藍地の落ち着いた小袖の装いが、甘えかかる仕種以外は、裕福なお店の若いお内儀を思わせた。

「大奥さま、済みません。知り合いのお加江姉さんなんです」

お玉が言い、静江は、「ああ、先だっての……」と微笑んで、立ち止まった。

お加江は宗十郎頭巾の男を往来に残し、草履を鳴らして駆け寄って、甲高い声で言った。

「お玉、また会ったわね」

すると、お加江の歯がお歯黒に染められていたので、お玉は、「あっ」と声をつまらせた。目を瞠（みは）って、お加江を見つめ、それから、往来の反対側に立ち止まって、こちらを見ている宗十郎頭巾の男へ、探るような一瞥を投げた。

「お加江姉さん、おかみさんになったの」

お玉が訊くと、お加江は華やかな笑みとお歯黒をまた見せた。

「おかみさんらしく見える？」

「じゃあ、この前の大丸新道の旦那さんのおかみさんに？」

「あっちはもうやめた。男のくせにささいなことに口うるさくて、お金に細かい人でね。それに、悋気（りんき）が強くて、いろいろあって。中途半端なお金持ちって、本当にだめね。でも、今度の旦那さまは、かけ値なしの凄いお金持ち。あたしに、髪は丸髷にしろ、歯はちゃんと染めろって、おかみさんに言うみたいに言うのよ。後添えに入るように、言われてはいるんだけどね。まだ返事はしていないの。考え中なの」

お加江は、まんざらでもなさそうな目つきと仕種をした。

「今度の旦那さまって、あの人？」

お玉は静江に遠慮して小声で訊いたが、お加江は頓着なしだった。

「そうよ。浅草御蔵前で、お武家相手の札差だったのよ。今は、家業をご長男に任せて、大旦那さまなの」

お玉はまた宗十郎頭巾の男へ、ちょっと長めの目を流した。色白で小太りの、眉毛は白く、六十前後の年ごろに思われた。確かに、いかにも裕福そうに見えた。

「あたしの住居は、この先の下谷七軒町の小島町よ」

「下谷七軒町？　だからここで……」

「今日は神田の弁慶橋の寄合茶屋で、書画と骨董の会があって、旦那さまと、そこへ行く途中よ。お玉は？」

「あたしは大奥さまのお仕事のお供で、三味線堀のお武家屋敷へ」

「ああ、お武家屋敷へね」

お加江は言って、静江と目を合わせ、肩を斜にかまえるようにすぼめて辞儀をした。

「お加江さんでしたね。先だっては。お変わりありませんか」

静江が笑みを浮かべて言った。

「あ？　は、はい。大奥さま」

お加江は、静江に声をかけられたのが決まり悪そうにかえした。だが、すぐに顔つきを戻してお玉へ向いた。

「じゃ、あたし、もう行くね。お玉、遊びにおいで。広いお店だから、旦那さまがこないときは、泊っていってもいいよ」

「行くよ」

お加江は、往来の反対側でこちらを見て待っている宗十郎頭巾の男のそばへ、身体をくねらせ駆け戻っていった。お加江の様子は、先だって、根津門前町で見かけたときと変わらなかった。お玉へ小手をかざしてふって見せ、また男に甘えかかるように並んで、往来の人通りの中を歩き去っていった。

お玉はお加江を見送り、首をかしげた。

「奉公先が、変わったようですね」

静江がお玉の後ろから、やはりお加江と宗十郎頭巾の男を眺めて言った。

「大奥さま、あれでいいんでしょうか」

「気になるのですか」

お玉は、往来を去ってゆくお加江から目を離さぬまま、気になるふうに頷いた。

「いろいろあって、と仰っていましたから、いろいろあったんでしょう。人それぞれです。お加江さんはお加江さん、お玉はお玉。そういうものです。お玉、行きますよ」

お玉は、はずむようにふりかえった。そして、丸い顔の団子鼻をふくらませ、若い活きのいい声と潑剌とした笑顔を、静江にかえした。

「はい。そうでございますね、大奥さま」

同じ午後、龍玄は無縁坂の住居の居間で、刀剣の鑑定書を認（したた）めていた。

居間の土縁を隔てて、戸を開けた裏庭の楓の木が、色づいた葉をいつの間にかだいぶ散らし、痩せて寒そうに見えた。だが、初冬の穏やかな昼下がりの、やわらかな日が射し、戸を開けていても寒くはなかった。

昼から、静江とお玉がとりたてに駿河台下から下谷のほうへ出かけ、百合と杏子が茶の間で声を交わしている。杏子が声を上げるたびに、百合は、はあい、とか、なんですか、とか、そうなの、とささやきかけている。

龍玄は母と子のやりとりを聞きながら、文机の鑑定書にとりかかっていた。かたき刃、あまき刃、しぶとき刃、かたくしてしぶとき刃、しぶとくしてかたき刃、あまくして大事なき刃、かたくしてやくにたたぬ刃……などの刀の硬軟強弱のいずれかに該当する鑑定を、記していくのである。

筆を進めていると、ふと、茶の間と居間の間仕切の襖の間から、杏子が這って入ってきて、不思議そうな目で、龍玄の背中を見上げているのに気づいた。

「おや。きたのかい」

龍玄が笑いかけた。杏子は何かを言って龍玄のそばまで這い、龍玄の身体につかまって立ち上がった。

「よし、杏子。こうしてやろう」

龍玄は坐ったまま、ふわふわとやわらかい杏子の身体を、目の上の天井へ差し上げ、

「高い高い、高い高い」

と、繰りかえした。

杏子は小さな手足を広げ、飛び廻る小鳥が鳴き騒ぐようなはしゃぎ声を、居間にまき散らした。

高い高い、高い高い……

杏子の歓声が、龍玄の胸にせつなく沁みた。

「あら、杏子、いつの間に。お父さまはお仕事中ですからね。こちらにいらっしゃい」

百合が居間にきて、高い高いを続ける龍玄のそばに坐って、杏子を抱きとろうとした。

そのとき、表に客の声がかかった。

「ごめんよ。別所さん、いるかい」

客の声が、軽い馴れ馴れしさで言った。

百合はすぐに立って、応対に出た。

「あ、本条さま。おいでなさいませ。ただ今主人を。どうぞ、お上がりくださいませ」

「いや。もう一軒、行かなきゃならないところがありましてね。立ち話で済むんで、別所さんを呼んでいただけますか。また、仕事の件です」

「さようですか。ではすぐに、主人に伝えてまいります」

百合と本条の声が、龍玄に聞こえた。

百合が居間に戻り、小声で言った。

「あなた、本条さまがお見えです。急いでいらっしゃるので、表でお待ちです」

「わかった」

龍玄は、杏子から目を離さずに言った。そして、

「高い高い」

と、小さく弱いけれども、優しく温かく、豊かで輝くような命のこもった杏子の身体を、目の上より高く、天井より高く、空よりも高く差し上げた。

捨子貰い

一

三ノ輪町の人通りにまぎれこんじまえば、そっから先は安心だからよ、と東尾久村からの戻り、兄ちゃんは笑顔を引きつらせて言っていた。

青々とした田んぼや畑が坦々と広がり、雑木林や森が彼方に見える野道を、急ぎ足に行く兄ちゃんに遅れまいと、お陸はとき折り小走りになった。両腕にしっかりと抱えた駒吉が、子猫のような声を上げて、ずっと泣いていた。

ごめんね。三ノ輪に着いたらお乳をあげるからね。あと少し、我慢しておくれ。

お陸は祈るような気持ちだった。

駒吉の泣き声は、白い雲の浮かぶ夏の終りの空へ、か細く果敢なげに流れていた。

もういや。絶対いや。もう金輪際やらない。こんなことをさせる兄ちゃんは嫌いだ。

兄ちゃんの痩せて頼りなさそうな背中を睨んで、お陸は憎らしく思った。口先ばかりのお調子者で、性根は臆病で、そのくせ向こう見ずな兄ちゃんだった。おれに任せろ、ちょろいもんさ、と一度目のとき口説かれた。一度だけならと、つい魔が差した。生まれて二月にもならない駒吉まで巻きこんで、こんなことを仕出かした。今日で三度目だった。

兄ちゃんに口説かれて、その気になった自分がみじめだった。

だって、あたしがご飯を食べないと、お腹が空いていると、お乳がちゃんと出なくなって、駒吉がお腹を空かすんだもの。

と、お陸は自分に言いわけした。

けれど、憎らしい兄ちゃんの、焦った足どりで行く背中を睨んでいるうち、だんだん可哀想に思えてきて、堪らなくなった。

馬鹿はあたしだ、と自分を責めた。

浅草の水茶屋で働いていたとき、好きな男ができて懇ろになり、駒吉を産んだ。駒吉が生まれると、水茶屋で働いて少々蓄えた稼ぎと一緒に、好きな男はいなくなった。

兄ちゃんは、男に逃げられ、乳をほしがりただもがくばかりの乳呑児を抱え、たちまち窮した哀れなあたしを、懸命に庇ってくれた。明日も生きていけるかどうかさえ知れない乳呑児と妹を守るため、お調子者でけちな博奕打ちを気どっている兄ちゃんが、身も心も磨り減らしているのはわかっていた。

あれはたぶん、お陸は生まれたばかりの一歳で、兄ちゃんは六歳だった。覚えていないはずなのに、お陸の子守をする兄ちゃんの、痩せた背中の温もりが感じられた。覚えていなくても、間違いなくあれは兄ちゃんの背中だと、お陸は思い出すことができた。

十三歳でお店の端女奉公に出され、十六歳のときに水茶屋に勤めを替えた。苦しいときやつらいときは、兄ちゃんがいてくれると思ったら、気が楽になった。

だから、

「誰かの金を盗むんじゃねえ。誰のでもねえ金のわずかばかりを、こっちに廻してもらうのさ。誰にも迷惑はかけねえ。迷惑をかけるのは駒吉だ。駒吉にちょいと我慢させ、我慢代をいただくだけだ」

と、兄ちゃんにささやかれ、つい心が動いてしまった。本途に、あたしって馬鹿。なってない。お陸は繰りかえし自分をなじった。

石神井川の向こうに、三ノ輪の町家が見えていた。北の大きな空の果てに雲が帯になって横たわり、南のいく枚も重なる田畑の彼方の東叡山の御山では、緑が陽射しの下で輝いていた。汗が首筋を流れ、息が乱れた。石神井川に架かる小橋を渡れば、三ノ輪の町家だった。三ノ輪まで行けば、と思った。

「倉太郎、待て。訊きてえことがある」

小橋の見えるところまできたとき、道端の木陰から、よく肥えた身体に太縞を着流した男が、草履を地面に擦りながら現れ、冷やかな声を投げつけた。

「じゅ、順造さん、お久しぶりで」

「三下が、気安く呼ぶんじゃねえ。おめえ、ここをどこだと思ってけつかる」

順造が吐き捨てた。

前方に順造らが四人、後方に三人の着流しの男らがぞろめき出て、野道の前後をふさいだ。

倉太郎は、怯えて地面に凍りついたように固まり、すくめた肩の間に首を埋めた。お陸も足が出なかった。身体が震え始めた。子猫のように泣き続ける駒吉を、いっそう強く抱き締めた。

「すいません、じゅ、あいや、すいません。ちょいと、びび、吃驚したもんで、つ、つい口に出ちまって……」

「そっちは、おめえの妹かい」

「へ、へい。妹の、お陸でやす。お、お陸、こちらあ、豊島村の十五郎親分のお身内で、代貸をお務めの、お偉いお兄いさんだよ。ごご、ご挨拶しな」

お陸は恐ろしくて、順造を見ることができなかった。

「その小汚ねえがきが、おめえが貰ってきた捨子かい。ええ、倉太郎さんよ」

倉太郎は、「そうですぅ」と、今にも泣き出しそうなかすれ声を絞り出した。

「お陸、おめえががきを捨てた母親かい」

お陸は、恐いのを懸命に堪えて頷いた。

「おめえ、わが子を捨てて、よく平気でいられるな。人でなしだな。子を食い物にする、恐ろしい鬼の母親じゃねえか」

つむった目から、涙が勝手にこぼれた。

「倉太郎、お陸、戻れ戻れ。十五郎親分がお待ちだ。行きな」

順造が顎を杓った。

「いや、あの、兄さん。あっしら、家に用がありやす。これから、家に戻らなきゃあ、ならねえんです」

倉太郎は怖々と言った。

「なんだと。捨子貰いのおめえらが、家に用があるから、戻らなきゃあならねえだと」

順造は鍋底を釘で引っかくような甲高い笑い声を、いきなり甲走らせた。野道の前後をふさいだ男らが、順造に誘われ、哄笑をまき散らした。途端、順造は不気味な怒りで頬の垂れた青黒い顔を歪めた。

「とっとと行きゃあがれ。抜け作が」

と、肉のついた指を広げた掌で、倉太郎の顎を突き退けた。

「わあっ」

と倉太郎は仰け反り、野道へ横転した。

「兄ちゃん」

倉太郎を呼んだが、後ろ襟を鷲づかみにされ、引き摺られた。

「世話焼かせんな。痛い目に遭いてえか」

男が耳元で喚き、お陸は悲鳴を上げた。

何人かの通りがかりの百姓が、遠巻きに見ていたが、順造らの剣幕を恐れ、誰も声を上げなかった。ただ、母親の異変を察したのか、駒吉の泣き声が、まるで蟬が鳴いているかのように高くなった。

その酒亭は、六阿弥陀巡り一番の西福寺より二番の延命寺へ向かう野道を、南へ少しはずれた林道端にあった。茅葺屋根の入母屋造りふうで、酒亭から隅田川を渡す豊島村の渡し場が見下ろせた。

店の周りの欅の林で、油蟬がどすのきいた声を上げ、あたりを威嚇していた。

「倉太郎、捨子貰いを働くぐれえだから、達者だったようだな」

日暮里、中里より北の隅田川端の村々、豊島村までを縄張りにする貸元の十五郎が、息苦しそうなくぐもった声を投げつけた。

十五郎は、長火鉢の縁台に片肘を載せ、片膝を立てた恰好で、だらしなく胡坐をかいていた。肩幅のある岩塊のような体軀に、紺帷子をまとい、裾をたぐって立てた足のぼってりとした腓と脛が、剛毛に覆われていた。のびた月代の下の狭い額は眉毛がうすく、ひと重の細い目の下の鼻と口が不釣合いに大きかった。赤銅色の頬骨が、鯉の鰓のように横へ張っていた。

倉太郎は十五郎に向き合い、八畳ほどの内証の真ん中にへたりこんでいた。首を折り曲げ、乱れた髷は今にもざんばら髪にほどけそうだった。うっすら毛の覆う月代に、棒で打たれて血のにじんだ数本の筋が、朱色になっていた。両目ともに、瞼が赤黒く腫れてふさがり、鼻血と唇が裂けて流れた血の跡が、口の周りと顎の先まで、赤く固まっていた。綿の着流しの前襟から肩がはだけ、うすい胸のあばらがのぞいていた。

千ぎれかけた袖から垂らした腕にも、はだけた肩や胸にも、さらに、着流しの身頃が割れて、むき出しの股や脛にも、血が斑点のように飛び散って、青あざが斑模様になり、みみず腫れが縦横に走っていた。

倉太郎の後ろに、お陸が据えられていた。お陸はすすり泣き、店の外の欅で騒ぐ油蟬のどすのきいた声に、泣くんじゃねえと叱りつけられているかのようだった。ただ、乳の出が悪くむずかっていた駒吉が、今はどうにか温和しく眠っているのが救いだった。

「久しぶりにおめえのしけた面を見たと思ったら、うちの縄張り荒しにきやがったわけだな。なんぞおれに恨みでもあるのかい」

「本途に、性質の悪い兄妹だこと」

十五郎の隣に横坐りになった女房のお蔦が、お歯黒を光らせ、憎々しげに言った。火をつけた煙管を十五郎に手渡し、ふむ、と十五郎は受けとった。煙管を二度吹かし、吸殻を長火鉢の縁台に叩きつけて落とした。そして、

「どうなんだい。恨みがあるなら聞くぜ。恨みの筋によっちゃあ、そりゃあ済まなかったと、詫びてやってもいいんだ」

と、いっそう声をくぐもらせた。

内証には、十五郎とお蔦のほかに五人の男らが、倉太郎とお陸をとり囲んでいた。十五郎の背後の壁には、神棚が祀ってある。間仕切の腰付障子を両開きにして、酒亭の店の間と前土間が内証から続いて、そこにも倉太郎の様子をうかがっている五、六人の手下らがたむろしていた。代貸の順造が、青竹を手にして倉太郎の傍らに立ち、

「答えろ」

と、倉太郎の頭を青竹で小突いた。

倉太郎は声も出せず、垂れた首を弱々しく左右にふるだけだった。

内証の五人のうち、用心棒らしき大柄な侍が、倉太郎とお陸が据えられた後ろの、通り庭側の内証の落ち縁に片足をつき、ここも開け放った腰付障子の敷居に

腰かけていた。

用心棒は、刀を肩に抱えた恰好で障子戸の組子の外枠に凭れかかって、倉太郎へ顔をひねると、倉太郎が木偶のように首を震わせる仕種を見てせせら笑った。

通り庭ごしに、油蟬がどすのきいた声をまき散らす欅林が繁り、木々の間より見える、隅田川の流れと豊島村の渡し場に午後の日が降っていた。

「恨みがあるわけじゃあねえのかい。そうかい。安心したぜ。恨みを持たれたまま冥土へ送っちゃあ、あとの祟りが恐ろしいからよ」

十五郎は、お蔦が茶碗に汲んだ冷えた麦茶を、太い喉を鳴らして飲み乾した。

「ふう。夏は冷えた麦茶が美味えな。ところで倉太郎、捨子貰いはお上の大罪だってえことは知ってるな」

倉太郎は小さくうな垂れた。

「よし。なら話は簡単だ。抜け作のおめえら兄妹は、うちの縄張り荒しを償ったうえに、お上の大罪を犯した罰を受けなきゃならねえってわけだ。しかしながら、畏れながらとおめえら抜け作をお上に突き出し、お上をわずらわせ、お手間をとらせるのは心苦しい。今ここでおめえらを始末すりゃあ簡単だし、世のためにもなるってもんだ。こちらの笹川先生に、おめえらの首をちょんちょんと刎ねてもらうのさ。笹川先生、お願いしますぜ」

「任せろ」

障子戸に凭れた笹川勇之助が、肩に抱えた刀の鍔を大袈裟に鳴らして持ち替えた。

「心配にはおよばねえ。そこの六阿弥陀巡りの一番の西福寺に、おめえらとがきをひとまとめに葬ってやるからよ。兄妹、母子、仲よく冥土へ行かせてやるぜ。西福寺は、ちゃんと信心してりゃあ、臨終のさいに阿弥陀さまがお迎えにきてくださる、ありがてえお寺さまさ。不信心なおめえらの分は、おれが拝んでおいてやるからよ」

お陸は駒吉を抱き締め、咽び泣いた。

「あは。泣いてるぜ。手遅れだがな」

十五郎と手下らが、哄笑した。

「じゅ、十五郎親分、妹と駒吉に、何とぞお慈悲を、お、お願えします。妹は、お陸は、なんも悪く、ねえんです。なんもかんも、あっしひとりが、たくらんだ、悪事なんです。お願いです。妹と、駒吉の、命だけは、お助けくだせえ。お陸は十九で、駒吉はまだ三月にならねえ乳呑児で……」

倉太郎は畳に手をつき、そのまま潰れそうな身体を支え、途ぎれ途ぎれにかすれ声を絞り出した。

「妹とがきの命を助けろだと？　同じ抜け作の妹でも、身内は可愛いってかい。お蔦、おめえ、お陸の面をそばへ行って見てこい。可愛いかどうかよ」

「あい」

お蔦が気だるそうに立ち上がった。小袖の裾を引き摺り、お陸の傍らに行くと、顔を伏せたお陸の頬を指先で抓(つね)った。そして容赦なく抓り上げ、顔を天井へ向けさせた。

「面を上げるんだよ。見えないだろう」

お蔦はお歯黒を剝き出し、喚いた。

お陸は、駒吉を抱き締め、歯を食い縛って耐えたが、耐えかねて悲鳴を上げた。

「お、女将さん、勘弁して、やってくだせえ。お陸は、あっしの指図のままに、やっただけなんで。やるなら、あっしに……」

「この女も、兄に似て間抜け面だね。亭主に逃げられるはずだよ」

お蔦は甲高い嘲笑をまき散らした。

「お陸は、なんも、知らねえんです。悪気は、ねえんです。女将さん、どうか」

倉太郎は四つん這いになって、お蔦のほうへ行きかけた。その背中に、順造が撓る青竹を続けて見舞った。

「悪気はねえだと。捨子をやった人でなしの母親が、悪気はねえだと」

「それぐらいにしておいてやれ。哀れで見ていられねえぜ。大袈裟に泣きやがってよ」

十五郎が言った。順造が青竹を下ろし、お蔦はお陸の頬を放した。

倉太郎はうずくまり、乱れた呼吸を繰りかえした。お陸は駒吉を抱いたまま、畳に俯せた。駒吉は温和しく眠っている。

「おめえら、他人の同情を買うのだけは上手えな。まいるぜ。倉太郎、そんなにお陸とがきの身が心配か。命を助けてやりてえか」

「はい……」

倉太郎は、すすり泣きながら頷いた。

「捨子貰いの大罪は許されねえが、せめて、お陸とがきの命だけは助けてやる手だてが、ねえわけじゃねえがな。倉太郎、おめえ次第だが、乗る気はあるかい」

不意に十五郎の言葉つきが変わった。

「その手だてなら、ひょっとしたら、おめえの命も助かるかもしれねえ。だから、あんまり気が進まねえのさ。罪を犯したおめえの身まで、助けることになりかねねえからよ」

あは、あは、と十五郎は笑ったが、目は笑っていなかった。すると、順造と子分のひとりが、倉太郎の両腕を乱暴にとり、長火鉢を挟んだ十五郎の前に引き摺っていった。

「谷中の新茶屋町に、庄治という破落戸がいた。性根の汚ねえ、けちな博奕打ちさ」

十五郎は声をひそめた。

「半月ほど前、その庄治が誰かに斬られてくたばりやがった。あの野郎のことだから、いつかはそうなるんじゃねえかと、おれは前から睨んでた。言わんこっちゃねえ。やっぱりそうなった。自業自得だぜ。だがな、ちょいと拙い事情ができた。庄治が斬られた夜、じつはおれは新茶屋町にいたんだ。ただの偶然だぜ。庄治のことなんぞ、気にもかけちゃいなかった。ところが、おれを新茶屋町で見かけた野郎がいた。そいつが、おれと庄治の仲があんまりよくねえもんだから、あろうことか、おれが庄治殺しの下手人じゃねえかと言い触らしやがった。で、北町の町方がそれを真に受け、おれを探っていやがるのさ。こっちは潔白だ。町方がどう探ろうが痛くも痒くもねえ。けどな、この稼業は町方に変に突かれりゃあ、厄介じゃねえか。痛くもねえ腹を探られることに、なりかねねえ」

十五郎は、倉太郎に大きな顔を近づけた。

「そこでだ、倉太郎。おめえ、おれの身代わりに、あっしが庄治を始末しましたと、北町奉行所に名乗り出ねえか。どういうふうに名乗り出るかは、辻褄が合うようにこと細かに教えてやる。その手だてに乗るなら、妹とがきの身は、大目に見てやれるぜ。妹とがきの命はとらねえ。どうだい。妹とがきを助けたきゃあ、それが唯一の手だてだぜ」

倉太郎は、頭をわずかに持ち上げた。痛めつけられ無残に歪んだ顔が、虚空を彷徨いゆれていた。

「どうなんだい。親分にお答えしろ」

順造が怒鳴り、倉太郎のはだけた肩を、青竹で小突いた。

「手荒な真似はよせ。倉太郎だって、切羽つまった末に悪事に手を染めたんだ。仕方がなかった。少しはこいつの身にもなってやれ。なあ、倉太郎。どうでえ、おめえ、乗るかい」

倉太郎が細い喉を震わせ、唾を呑みこんだ。それから、か細く震える声で言った。

「あっしが、親分の身代わりに、打ち首になれって、ことですか」

「そうじゃねえ。いいか。庄治殺しは、言ってみりゃあ、裏稼業の博奕打ち同士の喧嘩だ。お上は、表稼業の良民には定法でお裁きをくだされるが、裏稼業のおれたちの生き死には与り知らねえ。裏稼業の喧嘩は裏稼業の者で始末をつけよというお立場だ。むろん、そんなことを表だっては口に出さねえぜ。つまりだ。庄治殺しも、裏稼業の博奕打ちの喧嘩だから、博奕打ち同士で始末をつけさせろと、江戸所払いぐれえのお裁きをくだされるのが落ちさ。ひょっとしたら、おめえの命も助かるかもしれねえと、さっき言ったが、ひょっとしたらじゃねえ。間違いなくそうなる。これはな、おめえのためにもなるんだ」

「さっき、お、親分は、あっしを始末すると言って、今度は、助けると、言うんですか」

倉太郎が言うと、十五郎はいきなり荒々しく怒声を投げつけた。

「どうなんでえ。乗るのかい。乗らねえのかい。はっきりしやがれ」

太い腕を蛇のようにのばし、倉太郎の喉をつかんで顔を仰け反らせた。長火鉢の縁台の湯呑が、畳に転がった。

「やや、約束、してくれるなら、乗ります」

倉太郎は、喘ぎつつ言いかえした。

「約束だと？」

欅林で、油蟬が怒りをぶちまけている。

「約束を、守ってくれるなら、親分の、身代わりになります。男の、約束を……」

倉太郎の赤黒く瞼の腫れた目尻から、ひと筋の血が伝った。

二

五ヵ月余がたち、無縁坂講安寺門前の別所龍玄の裏店でも、冬の気配が少しずつ濃さを増していた。

板塀が囲う庭の、梅やなつめ、もみじの枝葉が黄や茶に色を変え、散り急いでいた。勝手口の外の、井戸端の椿は、夏に生え変わった緑の葉を繁らせ、松はさりげない枝ぶりをのばし、柿の木には赤い実が生った。

柿の実は渋柿で、母親の静江は、龍玄が子供のころから毎年、住居の北側の軒下に吊るし、干柿にした。今は、龍玄の妻の百合と、夏の初めに住みこみで雇ったお玉と、母親の静江の三人で干柿を作っている。

「あなた……」

西向きの窓ぎわの文机についていた龍玄へ、襖ごしに百合が静かに呼びかけた。

「とと」と、杏子のやわらかな呼び声が続いた。

「うん」

襖が引かれ、百合が白い顔をのぞかせた。

百合の傍らから杏子が、花弁(はなびら)のような手を広げて、歩き始めてまだ間もない覚束ない足どりを、龍玄のほうへ運んでくる。龍玄は、杏子のやわらかく小さな身体を抱き止めた。

「杏子、おめかしをしたか。お祖父(じい)さまとお祖母(ばあ)さまが、待っておられるぞ」

杏子がいろいろと話しかけてくる。

龍玄は、杏子を抱きかかえ、文机の前から立ち上がった。

「これから行ってきます。暗くなる前に戻ってきますが、今日はお義母さまが晩ご飯の支度をしてくださるそうです」

百合が茶の間から部屋に入り、

「杏子。お出かけしますよ」

と、龍玄の腕の中の杏子へ両手を差し出し、語りかけた。

「そうか。母上の支度か。久しぶりだな。たまにはよいか」

龍玄は物足りなそうに笑った。

百合は知らぬふりを見せて、龍玄の腕の中から杏子を抱きとった。

「さあ、行きましょうね」

杏子の身体を小さくはずませながら茶の間へ戻って行く。

龍玄の店は、古い板塀に囲われて、東向きに引き違いの板戸の門をかまえている。門から玄関に踏み石が並んで、玄関の式台から形ばかりの取次の間がある。取次の間の北側に床の間と床わきの棚を設え、落ち縁と土縁を隔てて庭に面した客座敷、南側が炉をきった板敷の茶の間になっていた。

茶の間の西向きは、竈や流し場を据えた勝手の土間になっていて、東向きの玄関の隣に中の口の土間がある。

その中の口の上がり端で、百合は杏子におくるみを着せ、下女のお玉が手伝った。静江は、百合とお玉の傍らで、「可愛いわね」と、杏子の綿のような髪を、指先で優しく梳かした。百合は中の口の土間に降り、

「お義母さま、行ってまいります」

と、静江に言った。

「はい。丸山のお父さまとお母さまによろしく伝えてくださいい。杏子、行っておいで」

「旦那さま、行ってまいります。大奥さま、行ってまいります」

杏子を抱き上げたお玉が、元気な声を出した。お玉は十六歳で、浅草今戸町の瓦職の娘である。龍玄は、お玉とお玉の腕の中で花弁の手をかざした杏子に、微笑みかけた。

百合とお玉が中の口を出て、門の外へ姿を消すと、静江が物憂げな吐息を吐いた。

「どうしました、母上」

「杏子の姿が見えないと、家の中が急に空っぽになったように感じられます。百合を嫁に迎える前は、龍玄と二人だけで、そんな感じはしなかったのに。歳ですね。歳をとるにつれ、だんだん寂しさが募ります」

「まだそんな歳ではないでしょう」

龍玄は笑ったが、ふと、母親の寂しさがわかる気がした。

「仕方のないことですけれどね」

「ええ」

龍玄は、それ以上言うのをためらった。

静江の部屋は、客座敷と襖を隔てた六畳間である。龍玄の両親の別所勝吉と静江が、講安寺門前の、形ばかりの玄関と式台のあるこの裏店を沽券ごと手に入れ、江が、講安寺門前の、
五歳の龍玄の手を引いて妻恋町の裏店から越してくる前、部屋は茶室に使われていた。その茶室が、今は静江の寝間をかねた居室になっている。

静江は夫の勝吉の生前より、御徒町、湯島、本郷、小石川などの家禄の低い御家人相手に、少しばかりの融通というほどの金貸を営んできた。静江は、近ごろは利息や返済のとりたてが忙しくなり、この寝間をかねた居室で、算盤を使って帳簿をつける仕事が日課になっていた。

龍玄は部屋の文机に戻り、書物の続きを開いた。今は荻生徂徠の《政談》を読んでいた。菊坂臺町の一刀流道場主・大沢虎次郎先生に勧められた書物だった。

静かな昼下がりのときが流れていた。龍玄が紙面を繰る音や、母親の算盤を居室ではじく音さえ、かすかに聞こえた。

寂寥が、ふと、龍玄の脳裡をかすめた。

先ほど、神田明神下の実家へ出かけた百合と杏子と供のお玉の戻りは、夕刻になる。

百合の実家は、神田明神下に屋敷をかまえる家禄二百俵の旗本・丸山家である。父親の丸山織之助は、勘定吟味役の能吏であった。今は隠居の身となって、丸山家を継いだ百合の兄が勘定組頭に就き、弟は本丸下の勘定所に出仕する勘定衆に就いている。

勘定吟味役は、家禄の低い旗本が就ける最高の役目と言われ、旗本の特に優れた子弟が選ばれた。丸山家はわずか二百俵の家禄ながら、一門の者はみな優能で、由緒ある家柄として界隈では評判の名門であった。

その名門・丸山家の百合が、二年余前、本郷無縁坂の講安寺門前の裏店に住む、別所龍玄の元に嫁ぐ話が聞こえたとき、界隈の武家であれ町家であれ、驚かぬ者はなかった。別所龍玄が、小伝馬町の牢屋敷において、不浄な罪人の《首打役》の手代わりと試し斬りを生業にし、先々代が上方より江戸へ流れてきた浪人者であるため、誰もが驚き、なおかつ呆れたのだった。

しかし、百合は出戻りだった。一度嫁ぎ、離縁になった。あれほどのお嬢さまがなぜ、とそれも界隈では評判になったが、その子細を知る者は少ない。

ともかく、百合が無縁坂の龍玄の元に嫁いだのは、二年前の秋だった。一年近くがたって、百合は杏子を産んだ。そうして、さらに一年少々のときがはや流れていた。

寛政元年のこの年、龍玄は二十二歳、百合は二十七歳である。

三

「お頼みします。ええ、お頼みします。こちら、別所龍玄さまのお住居とうかがい、お訪ねいたしました。お頼みします」

中の口より、客の声がかかった。

「龍玄、お客さまのようですね」

六畳間から静江が言った。

龍玄は、刀をとって立ち上がっていた。

「母上、わたしが」

静江の部屋へかえし、茶の間に出た。

中の口の腰高障子に客の影が、くっきりと映っていた。

「当家の者です。ご姓名とご用件をお聞かせ願います」

上がり端に坐り、障子に映る影に言った。

「あっしは、石出帯刀さまご支配の牢屋敷にて、張番を務めます千一と申す者でございます。別所龍玄さまをお訪ねいたしました」

「別所龍玄はわたしです。お入りください」

「畏れ入ります」

と、遠慮がちに戸が引かれた。石出帯刀の法被を着けた牢屋敷の張番が、戸の外の庇の下で膝に手を添え、上がり端の龍玄へ丁寧に頭を垂れた。張番の千一の名前は初めて聞いたが、顔に見覚えはあった。

「別所龍玄さま。あっしのような者が、お許しもなくお住居を突然お訪ねいたし、まことにご無礼つかまつります。別所龍玄さまのご高名は、かねがね、町方や牢屋敷のお役人さま方よりうかがっており、あっしら張番も牢屋敷にてあなたさまをお見かけいたしました折りは、ああ、あの方がお役人さま方も一目おく別所龍玄さまか、罪人の首打役のみならず、若くして、お武家のご切腹のさいの介添役もお務めになると聞こえる別所龍玄さまかと、凜々しいお姿に感心しながら、みなで言い合っておりました」

「ご用件を、おうかがいします。どうぞ、お入りください」

龍玄は再び言ったが、千一は伏せた目を上げず、唇を強く結んで、中の口の外の明るみの下に畏まっていた。

「別所さま、本日このように突然おうかがいいたしましたのは、ある者より別所さまへの伝言を、託かっているためでございます。と申しましても、文ではございません。その者は読み書きができません。でございますので、別所さまに直に伝えてほしいと、頼まれたんでございます」

「牢屋敷にかかり合いのある方の伝言、ということですね」

「はい。その者は、一昨日、山田浅右衛門さまの見事なご執刀により、首打ちになった三人の罪人のひとりでございます。あっしは、その者が首打ちになる前に、伝言を託かっておりましたんでございます」

千一が、急に秘密めいた口ぶりになった。

龍玄は戸惑いを覚えた。牢屋敷の御用でないことは明らかだったが、千一の素ぶりに何かしら後ろめたい気配が感じられた。

「別所さまのご不審は、ごもっともでございます。あっし自身、お伝えしようか、するまいかと、迷っておりました。そのため、別所さまをお訪ねするのが、今日まで遅れたんでございます。と申しますのも、これは町方のお役人さまや牢屋敷のお役人さまに知られてはなりませんし、世間のどなたにも知られてはならず、その者が首を打たれた今は、別所さまとあっしだけの、胸のうちに収めておかなきゃならない話だからでございます」

「では、立ち話でよろしければ、庭でうかがいましょう」

「はい。けっこうでございます」

龍玄は、客座敷と襖で間仕切りした静江の部屋のほうへ一瞥を投げた。息をひそめたように、静江の部屋は静まっていた。茶の間と勝手の土間にも、人の気配の消えたほの暗い空虚がたちこめていた。

龍玄は刀をとり、中の口の土間へ降りた。

西の空にまだ高い日の光が、客座敷の土縁に面した中庭に舞い、父親の勝吉が町家の裏店を少しでも武家屋敷らしく見せるため、庭を囲う板塀ぎわに植えさせた梅やなつめ、もみじや松の木々を、穏やかにくるんでいた。

白い光にくるまれた木々は、枝ぶりのいい松のほかは、茶や黄色の枯れた葉をだいぶ散らして、寒そうに瘦せて見えた。

「その者は、山谷田中の元吉町の倉太郎という、けちな博奕打ちでございます。

歳は二十四歳。五つ歳の離れた十九の妹がおり、名前はお陸。お陸には、仁王門前の茶屋町で働いていたころ懇ろになった男がおりましたが、七ヵ月ほど前、赤ん坊の駒吉が生まれますと、お陸の水茶屋で稼いだわずかな蓄えを奪って、消えたそうでございます。妹思いの倉太郎は、乳呑児を抱えて途方にくれているお陸の身を案じ、元吉町の店に引きとり、妹と妹の子を養う廻り合わせになったんでございます。むろん、お陸も乳呑児を抱えて吉原の縫い子などの仕事を片手間にもらっておりましたが、大した稼ぎになるわけがありません。これと言った才覚もなく、けちな博奕打ちに身を落とすしかなかった倉太郎は、たちまち食えなくなり、切羽つまって、兄と妹と赤ん坊の三人が、首でもくくるしかないあり様でございました。別所さまは、捨子貰いといういかがわしい商売を、ご存じでございますか」

「聞いたことはあります」

「まったく、馬鹿につける薬はございません」

千一は呆れたふうに顔をしかめ、愚かな兄と妹を嘲るように、鼻息を鳴らした。

「切羽つまった倉太郎は、愚かにも、妹のお陸をかたらい、その捨子貰いを働いたんでございます。お陸をそそのかし、場末の町や村を選んで駒吉を捨てさせ、自分が貰い主になって、高々数両のあぶく銭を手にしましてね。兄も兄ですが、いやいやながらとは言え、自分の産んだ子を捨子貰いに使った妹も妹です。初めは千駄木、次が中里村でございました。せめて、そこでやめておけばよかったものを、濡れ手に粟のあぶく銭に味を占め、三度目を働いたのは東尾久村でございました」

捨子のあった町村では、町村費を支弁して捨子の世話をしなければならなかった。捨子の世話を嫌った町村では、捨子の貰い主を見つけ、金二、三両を添えて渡す、ということがしばしば行われた。

捨子貰いは、町村の添える金目あてに、子の親をかたらい、その子を捨てさせ、自分が貰い主になって金と捨子を貰い受け、親に子をかえし、添えられた金の分け前を渡す。そして、半月ほどがたってから、また町村を変えて捨子をするのである。

「二度目の中里村と三度目の東尾久村は、十五郎という貸元が、豊島郡のそのあたりを縄張りにしておりました。豊島郡はむろん御陣屋支配で、十五郎は田舎やくざですが、江戸の町方にも、殺しに手を染める残忍な気性の男と知られております。山谷あたりのけちな博奕打ちでも、豊島郡の十五郎がどれほど残忍か、知らないはずはなく、十五郎の縄張りを荒して、ただで済むはずがないことぐらい、わかりそうなもんでございます。田舎なら江戸の町家より騙しやすいに違いないと、高をくくったんでございますね。まったく、馬鹿につける薬は、ございません」

千一は繰りかえした。

「十五郎は残忍な気性のみならず、とても勘定高く損得に細かい油断のならないやくざ、とも言われております。東尾久村で捨子貰いを働いたあと、倉太郎と駒吉を抱いたお陸は、十五郎の手下らに見つかり、豊島の渡し場の近くの、十五郎が女房のお蔦にやらせている酒亭に連れこまれました。そこで、倉太郎は半死半生の目に遭わされ、十五郎に、お上の手を煩わせるまでもない、兄妹、赤ん坊ともども息の根を止めてやると嚇(おど)されました。倉太郎は、自分は自業自得だが、妹は自分に言われて仕方なく従っただけだ。せめて妹のお陸と乳呑児の駒吉の命だけはと、慈悲を乞いましたところ、十五郎が口ぶりを変え、妹と乳呑児の命を助ける手だてがないわけではない、と言い出したんでございます」

「手だてが……」

「はい。十五郎は常々、江戸の盛り場にもおのれの縄張りを広げる機会をうかがっておりました。殊に、一年ほど前から谷中の新茶屋町に強く執心し、界隈のやくざや貸元らとのつながりを図っていたんでございますが、谷中新茶屋町の顔役の庄治が、田舎やくざの十五郎の新茶屋町でのふる舞いを快く思わず、十五郎の狙いを邪魔し、ことごとく阻んでおりました。そのため、十五郎が庄治に恨みを抱いているという噂が、新茶屋町のやくざらの間では流れておりました。庄治が谷中の芋坂で何者かに襲われ殺されたのは、この夏の六月の夜でございました。ところが、同じ夜に何人かの手下を率いた十五郎が芋坂にいたのを、見かけた者がおりました。その話が伝わり、十五郎が庄治殺しの下手人ではないかと、噂が新茶屋町にたちまち広がりました。当然、噂は一件の掛の町方の耳にも入り、勘定所配下の陣屋を通して、豊島郡の十五郎への調べが内々に進められておったようでございます。庄治は新茶屋町の顔役でありながら、東叡山御山内の高僧や公儀の役人らにも顔が広く知られておる人物でございました。そのため、町方は庄治殺しをやくざ同士の喧嘩で済ましてはおかなかったんでございます。そんな六月の末になって、山谷田中の元吉町の倉太郎が、谷中新茶屋町の庄治殺しの下手人は自分だと、北町奉行所へ名乗り出たんでございます。妹のお陸と赤ん坊の駒吉の命を助ける代わりに、十五郎の身代わりに倉太郎が立ったんでございます」

それから、倉太郎が牢屋敷で首打ちになった一昨日までの経緯を語ると、千一は物憂げに目を伏せ、沈黙の間をおいた。

「倉太郎は、わたしの幼馴染みです。倉太郎は、わたしに何を伝えるようにと、あなたに託けたのですか」

と、龍玄は訊いた。

「はい。それでございます」

千一は龍玄へ向きなおり、語調を変えた。

「別所さまは、あっしら牢屋敷の張番の役目はよくご存じでございましょう。でございますので、あっしが倉太郎から、あなたさまに伝言を託かった経緯は、大旨、お察しいただけると存じます」

牢屋敷には、囚獄の石出帯刀組下の牢屋同心六十名が、三日に一度の三番勤めに就き、与力はいなかった。牢屋同心の下に石出帯刀の法被を着けた、張番と呼ばれる二十人の下男が雇われており、張番の下に《てんま》という雇いが常に二、三十人ほどいた。

大牢には、同心の詰める当番所と張番の詰める張番所があって、張番は東西大牢、二間牢、揚屋、女牢の入牢者の監視と、牢内の様々な下働きが役目であった。

その下働きの中、一日に一度、朝の四ツ（十時頃）ごろ、当番同心とともに、張番は「今日の買い物」と触れて廻り、入牢者は《きめ板》に入用品を書いて差し出した。入牢者でも、白木綿や糸や針、甘酒程度の、一回に二百文ずつの買い物が許されていた。

差入物の多い入牢者は、張番に頼んで、酒や菓子、飯の菜など特別な品を、こっそり買い入れることもできた。

だが、二百文ほどの買い入れに一分はかかった。差額分が、張番の役得になったからである。張番の中には、入牢者の実家へ無心に行く性質の悪い者もいた。無心に応じなかったために、入牢者がひどい目に遭わされるのを恐れ、実家はどんな工面でもして無心に応じる。その弱みにつけこむのだ。

張番の給金は、年に一両二分ほどながら、半年ほどの勤めで、二、三十両の金を手にしたと、龍玄は聞いたこともある。

すなわち、張番という役目ゆえ、張番が入牢者の個々の事情や子細に裏で通じ、かかり合いを持つ場合がしばしばあった。

倉太郎に首打ちのお裁きがくだされる三日前、当番同心とともに朝四ツの買い物の触れに廻っていると、倉太郎から、どうしても頼んでおきたい子細があると、千一はこっそり声をかけられた。当番同心はこういうとき、大抵、気づかぬふりをする。

その日の午後、買い物を届ける折り、千一は倉太郎を牢のとめ口に呼び寄せた。そして、谷中新茶屋町の庄治殺しの下手人は倉太郎ではなく、豊島郡の十五郎の身代わりに立って北町奉行所に名乗り出た経緯を、そのとき初めて明かされたのだった。

倉太郎は、お陸と駒吉を助けるために首打ちになる覚悟はできている。自分も捨子貰いの罪を犯したのだから、十五郎の身代わりになるのはかまわない。十五郎を恨みに思わないわけではないが、何もかも自分の腹の底に仕舞って首を打たれるつもりだったと語った。

ところが、この十一月の初め、倉太郎のいた西の大牢に、吉左（きちざ）という浅草で押しこみを働いた男が、入牢になった。その吉左から、思いもよらず、お陸と駒吉の消息を聞かされた。吉左は、江戸のみならず、近在の村々の貸元や博徒もよく知っていて、豊島郡の十五郎とも顔見知りだった。

押しこみを働く数日前、吉左は十五郎の豊島の渡し場の酒亭に行く機会がたまたまあった。十五郎の酒亭で酒を呑んだあと、吉左は酒亭の屋根裏においている女と戯れた。なんでも十五郎は、屋根裏に三、四人の女をおいて客をとらせており、その中に乳呑児を抱いたお陸がいた。

倉太郎は、乳呑児を抱いたお陸を屋根裏部屋で見かけたと吉左から聞かされ、驚いた。

お陸は妹だ、赤ん坊は甥っ子だ、お陸と赤ん坊はどんな様子だったかと訊ねると、吉左はうす笑いを浮かべて言った。

「ああ、お陸とがきはあんたの妹と甥っ子かい。可哀想に、お陸は十五郎と女房のお蔦に、この稼ぎの悪い馬鹿女が、このまま一生ただ飯を喰らうつもりか、おまえは、ただ飯をたかるしか能のねえ、田んぼの肥やしにもならねえ役たたずだと、殴る蹴るのひどい折檻を受けてたぜ。お陸は散々折檻されて、ずいぶん弱っているように見えたな。傍らで、がきがみゃあみゃあ泣いてよ。たまたまその場に居合わせた客の前で、十五郎とお蔦の折檻が始まったのさ。おれでさえ見ちゃいられなかった。ひでえあり様だった。あのままじゃあ母親もがきも持たねえな。

あんたの妹と甥っ子は、長くはねえぜ。十五郎とお蔦に、なぶり殺しにされるぜ」

それを聞かされた倉太郎は、自分の間抜けさ加減に気づき、打ちのめされた。じつは、倉太郎は十五郎の身代わりに立つ代わりに、十五郎からある約束をとりつけていた。

それは、自分が奉行所に名乗り出て庄治殺しの罪をかぶったなら、お陸と駒吉を無事に解き放ち、それと、お陸が当分の間暮らしていくための十両をわたす約束を、必死の思いで突きつけたのだった。倉太郎は、自分の首代に、せめて十両ぐらいはお陸と駒吉に残してやりたかった。すると、

「いいだろう、おめえの妹と甥っ子だ、それぐらいの世話は喜んでさせてもらうぜ」

と、十五郎は即座に応じた。いとも簡単に約束を交わした。だが、十五郎がそんな約束を守る気が端(はな)からなかったことに、倉太郎は気づかされた。

すぐさま、庄治殺しは自分ではないと、洗いざらいを役人に明かし、仮令(たとい)、自分はお上を欺いた罪でこのまま首打ちになっても、十五郎もともに首打ちにと考えた。だが、それでは、お陸と駒吉が間違いなくなぶり殺しに遭わされるだけで、

二人の命は救えない。

これではなんのための身代わりだったのか。なんのための首打ちなのか。これでは、自分の投げ出した命さえ役にたたなかったことになる。倉太郎は間抜けな自分を責めた。けちな博奕打ちの、田んぼの肥やしにもならない役たたずの自分を、思い知らされた。

死んでも死にきれなかった。

「自分に首打ちのお裁きがくだされるのは、明日かもしれない。その前に頼んでおきたいことがある。ある方に伝えてもらいたいことがある、と倉太郎は申しました。すなわち、倉太郎の幼馴染みの別所さまに伝えてほしい、とでございます」

と、千一は続けた。

「なぜ別所さまかと申しますと、倉太郎は、幼馴染みの別所さまが、牢屋敷の首打役をお務めになっている凄腕の剣術使いであることを、よく存じておりました。それから、別所さまがご町内でも評判の、お美しいお内儀さまを迎えられ、お子さまもおられ、お幸せにお暮らしのご様子だとも、申しておりました。倉太郎は、別所さまと幼馴染みであることをとても自慢に、別所さまが自分の友であることを、誇らしく思っておりました。もう十四、五年、別所さまにお目にかかったことはないけれども、十四、五年ぶりにお目にかかるとすれば、牢屋敷の切場になると思うと、笑って言っておりました。倉太郎が別所さまに伝えてほしいと申しておりましたのは、別所さまと倉太郎が、幼い子供のころに交わした約束についてでございます。別所さまが四歳。倉太郎が六歳。約束を交わした場所は、湯島天神の境内だったそうでございますね」

龍玄は沈黙を守っていた。

湯島天神の境内で遊んでいたころの、倉太郎の、ひと重の小さな目が思い出された。気の弱そうな、困っているような、いつも自分を恥ずかしがっているような、しかし、優しそうな目だった。

「別所さまはその折り、倉太郎があることを誰にも言い触らさずにいてくれたら、倉太郎の頼みをどんなことでも聞く、必ず聞くと、約束なさったそうでございますね。あっしは初め、この野郎、からかっているのかと思いました。冗談じゃないと、倉太郎に申しました。そんな幼い子供のころの約束を今ごろ持ち出して、別所さまに一体何を頼むつもりだ。とんでもないことだ。そんなことができるわけがない。馬鹿ばかしい、とでございます。ですが倉太郎は、別所さまは必ず約束を覚えていらっしゃるはずだ、覚えていらっしゃらなくとも、倉太郎がそう言っていたとお伝えすれば、別所さまは必ず思い出してくださるはずだ、伝えるだけ伝えてほしいと、食い下がったんでございます。仕方なく、どんな約束を交わしたのかと訊ねますと、それは誰にも言い触らさないと約束したから言えないと、急に涙をぽろぽろとこぼして申したんでございます」

千一は龍玄を真っすぐ見つめ、

「別所さま、よろしゅうございますか」

と言った。

「どうぞ」

龍玄は答えた。

「あっしの託かりました倉太郎の伝言は、妹のお陸と乳呑児の駒吉を、豊島郡の十五郎から救い出してほしい、十五郎に自分と交わした約束を守らせてほしい、とそれのみでございます。それがどういう意味なのか、それをどう解釈するのか、あっしにはなんとも申しようがございません。そうお伝えすれば、別所さまはわかってくださる、湯島天神の境内で遊んでいたころから、別所さまはそういう方だったと、倉太郎は申したんでございます」

千一は咳払いをひとつした。

千一の草履の下で、茶色く色あせた枯れ葉が、かすかな音をたて踏みしだかれた。

「たったこれだけをお伝えするために、前おきやら言いわけやらが長くなってしまい、まことに相済まぬことでございます。先ほども申しましたように、これを別所さまにお伝えしてよいものかどうか、だいぶ迷いました。そもそもこんなことは、別所さまにお伝えすることではなく、町方のお役人さまに訴え出るのが筋でございます。ですが、筋をとおせば、一昨日、首打ちになった倉太郎が守ろうとしたお陸と駒吉の命を、危うくする恐れがございます。そんなことになれば、冥土の倉太郎に、さぞかし恨まれることでございましょう。とは申せ、このまま放っておくこともできかね、本日このように、お伝えにまいった次第でございます。これであっしの胸の支え(つか)がとれました。以後は、倉太郎に託かったことも、別所さまにお伝えしたことも、あっしとはいっさい、かかわりはございません。所詮は牢屋敷の張番ごときが伝えた戯言(ざれごと)でございます。何とぞ、そのようにお心得いただき、お聞き捨て願います」

千一は腰を深々と折って辞儀をした。

西の空の日が、張番の垂れた頭に射していた。それはまるで、首を打ってくださるお手数の段、ありがたく御礼申し上げますと、切場の罪人が、首打役に首を差し出したかのように見えた。

四

静江が、勝手の流しで、大根や牛蒡(ごぼう)や人参、里芋などを洗っていた。先ほど、豆腐屋が御用聞きに顔をのぞかせた。静江は豆腐を買い、

「晩ご飯のおかずは、味噌仕たての従弟煮(いとこに)にしましょう」

と言った。

百合と杏子は、お玉を供に、神田明神下の実家へ行っている。戻りは夕刻になるため、今晩は久しぶりに、母親の静江が晩ご飯の支度を調えることになっている。百合を妻に迎える前の、静江の濃い味つけを思い出し、龍玄はちょっとため息を吐いた。

西向きの勝手口の腰高障子に、白い西日が射し、井戸端の椿の影が薄墨色の模様のように映っていた。

「龍玄、お客さまは牢屋敷の方でしたね」

土ものを洗いながら、静江が言った。

「はい。千一という張番です」

龍玄は茶の間の炉のそばに端座し、自分で茶を淹れ一服していた。

「立ち話で済むご用だったのですか。その程度のご用で訪ねてこられたのですか」

静江は少し不審そうだった。

しばしの間をおき、龍玄は聞きかえした。

「母上、妻恋町に住んでいたころ、倉太郎さんという子がいたのを覚えていますか。わたしよりふたつ、歳が上です」

静江は土ものを洗う手を止めず、

「覚えていますよ。うちがここへ越して、龍玄が七歳のときでしたかね。倉太郎さんが朝早く蜆を売りにきたことがありましたね」

と、さりげなく答えた。

「倉太郎さんはここがうちだとは知らず、わたしを見て、別所のおばさんちはここだったのかいって、にこにこしながら言ったのです。倉太郎さん、蜆売りを始めたんですか、偉いですね、父ちゃんと母ちゃんは、お元気ですかって訊いたら、父ちゃんは酒ばっかり呑んで働きが悪いし、母ちゃんも給金が安くて小っちゃい妹もいるから、おれが働いて稼がなきゃならねえんだって、朝の寒い中で頬を真っ赤にして、けなげに言っていたのを覚えていますよ」

静江は洗った土ものを、笊に入れた。盥の水を流し、濡れた手を手拭でぬぐった。

「倉太郎さんが蜆を売りにきた朝のことは、覚えています。わたしはこの茶の間にいて、倉太郎さんお早う、と声をかけました。倉太郎さんはわたしに手をふって、龍玄、また湯島天神で遊ぼうなと言って帰りました」

「またおいでなさい、と言ったのですが、あれからきませんでしたね。やはり、決まりが悪かったのかしら。父親は、確か、行商をしていましたね。いろんな行商をして、でも、ひとつの仕事が長く続かなかったようです。母親は本郷のお店の端女奉公をして、一生懸命やり繰りをしていました。倉太郎さんが蜆を売りにきてから半年ほどあと、一家は浅草のほうへ越したと聞きました。浅草のほうへ越してからはどうなったのかしらね」

静江は俎板と包丁を調理台におき、笊の大根を俎板においてい刻み始めた。包丁が大根を刻み、俎板に鳴った。

「倉太郎さんが、一昨日、牢屋敷で首打ちになりました」

龍玄が言うと、包丁が俎板に鳴り、刻んだ大根の一片が勝手の土間へ逃げるように転がった。静江は、転がった大根の一片を無言で拾った。流し場で洗い、俎板の切り分けた大根と一緒にした。

「執刀は山田浅右衛門どのです。張番は、牢内で倉太郎さんから、わたしと倉太郎さんが幼馴染みだと聞かされていたそうです」

静江は無言だった。また包丁が俎板に鳴り、西日が勝手口の腰高障子を透して、勝手の土間に淡あわとした明るみを射していた。


その夜、龍玄は眠れなかった。

隣の布団に百合と杏子が眠り、杏子の静かな寝息が聞こえていた。杏子の寝息は、更けゆく夜のささやき声のようだった。

龍玄は思い出をたぐったが、思い出せなかった。もどかしさが脳裡に芽を出していた。ただ、もどかしさの芽は、降りそそぐ陽射しの下で瑞々しく輝いていた。

四歳のあのころ、湯島天神の境内は、界隈の子供たちの遊び場だった。馥郁と香る若葉が境内の木々に繁る春がきて、様々な蟬が境内一杯に騒ぎたてていた夏がすぎ、紅葉に彩られた秋の終りごろから枯れ葉が散り始め、年の瀬に降った雪が境内を白く覆った。

境内には、十歳に届かぬ子供から龍玄のような四歳ぐらいまでの幼い子供らが、朝であれ昼下がりであれ、行けば必ず誰かがいて、ときを忘れて夢中になれる遊びが、童子同士、童女同士、ときには歳の違う子供も童子と童女も相まじって始まるのだった。

境内の遊び場に入ることができないのは大人だけで、あるときふと、自分がもう子供ではなくなっていることに気づいた子供は、遊び場から消えて行く。それが子供らの遊び場の、唯一の決まり事だった。

湯島の妻恋町から無縁坂の講安寺門前へ越したのは、五歳のときである。龍玄が湯島天神の境内で遊んだのは、四歳の春の初めから、無縁坂へ越したころの、五歳の夏の、わずか一年と数ヵ月だった。だが、それは決して短くも果敢なくもなく、龍玄の小さな胸をときめかせた輝きが、ずっといつまでも続くかに思われた、長い長い永遠のときだった。

龍玄と倉太郎は、歳は二つ違いだったが、もっと年上の子が多かったので、な

んとなく仲良くなった。ただ、倉太郎、と境内の子供らに呼ばれていたから、龍玄も倉太郎と呼びかけると、

「龍玄はちびだから、倉太郎さんと呼べ」

と、頭を小突かれた覚えがある。

倉太郎は、年下の龍玄にはいつも偉そうだった。けれど、性根は恥ずかしがりで臆病で、いつも何かに負い目を抱き、何かに怯え、途方にくれ、困り果て、ひと重の小さな目を自分に向けてくる様子を、龍玄は幼いなりに、可哀想に感じていた。

倉太郎と喧嘩をした覚えはない。もしも言い争いになり、ちび、と高をくくっている龍玄が顔を赤くして食ってかかったら、倉太郎は目を潤ませて逃げ出すのに違いなかった。龍玄には偉そうにふる舞っても、倉太郎は気が小さく、すぐべそをかいた。そのため、境内の子供たちの間では、泣き虫、といじめられた。いじめやすい子だった。

半面、倉太郎の性根は優しかった。

龍玄は、父親の勝吉の生業が、牢屋敷の《首打役と試し斬り》と知られていた。それが境内に集まる子供らに、人斬りの子と、からかわれる種になった。龍玄は

仲間はずれにされたくなかったから、からかわれても我慢した。しかし、倉太郎だけは、人斬りの子、と龍玄に言わなかった。

冬になって、倉太郎は足が隠れてしまいそうなほどの大人の縞の半纏をねんねこ代わりに着け、まだ赤ん坊のお陸を負ぶって、湯島天神の境内へ遊びにきた。父ちゃんと母ちゃんは仕事に出かけているから、おれが面倒を見てやらなきゃならねえのさ、と倉太郎はそれが自慢げだった。

「龍玄、足けんけんをしようぜ、お陸を負ぶってても負けねえぜ」

と誘った。赤ん坊を負ぶった倉太郎は、子供らの遊びに加われなかった。だから、一番年下のちびの龍玄に声をかけてきた。仕方なく、龍玄は倉太郎と足けんけんをした。倉太郎は、背中に負ぶったお陸が泣き出したので、上手くできなかった。足けんけんはちっとも面白くなく、すぐに止めた。龍玄と倉太郎は子供らの遊びの中に入ることができず、境内の離れた場所から、子供らが賑やかに遊ぶ楽しそうな様子を、ただ眺めてすごした。

そのころから、倉太郎は湯島天神にくることがだんだん少なくなった。境内に姿を見せても、足が隠れてしまいそうな半纏を着けてお陸を負ぶっているので、かくれんぼ、鬼ごっこ、草履隠し、子をとろ子とろ、などのわいわいと動き廻ることの多い童子の遊びに、ついてこられなかった。龍玄にも声をかけてこず、離れたところからぼんやり見ていて、そのうちにいなくなった。

ちょっと可哀想だった。けれど、遊びに夢中になり、龍玄はすぐに倉太郎を忘れた。

年が明けた春、倉太郎はもう湯島天神の境内に姿を見せなくなった。なぜか、龍玄も湯島天神へ、前の年ほど遊びに行かなくなった。住居が湯島の妻恋町から無縁坂の講安寺門前へ移りしばらくたって、境内の遊び場へ行く気が失せ、知らず知らず行かなくなった。ときが流れ、龍玄の周りは知らず知らず変わっていった。ただ、変わりゆく周りに気づく歳では、まだなかっただけだ。

そのあと、池之端の茅町の往来で倉太郎と出会った。倉太郎は、半纏のねんねこは着けていなかった。それでも、紐でくくり、お陸を背中に負ぶっていた。

「よう、龍玄、どこへ行くんだい」

「父上のお使いで、そこの莨(たばこ)屋の八右衛門(はちえもん)さんのお店へ刻みを買いに行くとこ。倉太郎さんは？」

「おれも父ちゃんの使いで、ちょっと根津まで行かなきゃならねえんだ」

「根津は遠いね。お陸はまだ歩けないの」

「よちよち歩きはできるんだけどさ。連れて歩くのは無理なんだ」

またな、とそれだけで行きすぎた。

次に見かけたのは、蜆売りの棒手振りを始めていた倉太郎が、講安寺門前の店にきた、龍玄が七歳の寒い朝だった。

その朝が、倉太郎と会った最後になった。それから、十五年がたって、龍玄は二十二歳になり、倉太郎は二十四歳で死んだ。

龍玄は考え続けたが、やはり思い出せなかった。四歳だった龍玄が、二つ年上の倉太郎に、湯島天神の境内で、あることを誰にも言い触らさないでいてくれたらどんな頼みでも聞く、必ず聞くと約束を交わした。倉太郎にそんな約束をした覚えも、言い触らされては困るある事も思い出せなかった。

今思い出せば、たぶんそれは、ささやかな他愛のない、四歳の童子のあること、ある秘め事に違いない。

そのとき、不意に、龍玄の脳裡に甦る光景が見えた。

あれは……

湯島天神の境内から、男坂、また女坂をくだって切り通しへ出て、天神下の町家と武家屋敷を見下ろす眺めだった。

ひぐらしが鳴いていた夏の終りだった。境内には、龍玄と倉太郎の二人しかいなかった。町家の屋根屋根や、武家屋敷の木だちの間にのぞく瓦屋根のずっと北方に、不忍池に浮かぶ弁財天、そして東叡山御山内の杜の緑が鮮やかだった。天空に白い餅のような雲がゆるやかに流れ、夏の香りを残すそよ風が、境内の木々をささめかしていた。

龍玄と倉太郎は、境内の瑞垣に寄り添い、天神下の景色をうっとりと眺めていた。早い朝の、界隈の子供らが次々と集まってくる前の、ほんの短いひとときだった。龍玄と倉太郎は何を話していたのだろうか。

そうだ。あのとき二人は、百合の話をしたのだ。なぜ百合の話をしていたのか、とりたててわけはなく、倉太郎が百合の話に触れた。それだけだった。

百合は、湯島天神に集う子供らの中で、一番年長の九歳で、神田明神下の旗本・丸山家の綺麗で優しいお姉さんだった。《百合姉さん》と境内ではみな呼んでいた。昼下がり、百合姉さんが境内にきて、童子童女別々に遊び興じていた子供らに声をかけると、子供らは百合姉さんの周りに集まり、どんな遊びが始まるのだろうかと、顔を輝かせた。

「龍玄さん」

と、百合姉さんはまれに呼びかけた。龍玄さんはこうして、と何かの指図を受けると、嬉しくてならなかった。懸命にやった。

「百合はいいよな。お金持ちで、食うのに困らないお武家に生まれてさ」

と、あの朝、倉太郎は大人びたふうを装って言った。なんでもない話の流れの中で、ちょっと羨ましいな、というほどの話だった。そうだよな、と龍玄は、男同士の大人びたふうを真似て、こたえたかもしれない。

「大きくなったら、おれたちとは口も利いてくれなくなるんだろうな」

倉太郎は、ちょっと恨めしそうに言った。

しかし、龍玄はそのとき、

「百合はそんな女じゃないよ」

と、百合姉さんをわざと百合と呼び捨て、なんでもないことのように、大人びたふうを真似てかえしたつもりだった。すると、倉太郎が天神下から龍玄へいきなり見かえり、

「龍玄、おまえ……」

と、目を瞠(みは)って言った。

「百合が好きなのか。惚れてんのか」

龍玄は唖然として、倉太郎を見つめた。顔が一瞬にして火照(ほて)ったのがわかった。百合を好きだと思ったことはなかった。惚れるって、なんのことか知らなかった。けれど、好きとか惚れる、という言葉の響きに慄(おのの)くような気恥ずかしさを覚え、龍玄は言葉を失っていた。

「そうか。龍玄は百合が好きなんだな。女房にしたいんだな。わかった。百合に言えないんだな。だったら、おれが言ってやる。みんな吃驚するだろうな。ちびの龍玄が百合に惚れてるって知ったらさ」

真っ赤になってらあ、と倉太郎は、龍玄の赤くなった顔を指差して笑った。なんだい旗本の娘なんか、ぐらいは、もう少し歳がいっていたら、わざとらしく顔をしかめ、言えたかもしれない。

「やめてよ」

龍玄は顔を真っ赤にして、叫んでいた。龍玄はまだ幼く、気恥ずかしさしかなかった。駄目だ、絶対そんなこと言っちゃあ駄目だ、としか思わなかった。

「倉太郎さん、駄目だよ。お願いだから、誰にも言い触らさないでね。絶対だよ。誰にも言い触らさないと約束してくれたら、わたしも倉太郎さんの頼みを、どんなことでも聞くよ。必ず聞くと約束するから。いいね、倉太郎さん。男同士の約束だよ。ね、ね、指切りしよう」

倉太郎は、必死な龍玄の様子に、ますます面白がってくすくす笑いを見せていた。

あれか。

思わず、龍玄は布団から上体を起こしていた。百合と杏子が、隣の布団に寝ている。冷え冷えとした夜気が、龍玄の背中に凭れかかった。しかし、寒くはなかった。

暗い寝間の中の龍玄の周囲に、湯島天神の光景が、なおもありありと広がっていた。天神下の町家や武家屋敷や、不忍池や東叡山御山内の杜も夏の空の下に見えた。

すぎゆくときにつれ、童子の世界は次第に広がり、童子は少年になり若衆になり、大人になり、小さくなった足袋が履けなくなって、箪笥や行李の奥に仕舞いこまれるように、不用となって捨て去られるように、また、童子のころにはかけがえのない大切な思い出も、悲しみや心の痛みも、長い年月に洗い流されていくかのように、身体に残った疵痕が見えなくなるように、沢山のあることを忘れ、沢山の秘め事が消えていくのだ。

龍玄にとってそれは、それほどのことでしかなかった。けれどもそれは、どれほどの年月がすぎようとも、倉太郎の守りとおさなければならない約束だったことになる。

倉太郎がそれを守ってきたのなら、張番の千一に託けたふる舞いは、筋がとおっていた。どんな頼みでも必ず聞くと、龍玄が倉太郎と約束を交わしたのなら、龍玄もその約束を守るのが筋だった。首を打たれる数日前の、おのれの命と引き換えにした倉太郎の、たったひとつの最後の頼みを、どれほどの歳月がすぎようとも、約束どおり聞くのが筋だった。

「龍玄さん」

暗闇の中で、百合の声が、あなた、ではなく、湯島天神の境内の、百合姉さんのように呼びかけてきた。

「眠れないのですか」

「済まない。起こしたかい」

「わたしも眠れなかったのです。倉太郎さんのことを、考えていたのですか」

「百合は、倉太郎さんを覚えているかい」

「少しだけ。大人の着る半纏をねんねこ代わりに小さな身体に着けて、お陸という妹の子守をしていましたね。でも、温和しくて目だたない子でした。それだけしか……」

杏子のかすかな寝息が聞こえている。

わたしのことはどうだったのだい、と聞こうとしたが、別のことを言った。

「あのころ、湯島天神で倉太郎さんと交わした約束を思い出した」

「なら、龍玄さんが四つか五つですね」

「四つだった」

「どんな約束を交わしたのですか」

「それは、誰にも言わない約束なのだ」

くるくる、と百合はそんな笑い声をたてた。

「では、倉太郎さんが亡くなって、その約束はもう果たせないのですか」

「うん。だが、果たさなければ」

龍玄は答え、くるくる、と百合が暗闇の中で笑った。

五

翌日は、龍玄が北町奉行所の平同心・本条孝三郎を訪ねてすぎた。

翌々日、静江が七ツ半（五時頃）に起きると、勝手の土間で百合とお玉が朝の支度にかかっていた。

外はまだ暗く、普段の別所家の朝の支度には早すぎた。けれど、勝手の二つの竈に薪の炎がゆれ、茶の間の炉にも火が入って、やわらかな温もりが静江をほっとさせた。

「お早うございます、お義母さま」

「お早うございます、大奥さま」

百合とお玉が、茶の間に出てきた静江に言った。

「今日は龍玄が早いお出かけですか」

「龍玄さんは、七ツ（四時頃）前にちゃんと朝ご飯を召し上がって、もう出かけました。遅くとも、昼すぎには帰ってくると仰って」

「あら、もう。では、仕事で？」

「いえ。お知り合いの方と交わした約束を果たしに行かれたようです」

「約束？　こんなに早く、お知り合いはどなたですか」

「どなたとも仰らずに、お義母さまに訊かれたら、知り合いとだけ、伝えてくれと……」

百合は笑みを見せ、小首をかしげた。

「まあ。倅ですけれど、相変わらずよくわからない人ですね。みなが心配しているのに。父親はもう少し、仕事のことも自分のことも話したのですけれど。お祖父さまがそういう人でしたからね」

静江は諦め顔で言ったが、ふと、一昨日の倉太郎の話が脳裏をよぎった。

でも、そんなはずはありませんし……

静江は物憂く呟いた。

そのころ、龍玄の乗った茶船は隅田川をさかのぼり、豊島の渡し場に近づいていた。東の空はまだ明るみを射さず、早起きの川鳥の鳴き声が夜明け前の川面（かわも）を騒がせ、艫（とも）の船頭の漕ぐ櫓（ろ）が、櫓床にまだ目覚めぬ寝ぼけた音をたてていた。

隅田川の両岸の堤に、木々の黒い影がつらなり、星空が覆っていた。

龍玄は提灯をかざし、表船梁（ふなばり）と胴船梁の間のさなかに凝（じ）っと坐っていた。提灯のほの明かりが、暗い川面の前方に、渡し場の歩みの板と杭につないだ渡し船を照らした。

船守の小さな小屋が見え、小屋は暗がりの中に沈んでいた。

「お客さん、戻りはどうしやす」

半纏にねじり鉢巻きの船頭が、櫓を棹に持ち替えて言った。

「一刻（約二時間）はかからぬと思う。渡し場で待っていてもらえぬか。戻りは連れがいる。乳吞児もいる。おそらく、ひどく衰弱しているだろう。船で戻りたいのだ」

「承知しやした。そういうことでしたら、あっしは渡し場の端っこの川縁に船をつないで、筵かぶって寝てますんで、船頭って呼んで起こしてくだせえ」

茶船は、音もなく渡し場の歩みの板へ船縁を寄せていった。渡し場の周辺の川鳥が、突然近づいてきた邪魔者に、慌てて逃げまどい、騒ぎが大きくなった。龍玄は船頭に提灯を預け、歩みの板に上がった。

「お戻りを、お待ちしておりやす」

船頭が龍玄に強い声をかけた。

「頼む」

龍玄は背中で頷いた。

龍玄の扮装は、踝近くまである紺の長羽織に、下は柴色の袷の小袖と襟から白がのぞく下着。そして、黒の千筋縞の細袴。黒足袋をつけていた。羽織は背裂きで、黒鞘の佩刀がかすかな星明かりに照らされたかのように、光って見えた。

渡し場から灰色に枯れた蘆荻の覆う川原を抜けた。堤へ上がり、深々と冷えた野中の往来に出た。幸い風がなかった。

周辺を見廻しつつ、南方の樹林の影の間に目をこらした。十五郎が女房のお蔦にやらせている酒亭は、豊島の渡し場を上がってすぐ左手の、樹林に囲まれた中にある、と千一から聞いていた。

樹林の間に、一棟の黒い影を認めた。物騒な手下らを、十人以上抱えているとも聞いた。屋根裏に閉じこめた数人の女たちに、客をとらせている。みんなあの中にいる。

往来から細い林道が分かれていた。

林道へ折れ、樹林の間を少し行くと、網代の垣根が囲う大きな一軒家が、星空の下にふてぶてしい黒い形を現した。周囲の木々の影が、入母屋風の屋根に枝を広げている。

隅田川で騒ぐ川鳥の声が、夜明け前の静けさを邪魔せぬほどに聞こえていた。庭の隅に鶏小屋があり、数羽の鶏の喉をころがすような鳴き声が、川鳥の声にまじっていた。

網代の垣根に片開きの板戸があって、板戸から飛び石が真っすぐに並んでいた。龍玄は庭に入り、飛び石を進み、表の軒庇の下に立った。両引きの板戸がたてあり、板戸には潜戸（くぐりど）が設けられている。

総髪に結った髪を両手で整えた。やおら、板戸を二度続きに、三度強く敲（たた）いた。それから、

「お頼みいたす。お頼みいたす」

と、声を静寂に響かせた。

しばしの間があった。やがて中から、

「誰でい」

と、乾いた声がわずらわしそうに質した。

「別所龍玄と申す。亭主の十五郎に用があってお訪ねいたした。取次を頼む」

「別所……そんなやつ、知らねえな。親分はお休み中だ。店が開くのは昼からだ。用があるなら出なおしてきな」

「山谷田中・元吉町の倉太郎の依頼を受け、こちらにお預けした倉太郎の妹お陸と子供の駒吉を引きとりにまいった。十五郎が寝ているならば、すぐに起こしてそのように伝えていただきたい」

「ああ、倉太郎の？」

また短い間があった。戸惑っている。

「誰だい。騒がしいじゃねえか」

草履を引き摺り、またひとりが出てきた。

「妙なやつが、倉太郎の妹の……」

と、二人が声をひそめた。

「くそ。まだ真っ暗だぜ。しょうがねえな」

潜戸の閂（かんぬき）がはずされ、帷子（かたびら）をだらしなく着けた二人の男が、くぐり出てきた。

前の男が手燭をかざし、寒そうに肩をすぼめて龍玄へ向けた。もうひとりは大柄な男だった。背中を丸めて両腕を組み、腕を擦っていた。二人は不機嫌を露わにした目を寄こした。

「なんだ、若造。店はまだ開いてねえって言ったろう。出なおせ、間抜け」

手燭の男が言い、あくびをした。

「それともてめえ、女がほしいのかい。女も寝てるぜ。寝てるのでもいいなら、選りどり見どりだぜ」

大柄なほうが、隙間だらけの黄色い歯を剝き、せせら笑った。

「もう一度言うので、十五郎に間違いなく取次を頼む。山谷田中・元吉町の倉太郎の依頼により、こちらにお預けしている倉太郎の妹お陸と子供の駒吉を引きとりにまいった。よいな」

「この野郎、とぼけやがって。倉太郎がどうのこうのと、わけのわからねえことをほざいていやがると痛い目を見るぜ。こっちもまだ眠いし寒いんだ。面倒かけんな。帰れ帰れ」

「そのほうらに面倒をかける気はない。十五郎に取次いで、さっさと休まれればよかろう。教えてくれるなら、わたしが直に十五郎の寝間に行ってもよい」

「てめえ。偉そうに、そのほうらだと。腰に二本を差してりゃあ、侍のつもりかい、さんぴん。その形で玩具の刀が重そうだぜ。痛い目に遭わなきゃあ、わからねえのかい。呑みこみの悪い野郎だぜ」

大柄のほうがだらだらと進み出て、龍玄の顔面をいきなり叩いた。大きな掌が龍玄の頭の上で空を打った。途端、大柄は、ぐっ、とうめき声をたてた。それから、苦しげに声を震わせ、腹を押さえ、ゆっくり跪いた。跪くと、そのまま横たわった。あう、あう、と腹の中の物を吐きそうな声が続いた。

「あっ、源助、どうした。何された。この野郎。何しやがる」

手燭が喚き、源助から龍玄へ見かえった。

龍玄は沈めた身体を持ち上げた。そして、

「わたしの許しも得ず勝手に触れるなら、次は腕を斬り落とす」

と、横たわって身をよじる大柄へ冷やかに言った。身体を沈めて掌に空を打たせ、柄頭で大柄のみぞおちへひと突きを突き入れていた。左手でつかんだ鞘と鍔を、静かに腰へ引き戻した。一歩二歩と進むと、手燭は得体のしれぬ威風に気おされたかのように後退った。板戸に背中をぶつけ、

「てめえ」

と、潜戸の中へ飛びこんだ。

手燭に続いて潜戸をくぐった。前土間は客の腰かける長腰掛が数脚並び、前土間続きに腰付障子を閉じた店の間があった。手燭の男が、龍玄を睨みながら店の間の腰付障子を背に喚いた。

「みな起きろ。殴りこみだ。妙な野郎が殴りこみをかけてきやがった」

すぐに、障子戸がけたたましく両開きになった。店の間に寝ていた五人の男の影が長どすをてんでにつかんで立ち並んでいた。

折れ曲がりの土間の暗い通路からも、長どすを提げた裸足の男が二人、走り出てきた。二人の後ろから、よく肥えた男が草履を高く鳴らして現れた。

「なんでえ。殴りこみはひとりかい」

肥えた男は、前土間にひとりの龍玄を見て意外そうに言った。

「まだ大勢隠れていると思いやす。源助がやられやした。外で倒れていやす」

手燭が大袈裟に喚いた。

「源助がやられただと。みな、油断すんな。突っこんできやがるぞ」

おお、と男らが長どすの鍔と鞘を鳴らし、次々と前土間に飛び降り、龍玄を囲んだ。

龍玄は動かなかった。とり囲む男らを冷やかに見廻して言った。

「こちらはひとりだ。殴りこみではない。十五郎に用がある。すでに二度言った」

「こいつ」

ひとりが前土間の長腰掛を龍玄へ蹴りつけ、長腰掛が軋るように土間を擦った。

「兄い、この野郎、倉太郎の妹とがきを引きとりにきたと、い、言ってやがる」

男が手燭を震わせた。

「なんだ。倉太郎の妹とがきを引きとりにきた？　ほう、抜け作の身内かい。笑わせやがる。おめえ、ここは地獄だぜ。地獄に落ちた亡者を引きとるもくそもねえ。おめえも地獄に飛びこんできた抜け作だ。今から思い知らせてやるぜ」

いきなり、男が軋らせた長腰掛に足をかけて躍り上がった。怒声を発し、龍玄へ蹴りを浴びせた。

だが、男の身体は龍玄の傍らの空を飛んで、一脚の長腰掛の板を圧し折り、長腰掛もろともに土間に叩きつけられた。男は悲鳴を上げ、痛々、と土間をのた打った。

そのとき、もうひとりが長どすを抜き放って、龍玄の傍らから斬りかかっていた。

「とりゃあ」

叫んだ瞬間、龍玄の肩は男の肘の下に入って、ふるった長どすは龍玄の背後に空しくもがいただけだった。すかさず、龍玄は男の喉を指先でひとひねりした。

男は長どすを捨て、両手で喉をつかんだ。激しく咳きこみ、やがて口から血を雨垂れのように垂らした。白目を剝き、板が倒れるように土間に地響きをたてた。蹴りを飛ばした男が虚しく空を飛び、斬りかかった男が喉をつかんで白目を剝き、土間に倒れた。周りの男らの険しい目に、怯みが走った。続いて誰も襲いかかって行かなかった。どういうことだ、と首をひねる者もいた。

「もう一度言う。わたしの許しも得ず勝手に触れるなら、容赦せぬ。手足のみならず、命を失うことになるぞ。十五郎に取次がぬのなら、わたしが直に行く」

龍玄は手燭の男を見据えて言った。足下に倒れた男が、喉をつかんで身体を弓のように反らせ、奇声を発し、それからぐったりとなった。

「誰か、親分を呼んでこい」

兄いが怒鳴った。すると、

「朝っぱらからうるせえな」

と、間仕切の腰付障子が両開きになった。

内証のうす暗がりから店の間に、十五郎が出てきた。鯉の鰓のように横へ張った頰骨を、龍玄を嘲るように震わせた。太く肉の盛り上がった肩に広袖の丹前を引っかけ、眉毛がうすく、ひと重の細い目をまばたきもさせなかった。

十五郎の片側に、小柄なお蔦らしき女が、縞の着物の裾をだらしなく引き摺り、反対側には、十五郎と同じく月代をのばした着流しの大柄な浪人風体が、大刀を左手に提げ、訝しげに龍玄を睨んで並んでいた。

「親分、この野郎がお陸とがきを引きとりにきたと、ほざいていやがる」

兄いが十五郎へ見かえった。

「ひとりか」

十五郎は龍玄から目を離さず言った。龍玄はもう答えなかった。

「ふん。いきなり乗りこんできて、ずいぶん手荒な真似をしてくれるじゃねえか。後始末が厄介だぜ。若(わけ)えの」

前土間の隅に三人の男が横たえられた。源助はまだ腹を押さえて小さくうめき、ひとりは肋(あばら)が折れたのか、脇を抱えて「痛い、痛い」と泣き声を繰りかえしていた。

「親分、竹八(たけはち)はもう息をしてませんぜ」

喉を潰された男だった。

「だらしのねえ。そんなことでくたばるようなやつは用がねえ。川へ捨ててこい」

男らは誰も動かなかった。

「若えの。名前は」

「別所龍玄と申す。倉太郎の幼馴染みだ。倉太郎の頼みを受け、お陸と駒吉を引きとりにきた。委細はそちらが承知しているはずだ。お陸と駒吉を出してもらおう」

「別所龍玄？　倉太郎からおめえのことは何も聞いてねえぜ。人さまの大事な預かり物を、知らねえやつに、ほいほいと引きわたす馬鹿はいねえだろう」

「十五郎、言っておく。お陸と子供を倉太郎に約束したとおり、無事解き放っていれば、わたしが倉太郎に頼まれる用はなかった。倉太郎はおまえの身代わりに、谷中新茶屋町の庄治殺しの罪をかぶり、首を打たれた。やくざにもやくざ同士の信義があるだろう。おまえは約束を守っていない。信義を守っていない。だからわたしがきた」

　龍玄が言うと、十五郎は野太い笑い声をたてた。

「約束だと？　信義だと？　口は達者のようだな。まあいい。上がれ。約束やら信義やらの話を聞こうじゃねえか。おれは手荒な真似は嫌えなんだ。話し合いで穏便に事が済むなら、それに越したことはねえ。そいつらの始末は、話し合いが済んでからだ」

十五郎は丹前の裾をゆらし、丸めた背中を龍玄へ平然と向けた。

龍玄は囲んだ男らの間を抜け、店の間に上がった。店の間の天井の一画に、人ひとりが抜けられる切落口が開いていた。段梯子はかかっていなかったが、屋根裏の三人の女の顔が龍玄を見下ろしていた。

屋根裏のどこかで、赤ん坊がか細い泣き声を上げ、赤ん坊をあやす女のかすかな声も聞こえた。

十五郎は、神棚を祀った壁を背に、丹前を肩にかけた恰好で、長火鉢の前に胡坐をかいた。傍らのお蔦が十五郎にしなだれかかっていた。右手の襖の前に大柄な浪人風体が居坐り、背後の腰付障子を背に肥満した兄いの順造と二人。そして、残りの四人が左手の店の間に陣取った。いつでも襲いかかれるよう、てんでに長どすや生木の棒をつかんでいる。

一灯の行灯のうす明かりに照らされ、男らの不穏な影が障子にゆれていた。

「そうかい。倉太郎はお上の公明正大なお裁きを受けて、首を打たれたかい。抜け作も改心して冥土へ旅だったってわけだ。抜け作らしい最期じゃねえか。なあ、笹川先生」

「いかにも。抜け作に相応しい最期だ」

襖の前の笹川勇之助が、唇をだらしなくゆるめた。

「おめえらもそう思うだろう」

手下らは一斉に、へい、とそろえた。

「で、今度は改心した抜け作に、約束どおりこっちがお情けをかけてやってくれと、別所は頼みにきたってわけだな」

龍玄は答えず、八畳はある部屋の真ん中に、二刀を帯びたまま端座している。

「おれは約束を守る男だ。信義に厚いやくざなんだ。男同士の約束を守らねえやくざは、やくざの風上にもおけねえ。そんな野郎は、大嫌えだ。おれがぶった斬ってやる。だが、その前に、おめえに確かめてえ」

「先にお陸と子供の無事な姿を見せるのが筋だろう。お陸と駒吉を出せ」

龍玄は平然とかえした。

十五郎はにやついた。そのにやついた顔を周りに投げた。

「よかろう。お蔦、お陸とがきをつれてこい」

「あい」

お蔦が龍玄を睨んで、気だるげに立ち、店の間へ行った。店の間の切落口に段梯子をかける音がし、ほどなく、赤ん坊のか細い泣き声が下りてくるのが聞こえた。

「ぐずぐずすんじゃないよ」

お蔦が叱りつけている。

やがて、蓬髪も同然の乱れた髪の下の、醜い痣の残った顔に怯えを浮かべ、お陸がお蔦に背中を突かれ、内証に入ってきた。お陸の胸に抱いた駒吉が、力なく泣いている。お陸の細縞の着物も、駒吉をくるんだ布きれもうす汚れ、まるで物乞いのような姿だった。

「お陸さんか」

お陸は黙って頷いた。

「倉太郎さんの幼馴染みの別所龍玄です。赤ん坊のお陸さんが倉太郎さんに負ぶわれ、湯島天神の境内にきていたころを知っています。倉太郎さんに頼まれ、お陸さんと駒吉さんを連れ戻しにきました」

「兄ちゃんは……」

「数日前、牢屋敷にて処刑されました」

すると、お陸は、苦しげにうめき出し、涙を噴きこぼした。その背中を、お蔦がお歯黒を光らせ、「行くんだよ」と、乱暴に突いた。

龍玄の傍らに跪いたお陸を、龍玄は支えた。

お陸は顔を伏せて咽び、駒吉の泣き声も止まなかった。

「兄ちゃん、ごめん、ごめん……」

咽びながら、お陸は繰りかえした。

「抜け作の妹も抜け作だ。捨子貰いを働いたあげくに、ただ飯ばかり食いやがって。仕つけの悪いがきはぴいぴい泣いて、うるせえったらなかったぜ。だが、今日まで食わせてやった代金は負けてやる。がきのうるせえのも大目に見てやる。若えの。おれは寛大な男さ」

龍玄は沈黙をかえした。

「けどな。確かに倉太郎は約束を守ったが、抜け作の妹のお陸は、このまま生かして帰して、どうやって約束を守ると言えるんだ。こいつがばらせば、せっかくの男同士の約束を反古(ほご)にするのも同然じゃねえか。それじゃあ約束を守ったことにならねえだろう」

龍玄はそれには答えず、言った。

「約束はまだある。お陸に倉太郎の首代十両をつけて、二人を無事に帰す約束があるだろう。十両を出せ」

「なんだと、この野郎、下手に出たら調子に乗りやがって。おめえ、たかりにきやがったな。ははん、おれが十両をわたしたら、そいつをてめえの懐に入れる気だな。すかした面の裏がばれてるぜ」

「十五郎、約束の後づけはない。倉太郎は約束を守った。おまえも約束を守れ。おまえが信義に生きれば、お陸さんもそうする。それだけだ」

「甘え野郎だな、おめえ。世間知らずの若造が、信義やら約束やらで、飯が食えると思っていやがるのかい。阿呆が。おめえみてえな甘っちょろいのを相手にしてると、こっぱずかしくって、けつの穴がむずむずするぜ」

龍玄は答えず、十五郎を真っすぐに見つめている。

「ふん、気色の悪い若造だ。だが、ひとりで乗りこんできた度胸は認めてやる。いいだろう。十両をわたしてやる」

お蔦が、意外そうな顔つきを十五郎へ向けた。手下らがひそめた声を交わした。

「お陸、拾え」

十五郎が長火鉢の抽斗から、小判をとり出し、俯せたお陸の前へ投げ捨てた。

そして長どすをつかみ、鐺を畳へ音をたてて突いた。

お陸は俯せたまま手を出さなかった。十五郎は龍玄を睨み、にやついている。

「お陸さん、何があっても、駒吉をしっかり抱いて、俯せていてください。何を見ても、何が聞こえても、わたしが言うまで、凝っとしているのですよ」

龍玄はお陸の背に手をおき、言った。

お陸は温和しく頷いた。お陸の背中は震えていた。駒吉がか細い泣き声をたてている。

龍玄は片膝立ちになり、十五郎から目をそらし、投げ出された小判をそろえた。

「さあ、これを」

俯せたお陸の手ににぎらせた。

「甘えぜ、別所。どんづまりだ」

突然、十五郎が吠えた。

「くたばりやがれ」

と、大柄を躍動させた。

長どすを抜き放ち、長火鉢をひと跨ぎにして龍玄へ叩きつけた。

龍玄は、どすをふり上げた十五郎の酷薄な顔と、剝き出した歯を見上げた。

遅い、と思った。

羽織を払い、腰の村正の鯉口をきった。抜刀とともに、長どすを上段へかざした十五郎の太い腹を、間髪を容れず一閃した。

利那の閃光が十五郎の腹をよぎった。

「あ?」

一閃を腹に受け、一瞬、十五郎の動きが停止した。

次の瞬間、十五郎の腹から鮮やかな臓物が噴きこぼれた。噴き散る血が臓物を洗い、畳にしたたった。

お蔦の悲鳴と手下らの仰天した絶叫が上がったが、もっと驚いたのは、十五郎自身だった。何があったのか理解できず、ああ、ああ、と情けなさそうにうろたえた。どすを捨て、こぼれ出た臓物をつかんだ。腹に押し戻そうとしながら、畳をゆらして尻餅をついた。長火鉢に背を凭せかけたが、つかみきれない臓物が、十五郎の股の間にとぐろを巻いた。

それから、十五郎の悲痛な悲鳴が店を震わせた。腰を抜かしたお蔦は、這って逃げまどった。

咄嗟、唖然としていた笹川が気づいた。

「おのれがっ」

片膝立ちに抜刀し、袈裟懸(けさがけ)を見舞った。

龍玄は、片膝立ちのままわずかに上体を横へなびかせるようにずらし、笹川の肉の分厚い肩に一撃を落とした。

両者は片膝立ちの体勢で打ち合った。

両者の刃が空を裂き、肉と骨が鳴った。

龍玄の刃は笹川の肩を割って肺臓の半ばまで食いこんだ。しかし、一瞬先に放った笹川の一撃は、龍玄のほつれ毛を払ったばかりで、龍玄の傍らを泳ぎ、虚しく震えた。

笹川の肩から、行灯のうす明かりでも色鮮やかに映る鮮血が、すきま風のような音をたてて噴き出した。

「かああ」

笹川は、叫び声を短く走らせた。龍玄が村正を引き抜くと、仰(あお)のけに間仕切の襖へ凭れかかり、襖ごと続き部屋へ倒れていった。

龍玄は引き抜いた刀をかえしつつ身を反転させた。そして、瞬時も止まらず、背後に立ち上がった肥満した順造を斬り上げていた。

順造は龍玄の反転に追いつけなかった。切先が脾腹から顎へと走ると、顔を真(ま)

後(うし)ろに大きく仰け反らせ、背後の腰付障子を突き破った。さらに通り庭をよろけ、通り庭に閉じた板戸を倒して、庭へ仰のけになった。

庭には、夜明け前の靄(もや)にうすい明るみが射し始め、隅田川の川鳥の騒ぎが、かすかに聞こえてくる。

順造とともに、二人の手下が躍り上がったが、躍り上がったひとりは、低い板天井にふり上げた長どすを突き入れた。あっ、と見上げた手下の首を、龍玄は瞬時に刎ねた。刎ねた首は皮一枚を残していて、手下はすべり落ちた首を後ろに垂らし、噴き上がる血の音をたて、天井に長どすを突き入れたまま拉(ひし)げるように坐りこんだ。

即座に、もうひとりの打ちかかる長どすを鋼(はがね)を鳴らして打ち払い、ひるがえした一刀で額を叩いた。男の頭蓋が割れた瞬間、髪がざんばらに散った。男は目を丸くし、束の間、呆然とした。それから、悲鳴を発し、はじきかえされたように腰付障子を突き破って通り庭に転落した。

龍玄は速やかに、店の間に残った男らへ、片膝立ちの正眼(せいがん)で備えた。店の間で身がまえていた四人が突っこんでくる気配を見せていた。四人は、血飛沫を浴びた龍玄と睨み合った。次の瞬間、ひとりが、

「化け物だ」

と叫んで、男らの絶叫が続いた。

男らは争って前土間へ転げ落ち、表の板戸にぶつかり、押し倒した。

みな畏れ慄き前庭へ逃げ出し、うす明かりの射した朝靄の中に姿を消し去った。

悲鳴や絶叫が、次第に遠ざかっていった。

龍玄は、長火鉢に凭れかかり土気色の顔を伏せている十五郎へ向いた。股の間にとぐろを巻く臓物の間を、赤い血が筋になって流れている。

「十五郎、おまえはもう死ぬ。このまま長く苦しんで死ぬか、それとも今すぐ止めを刺すか、おまえが選べ。わたしは介錯人・別所龍玄だ」

十五郎の目が、龍玄へ心細げに向けられた。

「お情けを……」

それが十五郎の最期の言葉だった。

「お陸さん、立ちなさい。帰りましょう」

お陸はうずくまったまま、頷いた。いつの間にか、お陸の腕の中で駒吉は静かに眠っていた。お陸を立ち上がらせ、手を引いた。

そのとき、前庭で女の悲鳴が聞こえた。

龍玄とお陸が前庭へ出ると、三人の女が鶏小屋のそばで、ぐったりと倒れたお蔦へ長どすを繰りかえし浴びせていた。お蔦はもう声も上げず、血まみれになって横たわっていた。鶏がお蔦の代わりに、甲高く鳴き騒いでいた。

「お陸ちゃん、よかったね」

「ちゃんと、坊やを育ててあげな」

「お陸ちゃん、諦めちゃあいけないよ。今にいいことがあるから」

龍玄に手を引かれて行くお陸に、顔に血を散らした女たちが声を投げてきた。


龍玄と駒吉を抱いたお陸を乗せた茶船は、まだ日の上らぬ朝靄の隅田川をくだった。龍玄は胴船梁に腰かけ、お陸は表船梁と胴船梁の間のさなに坐っていた。

龍玄は紺の長羽織を脱ぎ、お陸の肩にかけてやった。

船頭は、血飛沫に汚れた龍玄を見て、

「へい。お待ちしておりやした」

としか言わなかった。

川鳥が鳴き騒ぎ、鳥影が船の周りを飛び交っていた。

「兄ちゃんから、別所さまの話を、よく聞かされました」

お陸が前方の川面へ目をやり、独り言を呟くように言った。駒吉は眠っている。

「おれの幼馴染みに、強え（つえ）お侍がいるんだぜって、兄ちゃんはそれが自慢そうでした。何度も同じことを聞きました。牢屋敷で、罪人の首をばっさばっさと打ち落とす、すげえ腕利きなんだ。けど、心は真っすぐで、気の優しいやつなんだって。旗本の名門の、みなが憧れてた器量よしのお嬢さまを、お内儀に迎えたんだ。そいつがおれの、弟分みてえな幼馴染みなんだって」

龍玄は黙っていた。

「兄ちゃんは、別所さまの話になるといつもにこにこして、機嫌がよくなるんです」

茶船の小縁に川烏（かわがらす）が不意に止まった。ちいちいじょいじょい、と鳴いた。船頭の漕ぐ櫓が軋み、川烏は間違いに気づいたか、夜明け前の靄の中へすぐに飛び去った。

「兄ちゃんは、いい加減なことばかり言って、お調子者で、でも本途はとても臆病で、そのくせ向こう見ずでした。あたし、わかるんです。あたしも兄ちゃんにそっくりな、間抜けな妹だから」

東の空の果てに、赤く細い帯がかかり始めていた。

「でも、そんな兄ちゃんだけど、とっても頼りにしていたんです。兄ちゃんがいてくれたから、あたし、安心していられたんです。兄ちゃんがなんとかしてくれるって。でも、もう兄ちゃんは、いなくなってしまったんですね。あたしどうしよう」

魚が川面に跳ねた。

倉太郎さん。男同士の約束だよ。ね、ね、指切りしよう。

あのとき、龍玄は倉太郎と指切りをした。倉太郎は、龍玄の秘め事を見抜いたことを得意そうに、嬉しそうにくすくす笑いをした。倉太郎と小指をかけた感触が甦った。

龍玄は、お陸の背中に言った。

「お陸さん、兄さんは、あなたとあなたの赤ん坊に、生きていてほしいと願ったのです。あなたに兄さんの思い出が残っている限り、兄さんはあなたの胸の中に生きています。お陸さんのそばにずっとついています。つらい思い出かもしれませんが、その思い出と赤ん坊のために、長く、ずっと長く、生きてください。兄さんがくれた命です」

お陸は肩を寂しげに震わせた。

六

日に日に、朝晩の冷えこみは厳しくなった。

早朝、ひとり起き出して素ぶりの朝稽古をするとき、吐く息の白さが濃くなった。

身体中から湯気が上るほど、龍玄はひたすら真剣の素ぶりをする。

妻恋町の裏店に住んでいたころ、早朝、祖父とまだ若かった父親が、妻恋町の路地で、身体から湯気を上らせ、真剣で懸命に素ぶりを続けていたのを覚えている。

踏みこみつつ打ち、退(さ)がりつつ上段へとる。

また踏みこみ打ち、退がる。

真剣が自分の身体とひとつになるまで、素ぶりを続けろ。それが鍛錬だ。父の勝吉は、剣術の教え方は下手(へた)だったが、その言葉だけは龍玄の剣となり、心になった。

その月の終りごろ、北町奉行所の平同心・本条孝三郎が無縁坂の店に訪ねてきた。急な用ではなかった。紺看板に梵天帯の奉行所の中間を玄関前に待たせ、落ち縁と土縁のある客座敷に上がった。母親の静江とお玉が出かけており、百合が茶を出し、まだ頼りない足どりの杏子が、百合についてきた。

本条は杏子へ、に、と白い歯を剝き出し、杏子を笑わせた。

「お内儀は相変わらず艶やかだが、子供はどんどん変わっていく。大したもんだ」

百合と杏子が退がると、本条はうす笑いを浮かべた。そして、

「ちょいと近くに用があってきたもんで、ついでに寄っただけなんだ」

と、うす笑いを絶やさず、茶を一服した。

「年の瀬は、牢屋敷のこれが増えると思われるけど、頼めるかい」

本条は、手刀で首を刎ねる仕種をして見せた。龍玄は本条に頭を垂れ、

「お願いいたします」

と答えた。

それから、本条は何を言おうかと考えているかのように沈黙し、土縁からの日が白く映る障子へ目を遊ばせた。

「先だって、豊島郡の貸元の十五郎のことを訊きにきたね。どういう男かと

……」

白い障子に目を遊ばせ、本条がさりげなく言い出した。龍玄は黙然と頷いた。

「あのときは、別所さんが十五郎みたいな田舎やくざを、妙な、と思ったんだが、まあいいかとおれは思って答えた。その後、十五郎にかかり合いのある用は済んだのかい」

「わたしの幼馴染みが、十五郎と少々かかり合いがありました。それでどういう男かと、気になったのです」

「幼馴染みは、どういう男だい」

「今月、谷中新茶屋町の庄治殺しの罪で首打ちになりました。執刀は山田浅右衛門どのです。わたしでなくてよかった」

本条は、それ以上、訊かなかった。すべてを心得たふうに黙って、障子のほうへ目を向けていた。

「十五郎は、女房のお蔦にやらせていた豊島の渡し場の酒亭に、殴りこみをかけられ、女房や手下らとともに斬られて死んだよ。陣屋の手代が知らせを受けて出役し、検視したところによると、殴りこみをかけられた跡は、首を刎ねられたのやら、頭を割られたのやらと、目を覆う惨状だったそうだ」

龍玄は黙っていた。

「十五郎は、腹を裂かれて臓物をひり出し、首筋に止めのひと突きを受けてくたばっていた。十五郎らしいくたばり方だったかもしれねえ。十五郎とお蔦、手下が用心棒の浪人者を入れて五人。あとの五、六人は散りぢりに逃げ出した。そのあり様を見ていた生き証人がいた。十五郎は酒亭の屋根裏部屋に女を三人閉じこめ、客をとらせていた。その女郎らがつぶさに見ていたってわけさ。殴りこみは、二十人いたとか、三十人はいたとか、はっきりしねえらしいが、本途かね。酒亭の金が全部なくなっていたから、賊は案外、殴りこみじゃなく、十五郎の金を狙った押しこみだったかもしれねえ、という話も聞けた。十五郎は豊島郡の近在の賭場で荒稼ぎをして、相当溜めこんでいる噂はよく言われていたからな。そうそう、十五郎は江戸の盛り場にも縄張りを広げようと画策し、谷中新茶屋町の庄治の縄張りを狙って、いっとき、庄治殺しは十五郎の仕業じゃねえかと、噂が流れていたんだが、別所さん、知っていたかい」

本条は龍玄へ横目を流してきた。

「いえ。ただ、幼馴染みが首を打たれたあと、その噂を耳にしたことはあります」

「誰から聞いた」

「誰ということはなく、噂に聞いただけです」

本条は鼻先で小さく笑った。

沈黙が流れ、本条は障子へ目を遊ばせている。茶の間で杏子が何かを言い、百合の笑い声が、くるくる、と聞こえた。

「十五郎の一件で、もうひとつ、別の噂を耳にしてね。酒亭に殴りこみをかけたのは、じつはひとりだったたって噂さ。なんでも、その噂によると、凄腕の化け物みてえな浪人者がひとりで酒亭に乗りこんできて、ひとりで斬りまくったと、十五郎の手下だったやつが江戸に逃げてきて、本所の盛り場でそんな話をしたそうだ。もうそいつは、どっかに姿をくらましたし、誰も信じちゃいねえ。そんな馬鹿な。六人も七人も、ひとりでぶった斬れるわけがねえ。本途の化け物じゃなきゃあな。そうだろう、別所さん」

龍玄が黙り、本条は障子に向けていた顔を戻した。

「あんたならできるかい」

「どうでしょうか」

龍玄は平然と答えた。

「なんにせよ、十五郎殺しは女たちの証言で明らかだ。殴りこみか押しこみか、陣屋が賊の一味を追っているが、一味はとうに八州のどこかへ姿をくらましたろうな。とにかく、江戸の町方にはかかわりがねえ話さ。近くにきたもんで、ちょいと別所さんにそれを言いたくなってね。大した用はねえけど、寄ったのさ。それだけさ」

と、本条はずっとうす笑いを見せている。

杏子がまた何かを言い、くるくる、と百合の笑い声が茶の間から聞こえてきた。

蔵の中

一

寛政元年、師走大晦日のその日、駿河台甲賀坂に屋敷をかまえる朝比山家において、凄惨な刃傷沙汰があった。

寒さの厳しい早朝、御小姓頭・滝本常陸守則之の組下御小姓・朝比山百助が、突然、心の臓の発作に見舞われて倒れ、昼前、介抱も虚しく身罷った。朝比山家は家禄千三百石の旗本にて、百助は名門の子弟に限られる将軍お側近くに仕える御小姓を、足かけ二十四年務めた。享年、四十七であった。

新年を迎える大晦日の慌ただしさの中にあったが、主の急な逝去によって、朝比山家は、一転、悲しみに包まれた。正月祝賀の諸道具は急遽とり片づけられ、通夜の支度にとりかかった。

それは、朝比山家より知らせを出した御府内の親類縁者が、まだ到着していない昼下がりだった。植村隼人、という新番衆の縁者が、供も従えず、ひとり表門わきの小門をくぐって玄関の庇下に立った。隼人は顔見知りの若党が取次に出てくると、喪中には少々不似合いな磊落な口上を邸内に響かせた。

「妻のやゑは遅れてまいる。それがしひとりでも先にきて、一刻でも早くお悔みを申し上げたいと思いましてな」

それから、若党の応対も待たず玄関に上がって、お城勤めの継裃に帯びていた差料を預け、勝手知る本家客座敷の広縁へ、ためらいもなく通った。広縁に着座した隼人は、若党に訊ねた。

「ぎのどのは、ただ今どちらに」

ぎのは、身罷った百助の正妻である。

「谷中の菩提寺のご住職さまは、まだお見えではなく、枕経は済んでおりませんが、ぎのさまが枕経の前にと仰せられ、ご家老の松田どのやとゑさま方と、仏間にて旦那さまの御亡骸の湯灌をなさっておられます」

若党が答えると、隼人は意味ありげなうす笑いを浮かべた。そのうす笑いを、昼下がりの空の下で葉を繁らせる中庭の竹林へ投げ、心得たふうに申しつけた。

「さようか。では、湯灌が済むまで、待つといたそう。百助さんを悼んで一献酌みたい。酒肴を頼む。簡単な膳でよい」

若党は、通夜の支度が忙しいさ中にと思った。しかし、主家の縁者の申し入れを拒むこともできなかった。冷酒と杯にあり合いの猪口と皿を調えた膳を運んできた。隼人は早速、手酌で杯をあおり、若党を相手に百助の突然の訃報を声高に嘆いて見せた。

「なんということだ。百助さんは、名門の風格、高貴な血筋の品格が具わり、上さまの覚えめでたき御小姓衆だった。百助さんのような有能な方を、まことに残念至極と、申さざるを得ない」

そして、生前の百助に自分が可愛がられていた事情を、多少自慢げに、いく分、装飾を交えて語って聞かせた。

「それがしは、日ごろより百助さんに目をかけていただいた。道理にかなった助言を様々にいただき、どれほどお城勤めに役だったことか。ああ、惜しい方を亡くした。それがしは、大きな後ろ盾を失った」

朝比山万之助が、平服の小袖と半袴の扮装に両刀を帯び、隼人の甲高い声の聞こえる客座敷へ踏みこんだのは、そのときだった。

万之助は、百助亡きあと、朝比山家を継ぐ相続人である。大晦日が明けて新年を迎えれば、二十六歳になる。

若党が、急ぎの用があって不意に広縁に現れたふうな万之助に気づき、向きなおって、型どおりに頭(こうべ)を垂れた。隼人も、万之助に悔みを述べるために膝を向けた。

だが、万之助は隼人に悔みを述べる間を与えなかった。

「まずは万之助さまに……」

と言いかけた隼人を、抜き放ち様、大袈裟に斬り落とした。

ひと声吠えた隼人は、手足を投げ出し、酒肴の膳を引っくりかえして、中庭へ転がり落ちた。そして、万之助が広縁の上で大刀をかざしているのを見上げると、呼気を途ぎれ途ぎれに喘がせ、噴き出る夥(おびただ)しい血に裃を赤く染めながら、中庭を囲う竹林のほうへ寸とり虫のように這い、もがいて逃げ始めた。

だが、隼人は竹林の手前で力つき、そのまま絶命した。

万之助は、周章(あわて)ふためいて逃げ去った若党に目もくれず、百助の湯灌をしている仏間へ向かった。

仏間には、百助の妻のぎのと朝比山家の家老・松田常右衛門(つねえもん)、万之助の妻・とゑ、女中みどり、同じく女中さきがいて、湯灌を手伝っていた。百助の亡骸に、晒木綿(さらし)の経帷子(きょうかたびら)を着せていた常右衛門が、あ？　とかえり血に汚れた万之助を見上げた途端、これも一刀の下(もと)に斬り伏せられた。常右衛門は、凄まじい絶叫と血飛沫を百助の亡骸と女たちへ噴きかけ、その場で絶命した。

女たちは混乱に陥り、けたたましい悲鳴を甲走らせた。ぎのが仏間の襖に衝突して突き倒し、廊下へ転がると、とゑと女中らは仏間から逃げ出し、われ先にぎのを踏み越え、台所の間のほうへ逃げた。

万之助は刀をかえし、廊下で踏みつけられて逃げ遅れたぎのの、懸命に立ち上がったところを、荒々しく斬りつけた。

しかし、ぎのは一命をとり止めた。万之助が、台所の間へ素早く逃れたとゑに気をとられたためと、ぎのは一刀を浴びて廊下にたてた障子戸へ突っこみ、障子戸を破り抜け、濡れ縁にはずんで、庭へ転落したからだ。

深手ながら、それが幸いした。縁の下へ隠れ、夕刻、家人に助け出されるまで、ぎのは疵(きず)の痛みに堪えて震えていた。

万之助は、女たちを追いかけ、廊下から次の間を通って、台所の間に飛びこんだ。そこに、乳母の辰の陰に隠れた女中のみどりを見つけ、呆然とした辰を薙ぎ払い、すかさずみどりに見舞った。辰は浅手だったが、勝手の土間に逃げ、気を失ったふりをして俯せた。みどりは台所の間の棚に倒れかかり、棚に重ねて並べていた膳や弔い客用の容器などを、がらがらとくずしながら横転した。

次に、女中のさきが勝手の土間の水甕の陰に隠れているのに気づき、無理やり引き摺り出して、泣いて助命を乞うのもかまわず、袈裟懸の深手を負わせた。そこでふりかえり、

「とゑっ」

と叫んだが、勝手の土間と台所の間と次の間には、もう誰もいなかった。土間に二人、台所の間にひとりと、三人の女が倒れ、かすかな呻吟が聞こえるばかりだった。皿や鉢や椀が散乱し、弔い客用の諸道具が、支度の途中で投げ出されたままになっていた。

使用人たちが逃げ出した屋敷は、奇妙な静けさに包まれた。昼下がりののどかな陽光が、台所の間と土間に射し、屋敷のどこかで子供が泣いていた。

朝比山家は若党のほかに、三人の侍が奉公していた。万之助が斬り廻ったとき、侍たちは百助の訃報を知らせるため、中間を従え、屋敷から出払っていた。ひと

りいた侍奉公の若党は、万之助のふる舞いになす術（すべ）を知らず、台所働きの端女や下男らと逃げ出していた。万之助の妻のとゑも、その中にいた。

　万之助は甕の水で刀の血糊を洗い、しばし息を整えた。それから居室に戻り、血まみれの平服を白の裃に着替えた。居室を出て表玄関へ行った。式台へ下りたとき、隠居所住まいの栄寿院（えいじゅいん）が、玄関の間に小袖の裾を足早に引き摺り、万之助を追いかけてきた。

「待て、万之助。そなた、これだけ人を殺（あや）めて、何処（いずこ）へまいる所存ぞ。定めて、切腹の覚悟はあるのであろうな」

　栄寿院は怒りを抑えて質した。

「元より覚悟のうえ。懸念におよばぬ。切腹場は裏の蔵にいたす」

「よかろう。ばばが介錯して遣わす」

「女郎上がりの祖母（ばば）さまの介錯は受けぬ。おれの介錯人は決めている。本郷の往来より池之端へくだる無縁坂の講安寺門前に、別所龍玄なる浪人者がいる。別所龍玄は、牢屋敷の首打役の手代わりと、様場（ためしば）での試し斬りを生業にしている。蔵の中で、支度を調え待つゆえ、別所龍玄を呼べ。言うておく。別所龍玄以外の者の介錯は受けぬ。蔵に寄こすな。死人を増やすだけだぞ」

栄寿院は、束の間、言葉につまった。戸惑いを覚え、万之助の曰くありげな指示が、不気味だった。

「無縁坂の介錯人・別所龍玄……」

栄寿院は眉をひそめ、確かめた。

「そうだ。本郷菊坂臺町大沢道場の、大沢虎次郎先生の同じ門弟だ。先生に訊ねれば、別所龍玄がどのような浪人者かわかる」

「承知した。ならば、ばばが朝比山家の年寄として、そなたの最期を見届ける。よいな。ばばの前で、せめて武士らしく果ててよ」

「好きになされ」

万之助は冷やかに答えた。

二

別所龍玄は、同田貫を納めた刀袋と、着替えなどを仕舞った小葛籠（こつづら）を一手に携え、中の口の土間に立った。扮装は桑色の小袖に麻裃を着け、村正の二刀を帯びた。刀袋に納めた同田貫は、爺さまの別所弥五郎から父の勝吉、勝吉から倅の龍玄、と譲り受けた刃渡り二尺五寸（約七十六センチ）、反り七分（約二センチ）、小乱れ波紋の打刀である。

　土間続きの茶の間の上がり端に、妻の百合、母親・静江、二人の間に丸年の一歳をすぎたばかりの娘の杏子、後ろに下女のお玉が端座し、手をついて龍玄を見送った。

「行ってくる。さほど遅くならぬと思う」

　龍玄は百合に言った。それから、母親を真似て、小さな白い花弁のような手をそろえ、龍玄を見上げている杏子の、丸い薄桃色の頬に掌で触れた。杏子は龍玄の掌の中で、生え始めた白く愛らしい歯を見せた。

「杏子、行ってくるよ」

「とと……」

　杏子は言葉が早い。隣の百合が、もたげた杏子の頭をそっと押さえて言った。

「行ってらっしゃいませ」

「気をつけて。龍玄」

　静江が続け、後ろのお玉が、

「旦那さま、行ってらっしゃいませ」

と、十六歳の元気な声を寄こした。

龍玄は中の口を出て、中庭との境につつじや木犀（もくせい）の灌木を植えた前庭の、引き違いの木戸門をくぐり、講安寺門前の小路を無縁坂へとった。

無縁坂に出る手前で、何気なく立ち止まりふりかえると、百合が杏子を抱いて、木戸門を出た小路に立っていた。百合と、百合の腕の中の杏子が、龍玄を見送っていた。

武家の見送りは、大抵は屋敷内で済ませる。小路に出て見送るのは、珍しいことだった。龍玄は百合と杏子にわかるように、大きく頷いて見せた。板塀より高い柿の木が、凝（じ）っと佇む母と子の上の、まだ青い大晦日の空に、枯れ枝を躍らせていた。空には夕方の気配が迫っていた。

無縁坂へ出た。

坂下に茅町の町家と不忍池、そして、上野の御山が見える。龍玄は不忍池を背に、本郷の往来へ、急な無縁坂を上った。

本郷の往来は、大晦日らしい老若男女の人通りと、行き交う荷車で賑わっていた。荷車はみな、山のように荷を積んで、歯軋りをするように車輪を鳴らし、表店（おもてだな）の声高な売り声や、町内のどこかで唱える、調子のよいせきぞろの声が、めでたげに聞こえた。往来東側の、加賀(かが)屋敷の壮麗な櫓(やぐら)造りの門前をすぎ、すぐに西側の菊坂臺町の通りへ折れた。

大沢虎次郎の開く一刀流の道場は、坂道をくだった菊坂臺町の喜福寺裏にある。

龍玄がこの大沢道場に通い始めたのは、十歳になる前だった。十八歳の春、龍玄は牢屋敷の首打役の手代わりと、試し斬りの刀剣鑑定を始めた。それを始める前の十六歳と十七歳のとき、師匠・虎次郎より、道場の師範代を務める気はあるか、と訊ねられた。

龍玄は二度とも断った。なぜかはわからない。ただ、決心がつきかねた。

虎次郎も無理には勧めなかった。のちに大沢は、あの若者の剣は天稟(てんぴん)だ、授かった才はあの若者にしか具わっておらぬゆえ、稽古を積んでも身につかぬ、ゆえにあの若者の剣は師範代には向かぬ、と人に語った。虎次郎は、十八歳の龍玄が牢屋敷の首打役の手代わりを務めたとき、父親の勝吉でさえ知らなかったその天稟に、ただひとり気づいていた師匠である。

龍玄がくるのを、虎次郎は待っていた。

明障子(あかりしょうじ)に西日の射す客座敷へ通されてすぐ、背の高い痩身に茶色の羽織を着けた虎次郎が、自ら茶托の碗を持って現れた。龍玄の膝の前に茶托をおいて、さりげない風情で対座し、普段と変わらぬ笑みを見せた。

「龍玄、よくきた。まずは一服してくれ」

と、のどかに茶を勧めた。

「いただきます」

龍玄は碗を上げ、温かく香ばしい煎茶をひと口含んだ。龍玄の風貌は、二重の目に眉は切れ上がって鼻筋も通っている。だが、いく分日焼けして、ほりの深い虎次郎とは違い、面のようなのっぺりした顔だちだった。爺さまの弥五郎は、幼い龍玄のそんな顔だちを、

「男前だが、ふてぶてしい面(つら)がまえだ」

と、妙な褒め方をした。そうなのか、と幼いなりに思ったのを、龍玄は覚えている。

龍玄の色白の、のっぺりした顔を湯気がなで、虎次郎は口元をゆるめた。

「早いな。もう大晦日だ。歳をとると、一年が果敢(はか)なくすぎていく。ご一家の方々は、つつがないか」

「はい。母も妻も娘も、使用人もみな息災にて年の瀬を迎えました。ありがたいことです。新年のご挨拶に、うかがいます」

龍玄は碗をゆっくり戻した。

「ふむ。待っておる」

虎次郎は、得心したかのごとくに小さく首肯し、それから真顔になった。

「今宵、別所龍玄に介錯を頼みたいと、仲介を頼まれた。よいな、龍玄」

「大沢先生の書状をいただき、お請けいたす所存でまいりました」

龍玄は答えた。

「将軍さま御小姓衆を務める、旗本の朝比山家だ。駿河台の甲賀坂に屋敷がある。是非に別所龍玄をと、朝比山家の達ての要望なのだ。朝比山家の許しを得られれば、わたしも龍玄と同道し、介錯を見届けるつもりだった。残念だが、朝比山家には同道を断られた。必ず別所龍玄ひとりにて、ということだった。どうやら、この介錯人は別所龍玄以外ではならぬらしい。添状だ。持って行くように」

虎次郎は折り封の書状を懐より抜き、龍玄の膝の前へ差し出した。

短い沈黙が流れた。

それから、西日の射す明障子へ目を移し、瞼を物思わしげに震わせた。

「龍玄、なぜ、わたしが介錯を見届けるつもりだったか、わかるか」

「切腹をなさるのは、朝比山万之助さまなのですか」

「朝比山万之助を、覚えているのだな」

「はい。ともに当道場にて稽古を積んだ、大沢先生の門弟です」

「万之助は、わが門弟のなかで屈指の使い手のひとりになるはずだった。だが、そうなる前に、道場へ稽古にこなくなった」

「入門したころ、わたしよりわずか三つ年上の万之助さまが、まだ背も伸びきらぬ身体ながら、すでに大人の方々と対等に厳しい稽古をなさっておられ、凄いなと思いました。胸が高鳴ったことを覚えております」

虎次郎が龍玄へ目を戻した。

「万之助と、稽古試合をしたことは」

「身分も違い、言葉をかけられたことはありませんが、二度、竹刀で打ち合い、稽古をいたしました」

「それだけか。そうであったか。万之助と打ち合って、どうであった」

「稽古ながら、激しい打ち合いでした。万之助さまの打ちこみに怒りが感じられ、あのころわたしは子供ゆえ、恐いと思うほどでした。歯がたちませんでした」

「龍玄が勝ったと思えるような、打ち合いや稽古試合はあったのか」

「なかったと思います。ですが、竹刀を交えたのは二度だけです。万之助さまは、な氏素性の知れぬ素浪人の、牢屋敷の不浄な首打役の倅であるわたしを、まともな稽古の相手とは、見なしておられぬようでした。むしろ、避けておられました」

龍玄が平然と言ったので、虎次郎は真顔を変えず平然とかえした。

「それは違うと思う。万之助は才に恵まれた若者だった。強くなりたいと志すのは、侍の家に生まれた者なら当然だが、万之助は少し違っていた。万之助は、恵まれた才を若年のころから自覚し、おのれ自身の才に酔っていた。ひたすら強くなることにのめりこんで、内心にたぎる怒りを、あるいは猛々しさを、荒々しさを吐き出していたとも言える。龍玄は、万之助と打ち合い、それを感じたのだ。万之助は、龍玄を稽古の相手と見なしていなかったのではない。あの若者は、おのれ以外に関心がなかったのだ。そういう若者が、強くならないわけがない。万之助が十代の半ばをすぎたころ、道場の稽古試合では一番強かった。ただし、ただ強い。それだけだった」

「覚えています。万之助さまは、いつもひとりで、一心に、何かに向き合っておられるようでした。恐くて近寄れませんでした」

「そこに、三つ年下の十歳の龍玄が現れた。わたしは、龍玄が入門してきたとき、こんな童子がいるのかと驚いた。万之助の技量が、めきめきと上達しているころだ。おのれ自身にのめりこんでいた万之助は、龍玄がまだ眼中になかった。ひたすら、おのれを研ぎ澄ますことに執着し、技量の上達のみに耽溺していたと言っていい。だが、ときがたてば龍玄に気づかないはずはなかった。才は才を知る、だ。ある日、道場に入門して高々一年か二年の、童子が目にとまっただろう。眼中になかった童子に気づき、打ち合いや稽古試合の相手になって、童子が機を鋭く察知し、俊敏に応変し、山野の獣のように動く様を目のあたりにして、息を呑んだ。信じられなかった。そういうとき、試合の勝ち負けがなんのかかわりもないのは、万之助自身が一番よく知っている。おのれの才が龍玄におよばぬ、と思い知らされ、万之助はおのれに猜疑を抱き、慄きと嫉みに内心を苛まれたかもしれぬ」

龍玄は、温くなった茶を含んだ。碗を茶托に戻し、虎次郎の言葉を待った。

「龍玄が稽古にこなくなったのは、牢屋敷の首打役の手代わりと、試し斬りを始めてからだったな。それはわかる。龍玄には、道場の稽古で得るものが、もはやなくなっていたのだからな。万之助は、十九になったあるころから、ぷっつりと稽古にこなくなった。聞いた話では、いずれ、父親の跡を継いで小姓衆に就くための見習いに登城し、それが忙しくなったとか。あるいは、嫁とりの話が進んでいるとも、噂を聞いた。わたしは、道半ばにして、惜しいと思った。だが、やむを得ぬ。名門に生まれた者には、名門の進むべき道がある。剣の道に生きるわけではない」

「何ゆえ、万之助さまは切腹を申しつけられたのですか。いかなる粗相があって、自裁なさるのですか」

「今朝方、朝比山家の主・百助どのが急な病に倒れられ、昼前、急逝なされた。屋敷中が正月を迎える支度をとりやめ、急遽、通夜の支度にかかっていた。奉公人の侍衆と中間は、御府内の朝比山家の親類縁者や知人、上役並びに朋輩らへの知らせに、殆ど出かけていたそうだ。屋敷にいたのは、仕えていた侍が、朝比山家の家老と若党の二人。たまたま早めにきた侍の弔い客がひとり。使用人と家人の女子供らと隠居所の年寄のみ。それに万之助だった。父親の突然の死に接し、一家の相続人にもかかわらず、万之助は居室に閉じこもっていた。通夜と葬儀の段どりは、百助の妻のぎのという奥方と家老が指図していた。ところが、午の刻(正午頃)をすぎてほどなく、突如、万之助が乱心し、居室を出て、いきなり家人や使用人らへわけもなく斬りかかり、多数の死人や負傷者を出したということだ」

「乱心、ですか」

「使いにきた者に聞いたのみにて、詳細は不明だ。ただ、家老が絶命し、奥方も深手を負って、屋敷内の指図どころではないらしい。よって、今は隠居所の栄寿院という年寄と駆けつけた縁者の主だった者らが談義し、屋敷内を治めているらしい」

「万之助さまは、今、どのように」

「邸内の蔵の中に、押しこめられている。どうやら、正気をとり戻したと見える。今は温和しく切腹を覚悟しているはずだ」

「しかし……」

龍玄は言いかけた言葉を切り、物思わしげな沈黙をおいた。それから、言った。

「多数の死人や負傷者を出したのであれば、仮令、屋敷内での刃傷沙汰であっても、監察役の御目付衆の厳しい聞きとりや調べが入り、事と次第によっては、万之助さまの切腹で済まぬのでは、ありませんか」

「並の旗本ならそうだろう。だが、将軍のお側近くに仕える御小姓衆の家柄となれば、御目付衆も調べに入るには、厄介な手続きを踏まねば、おいそれとは手が出せぬ。御側衆の間で、朝比山家の家門に疵がつかぬよう、万之助の切腹で落着を図るのではないか」

「なぜ、わたしなのでしょうか。わたしは牢屋敷の首打役の手代わりを務め、試し斬りを生業にしています。朝比山家ほどの名門ならば、身分に相応しい練達の士に、介添役を依頼する手だてがあると思われます」

「使いの者を寄こした年寄の栄寿院は、龍玄の生業を承知していた。そのうえで、龍玄に万之助の介錯を申し入れている。万之助は栄寿院に、別所龍玄なる者がいる、介錯人は別所龍玄に決めていると、名指しした。別所龍玄以外の者の介錯は受けぬ、とも言っているということだ。つまり、万之助も龍玄を覚えていたのだな。しかし、万之助が何ゆえ乱心し、何ゆえ龍玄を介錯人に名指ししたのか、使いの者を寄こした栄寿院も、わからぬそうだ。それは、万之助にしかわからぬ」

それから虎次郎は、ふと、気になるふうに続けた。

「栄寿院は、百助どのの母親にて、万之助の祖母にあたる。ただし、栄寿院の元は吉原の遊女らしい。万之助の祖父の朝比山巽に落籍され、巽の後添えに入って、百助どのの継母となった。ゆえに、自分とも血のつながりのない祖母さまだと、万之助自身から聞いた覚えがある。万之助は、師匠のわたしですら少々鼻につくほど気位が高く、朝比山家の事情はそれまで一切話さなかったのに、いきなり、そんな事情を話し出したのが意外だった。あれは確か、万之助が道場へこなくなる少し前だ。栄寿院は、巽が四十八歳で朝比山家の家督を百助に譲り隠居してから、ともに屋敷奥の隠居所でひっそりと暮らし、巽が五十歳で亡くなるのを看とると、髪を落として栄寿院となって姿を改めた。歳は六十五だそうだ。元は遊女ながら、気丈な祖母さまだと、万之助はそうも言っていた。ところで、万之助は、家人や使用人らへわけもなく斬りかかったにもかかわらず、栄寿院へは斬りかからなかった。万之助の乱心には、何か子細があるのかもしれぬ。龍玄を介錯人に名指ししたことも、その子細とかかわりがあるのかもな。推量にすぎぬが」

龍玄は沈黙をかえした。虎次郎は、その沈黙の戸を敲くように言った。

「いずれにせよ、遣りきれぬ廻り合わせになった。龍玄、よいか」

「はい」

ひと言、龍玄は答えた。

三

まだ、夕焼けが西の空の端に赤い帯を残しているころ、龍玄は、大晦日の薄暮の賑わいに包まれた本郷通りを、駿河台へ向かった。

屋敷に着いたとき、はや宵の帳（とばり）が下りて、甲賀坂沿いにつらなる土塀と、門わきに片門番所のある重厚な長屋門を、冷たく黒い影に塗りこめていた。黒い影を見せる門扉が、分厚くよそよそしい沈黙を守っていた。

片門番所の物見の障子戸に、門前に立った龍玄の風体を値踏みするような、小さなうす明かりが射していた。

番人に名を告げ、取次を乞うた。

すぐにわきの小門が開けられ、広い邸内の先の玄関へ導かれた。式台上の玄関の間に、手燭を手にした若党が、龍玄の到着を待っていたかのように、端座していた。

「別所龍玄さま、お待ちいたしておりました。どうぞ、お上がりくださいませ」

若党は、型どおりに言った。そして、龍玄の背後へさりげなく目を投げ、従者のいないことを確かめた。

若党は、暗く長い廊下の先に立ち、次の間を通って八畳ほどの、火の気のない冷え冷えとした書院に案内した。

座敷は一灯の行灯が、うすい明かりを物憂げに放っていた。床の間と床わきがあって、床わきの違い棚に、正月用に活けたと思われる水仙の花活けが、忘れられたように、そのまま飾ってあった。床の間には、霞に流水と草花を描いた古い掛軸がかかり、床の間の前に薄縁(うすべり)の敷物がおかれていた。

「こちらにて少々お待ちを願います。栄寿院さまが、まいられます」

若党は退がって行き、入れ替わりに、別の若侍が、陶器の手あぶりと茶碗を運んできた。侍は、手あぶりを敷物の傍らへおいて、黙然と辞儀を寄こし、これもすぐに退がっていった。

龍玄は敷物に対座し、村正を右わきに寝かせ、同田貫を収めた刀袋と小葛籠を隣に並べた。本来なら、玄関で若党が訪問者の佩刀を預かるが、それもなかったことが、屋敷の重苦しい沈黙と冷気の隙間から、刃の切先がのぞいているかのような、不穏で曲々(まがまが)しく、不気味な気配を感じさせた。

ほどなく、次の間に衣擦れの音がした。

「栄寿院さまのおこしです」

若党の平板な声が襖ごしにかかった。

龍玄は、畳に手をつき平伏した。

間仕切の襖が静かに引かれ、衣擦れの黒く長い裾の間から、白い下着と白足袋の爪先をわずかにのぞかせつつ、ゆるやかに歩みを進めてくる人影が見えた。

間仕切の襖が閉じられ、人影は薄縁の敷物に着座した。

「お手を上げてください」

栄寿院が先に、その風情とはやや趣の異なる意外に張りのある声を響かせた。

「本郷菊坂臺町の、大沢虎次郎先生のご仲介を請け、今宵の介添役を相務めます、別所龍玄でございます。大沢先生の添状を、持参いたしました」

龍玄は平伏して名乗り、やおら頭を上げ、虎次郎の添状を差し出した。そして、栄寿院と向き合った。

六十五歳と虎次郎に聞いたが、栄寿院は老いてはいなかった。背丈のある痩身に着けた黒小袖が、行灯のうす明かりを受け、鈍い光沢を放っていた。黒小袖には、柴色(ふし)の麻の葉文様が染められていた。頭を覆う銀鼠(ぎんねず)の丸頭巾が、栄寿院の痩せた肩を覆うように流れ、化粧を施さぬ白い顔は、若いころの美しさを偲ばせる面影を残し、それがかえって、そこはかとない愁いを添えていた。

一方、栄寿院は龍玄を見て、声もなく、あっ、と言ったかのように朱の唇を震わせた。束の間、かすかな不審を切れ長な目に浮かべた。だが、すぐにとりつくろい、

「栄寿院です。別所龍玄どの、わざわざのお運び、ご足労でした」

と、冷やかに言った。

栄寿院は、膝の前の添状を白く長い指でとり上げた。折り封を開き、ゆっくりと目を通した。やがて、それを閉じて傍らにおき、一連の儀式を終えるかのように、白く長い指の手を黒小袖の膝にそろえた。

「別所どのが、万之助とともに、高名な大沢虎次郎先生の門弟であったことは、存じております」

と、栄寿院は言った。

「今宵、別所どのをお迎えしたこのような定めが、無念でなりません。とは申せ、喜び悲しみ、幸と不幸、よきこと悪しきことは、避けることのできぬ人の世の習い。万之助は、犯した罪を、自らの身を賭して償わねばなりません。ならばこその侍なのですから。かくなるうえは、わたくしどもは、あるがままにこの定めを

受け入れ、わがなすべきことをなすのみと、思っております」

「万之助さまとわたしは、大沢道場の門弟同士。今宵のこの廻り合わせは、是非もない因縁と申さざるを得ません。わが務めを、つつがなく果たす所存です」

「礼を申します。可哀想な子ですが……」

栄寿院は、言いかけた言葉をきった。目を伏せた黒小袖の胸元が、わずかに波を打った。膝の上の白く長い指先を、傍らの手あぶりへ、物憂げにそっと差し出した。

それから、険しさと美しさをない交ぜにした眼差しを、龍玄へ向けた。

「別所龍玄どの」

と呼びかけ、凝っと見つめた。

「もっと、違う様子の方がお見えになるものと、思っておりました。無礼な物言いを、何とぞお許しください。別所どののような若い方がと、少し意外でした」

「はい」

と、龍玄は頷いた。

「おいくつですか」

「年が明ければ、二十三歳に相なります」

「まあ、そのお歳で。万之助は二十六歳になります。二人とも、まだまだ若い。ですが、あの子は、二十五歳で一生を閉じることになりました。万之助が、別所どのに介錯をと、申したのです。別所どのを存じ上げなかったゆえ、なぜその方なのかと、初めは不審でなりませんでした。別所どのは、小伝馬町の牢屋敷にて首打役を務め、罪人の亡骸を試し斬りにし、刀剣の鑑定をなさっておられると、大沢先生よりうかがいました。何ゆえその生業に、就かれたのですか」

「わが祖父は、上方のさる主家に仕えておりました。ゆえあって主家を離れ、浪々の身となり、江戸に出て、首打役の手代わりと試し斬りの生業を始めました。祖父の生業を継いだわが父は、倅が父の生業を継ぐものと信じて、疑っておりませんでした。よって、倅のわたしが父を継いだのです。ほかに、申し上げるほどの子細は、ありません」

「首打役は、首打ちによって、その者の犯した不浄な罪を、あがなわせるのですね」

「いえ。罪をあがなわせるのは奉行所のお裁きであって、首打役ではありません」

栄寿院は、かすかな不審を目に浮かべた。

龍玄は、栄寿院の眼差しをそらさず、努めて穏やかに言った。

「切場においては、斬る者と斬られる者がいるのみにて、ほかには誰もおりません。罪と正義ではなく、首打役と罪人でもなく、ただ、斬る者と斬られる者が、一瞬の交わりを結ぶと同時に、永遠の別れを遂げます。わたしはそのように、切場に臨みます」

「ほかには誰も、ですか」

「はい」

「罪と正義もですか」

龍玄は再び頷いた。

栄寿院は、龍玄の物静かな様子にそそられたように、頭をわずかにかしげた。

しばしの沈黙が訪れた。

屋敷中が死に絶えたかのごとく、不気味な静寂に包まれていた。ほんのわずかな物音も人のささやきすら聞こえず、一切の気配が途絶えていた。縁側にたてた障子戸は、重たげに閉じられている。

「万之助が、別所どのを介添役に名指ししたわけに、少し、合点がいきました。万之助は、おのれの定めを受け入れ、侍らしい最期を、見事、遂げることでございましょう」

それから目を伏せ、「きっと」と呟いた。

栄寿院は冷然と続けた。

「万之助は、この屋敷裏に建つ蔵の中におり、介添役の別所どのを待っております。蔵の中に入るのは、別所どのと見届け人のわたくしの二人のみにて、介錯は蔵の中で行っていただきます。これからご案内いたしますが、蔵に入る前に、別所どのへ申し入れておかねばならぬことが、二つあります。それは、お聞き入れいただけるものと考えて、よろしいですね」

「どうぞ」

龍玄は、やはり平然と言った。

「ひとつは、朝比山家の家名を損なわぬよう、今宵の一切の始末は、是非とも内分にお願いいたします。朝比山家は、将軍のお側に仕える御小姓衆を継ぐ由緒ある家柄です。その家門に疵をつける、あってはならぬ災難が起こりました。万之助の乱心により、三人が命を落とし、二人が深手を負いました。上役の御小姓頭・滝本常陸守則之さまにご相談いたしましたところ、明日の正月には持ちこさぬよう、今宵中に万之助の切腹を済ませよ、との内々のお指図を受けました。すぐさま、それぞれの親元や里、遺族へは、朝比山家の縁者が赴いて事情とお上のご意向を伝え、内済の許諾をすでに得ております。別所どのにも、今宵、この屋敷で見聞きした子細、事の顚末を一切口外せぬと、承知していただかねばなりません」

栄寿院はさらに続けた。

「今ひとつ。万之助は切腹を覚悟いたしておりますが、別所どの以外の者の介錯は受けぬゆえ、蔵に寄こすなと、わたくしに申しました。上役の滝本さまのお指図を受け、大沢虎次郎先生に別所どのへ、ご仲介の労をとっていただく申し入れをいたしておりました。ところが、別所どのが見えられる前、親類縁者の主だった者が談義いたし、無礼をお許しいただきたいのですが、別所どのが牢屋敷の首打役をお務めゆえ、介添役は別所どのに頼まず、朝比山家に相応しい者でもよいのではないかと、一旦、親類縁者の談義がまとまったのです。わたくしは、万之助が受け入れるかどうか、危ぶんではおりましたものの、内輪にて事態が収まるなら、それに越したことはないと考えました」

龍玄は静かに頷いた。

「武本忠弥（たけもとちゅうや）という遠縁の者がおります。番方に就いており、三十代の壮健なる士です。忠弥が介錯役を買って出て、みなも忠弥ならばと、得心いたしました。忠弥は、万之助が切腹を拒んだならば、やむを得ず斬り伏せる事態になるゆえひとりでと申し、わたくしは蔵の外で待っておりました。忠弥が蔵に入って須臾の間でした。雄叫びが上がり、鋼が鳴った途端、悲鳴が聞こえました。蔵の中から万之助が喚きました。可哀想だったが、忠弥は斬り捨てた。すでに息絶えた。別所龍玄を呼べと、言ったはずだ。なぜ呼ばぬ、とです。みな驚き、うろたえるばかりでした。親類の長老が、侍らしく腹を切れ、さもなくば、人手を集めて押し入ることになるぞ、と説得いたしました。すると、万之助は申しました。好きにするがいい。こちらは蔵に火を放ち、押し入った者らと命つきるまで、遮二無二斬り結び、朝比山家とともに崩落するであろう、とです。なんと恐ろしい。みな震え上がり、言葉もありませんでした。もう、誰も蔵へ入ることはできません。別所どののほかには」

栄寿院は、気を鎮めるように、深いひと呼吸をおいた。

「ですから、忠弥の亡骸は、蔵の中に今もそのままになって、すでに半刻がすぎております。おそらく、万之助は未だ乱心いたしておりましょう。これから、蔵に入れば、別所どのに無道なふる舞いにおよばぬとも、限らぬのです。万が一の事態があったとき、わたくしではなす術がありません。そのときは、別所どののおひとりで、万之助に対処していただかねばなりません。それを別所どのに、お伝えしておきます。それも、承知していただけますね」

「委細、承りました」

龍玄は、平然と答えた。

栄寿院は、龍玄の穏やかな様子に、不思議な感慨を抱いていた。これから、切腹場に臨むこの華奢にすら見える痩軀の若者が、なぜこれほど静かに、一切のこだわりを見せず、恬淡としていられるのか、栄寿院には理解できなかったからだ。

四

栄寿院の衣擦れの音に気づいたのか、帯戸が内側から引かれ、戸口のそばに若党が端座し、黒光りのする廊下を進む栄寿院と、後ろに従う龍玄へ黙礼を寄こした。

明かりが、その部屋にいる裃を着けた何人かの姿を映していた。朝比山家に集まった親類縁者に違いなかった。若党の頭ごしに顔を上げ、栄寿院の後ろの龍玄へ、訝しそうな眼差しを投げてきた。どれも、遠慮のない眼差しだった。

栄寿院が戸口へ進み、若党を見下ろした。

「様子は、いかがですか」

「はい。変わりはございません。静かにしておられます」

若党は、頭を垂れて答えた。

栄寿院は、部屋の親類縁者らを見廻した。栄寿院の目が向けられると、みな目をそらしたり、眉をひそめたりした。栄寿院はひと廻り見廻してから、後ろの龍玄へ鼻筋の通った横顔を見せ、「こちらへ」と促した。

部屋は広い台所の間で、天井が高く、畳敷と板敷になって、板敷には大きな鉄瓶を金輪にかけた炉があった。台所の間を勝手の土間が折れ曲がりに囲っていた。土間には、大きな竈(かまど)が二つ、流し場、井戸、大甕や小甕、醤油や酒の樽や盥(たらい)、棚に並んだ笊、籠や壺、積み上げた米俵などが、今朝までは正月の支度にかかっていた賑わいの様子を、今はそらぞらしくうかがわせた。

土間の竈と板敷の炉には火が熾(おこ)り、台所の間と勝手の土間に、親類縁者や朝比山家の使用人らの男女が十数人いて、部屋には生ぬるい暖気がよどんでいた。

みなの目が、栄寿院とともに台所の間に現れた龍玄に、なおも遠慮なくそそがれていた。中背の痩軀に麻裃を着けた龍玄の風貌が、思っていたそれと違っていたためか、小さなざわめきが起こった。

炉のそばで、裃姿の二人がひそひそと話を交わした。

「あれが別所龍玄か。まだ若衆ではないか。それとも供の子供か」

「いや。供は連れていないはずだ。あれが別所だよ。なんとも弱々しいな。形(なり)も栄寿院さまとあまり変わらんぞ」

「万之助は忠弥も敵わぬ使い手ぞ。あれしきの者に介錯を頼むのか」

「所詮、牢屋敷の首打役さ。観念した罪人が差し出した首を落とすのだ。薪を割るのと同じだ。誰でもできる」

「やはり、万之助は頭がおかしくなっておるのだろうな」

すると、栄寿院が歩みを止めて、炉のそばの二人へ顔を向けた。二人は思わず肩をすくめた。見咎められ、目を伏せた。

「口をお慎みなされ。無礼ですよ。あなた方にできるのですか。朝比山家のために、命を捨てられますか」

栄寿院が穏やかにたしなめた。口調は優しかったが、言葉は厳しかった。二人は身を固くして、動けなかった。

栄寿院は居並ぶ縁者らの間を通り、台所の間の一隅に進んだ。そこには、若い女と四十代と思われる女が二人、畏まっていた。

「とゑ、ゆう、別所龍玄どのです。万之助の介添役をお頼みしました。ご挨拶をなされ」

二人は龍玄へ向いて手をついた。

丸髷の若い女が先に言った。

「とゑと申します。万之助の妻でございます。お役目、ご苦労さまでございます」

とゑは、眉をひそめ、怒りを堪えているふうだった。もうひとりの女が言った。

「ゆうでございます。何とぞ、万之助さまに侍らしいお最期を……」

ゆうと名乗った女は、言葉を切り、伏せた目から涙をこぼしていた。下女のような、質素な束ね髪に結っていた。

「ゆうは、今朝方身罷った百助の妹です。さる家に嫁いでおりましたが、今はこちらに戻り、隠居所暮らしの、わたくしの世話をしてくれております。ほかに、百助の妻のぎのがおりますが、生憎、疵を負って手あてを受け、伏せっております。あとは百助とぎのの幼い子が二人おり、万之助をのぞき、それが朝比山家本家のすべてです」

栄寿院は、たったそれだけです、という口ぶりだった。

「それでは別所どの」

栄寿院は促した。

龍玄は、刀袋の同田貫を抜き出した。

黒塗りの鞘が鈍い光沢を放った。柄は、純綿黒色撚糸である。

片膝を立て、抜き身だけでも二百七十匁(もんめ)（約一キロ）はある重い同田貫を、裃の腰に帯びた。ゆうが潤んだ目を龍玄へ持ち上げ、

「差料とお荷物を、お預かりいたします」

と、小葛籠と刀袋、村正の一刀を、両袖で捧げるように抱えて言った。

「畏れ入ります」

礼を言い、龍玄は立ちあがった。

栄寿院はすでに立って、台所の間と土間の一同を見廻した。戸口にいた若党が土間へ速やかに降り、提灯を手にして栄寿院と龍玄を待っていた。

「ご一同、今しばし、こちらにてお待ちくだされ。どれほどときがかかっても、除夜の夜半までには終ります。くれぐれも、うろたえていたずらに騒ぎたてぬよ

う。事が済み次第、かねての手はずどおり、粛々と通夜と葬儀の支度を進めるのです」

台所の間と土間の親類縁者と使用人が、一斉に低いどよめきを上げた。

龍玄の履物は、すでに用意されていた。

提灯を提げた若党が、先に勝手口から裏庭へ出た。裏庭は重苦しい静寂と暗闇に包まれ、身震いを覚える寒さだった。

提灯を手にした三人の侍が、寒気の中に佇んでいた。三人の提灯の明かりが、勝手口より十数間離れた土塀ぎわに建つ、古びた蔵を照らしていた。夜空には、夥しい星が輝いて、蔵のどす黒い影が、星空の下にうずくまっていた。

蔵の周りを背の高い竹林が囲い、提灯の明かりの届かない蔵の瓦屋根へ、竹林の枝葉が覆いかぶさるように戯れかかっていた。周囲の壁の漆喰は所どころ剝げ落ち、剝げ落ちていない漆喰も無残にささくれだち、斑（まだら）の影模様になっていた。

二階の窓が、漆喰の影模様の中に、ぽつんと見えた。

戸前の石段を二段上ったところに、両開きの頑丈そうな引戸が閉じてある。

若党が提灯で栄寿院の足下を照らし、戸前へ向かうと、三人の侍が提灯をゆらして駆け集まってきた。

「蔵の中に変わった様子は、今のところございません」

年長の侍が言い、吐息が提灯の明かりで白くゆれた。ほかの二人の息も白く、頬や鼻が赤くなっていた。

「寒い中、ご苦労さまです。これから蔵に入ります。助けが要るときは、そのようにわたくしが声を上げます。それまでは、決して押し入ってはなりません。今しばらく、警戒を怠らぬように」

「心得ました。われら、外に控えて栄寿院さまのお指図を、お待ちいたします」

侍たちは、栄寿院に従う龍玄へも、

「つつがなく、お務めを果たされますよう」

と、うやうやしく頭を垂れた。

後方の本家の勝手口には、黒い人だかりができて、栄寿院と龍玄を見守っていた。

侍たちが前を行き、蔵の戸前を明るく映し出した。蔵はもう使われていないのか、石段の周辺に枯草が、行く手をふさぐように覆っていた。

栄寿院は、枯草を踏み分け、石段を上って、黒樫の分厚い引戸の前に立った。

栄寿院の丸頭巾の上に、蔵の屋根が星空に囲まれ、高々とそびえ立っていた。

「万之助、ばばです。戸を開けよ。別所龍玄どのもおられる。刻限がきた。戸を開け、速やかに侍らしきふる舞いを見せよ」

栄寿院が、寒気の中に声を震わせた。

沈黙がかえり、静寂が戸前を包んだ。

石段の下に控える侍たちの、昂ぶった吐息が聞こえた。

栄寿院が、再び声をかけた。

「万之助……」

「別所龍玄がきたか」

いきなり、張りのある高い声が、戸の奥から投げかえされた。

「別所どのは、ばばのそばにおられる」

「偽りではなかろうな」

「偽りではない。これ以上、この屋敷で人斬りは許さぬ」

「あとは、おれの切腹で落着か」

「仕方があるまい。そなたが望んだことだ。望みを叶えてやる」

「ふん、望みなどせぬわ。そうせざるを得なかった。ゆえにそうした。それだけだ」

「あれだけ人を疵つけ、殺めておいて、今さら未練がましき言いわけをするか。万之助、刻限ぞ。この戸を開けよ」

栄寿院の言葉は激しかった。

やがて、中でかけている錠をはずす金具の乾いた音が苛だたしげに鳴った。戸がわずかに引かれ、隙間から手燭の明かりが戸前に射した。

血走った目が、栄寿院と背後の龍玄へ向けられた。万之助は目を細め、凝っと龍玄を睨んだ。それから、年寄の咳きこむような音をたて、戸が引き開けられた。

栄寿院と龍玄の前に、蔵の中の埃のよどむ景色が開けた。

五

蔵の中は、梁（はり）が剝き出しになった屋根裏の下に、狭い石土間があって、石土間から式台ほどの高さの板敷が、方形に広がっていた。

角行灯が一台、染みで汚れ破れた紙を透（すか）して、鈍い明かりを放っていた。明かりは、屋根裏の暗がりまでは届かず、四方の土壁をかろうじてうっすらと照らし、そこで力つきたかのようにくだけ落ちていた。

ただ、板敷には二本の角柱がたてられ、暗い屋根裏の、奥の一角だけに張った低い天井を支えていた。

天井は屋根裏部屋の床になっていて、段梯子が上り、がらんとした屋根裏の暗がりと屋根裏部屋を、手摺りだけで隔てていた。

栄寿院と龍玄は蔵の中へ進み、板敷の中ほどで佇んだ。万之助は戸を閉じ、金具の乾いた音をたてて錠を下ろした。そして、二人へうす笑いを投げた。万之助の、白袴に飛び散った血の跡が文様になっていた。

土壁ぎわの屋根裏部屋の天井下に、筵(むしろ)や茣蓙(ござ)、朽ちた古畳や綿のはみ出た布団、荒縄や縄梯子の束、空の俵や叺(かます)、畚(もっこ)が、灰色の埃をかぶって積み重ねてあり、横倒しに凭せかけた屏風、組子と枠だけの障子戸、古箪笥、古長持、葛籠(つづら)や行李などが、これらも壁ぎわで灰色の埃にまみれていた。

蔵の中は、無用となった諸道具の物置代わりに使われて久しいのだろう。無用となった諸道具は忘れ去られ、そのまま打ち捨てられ、蔵には、がらくた物の空虚があふれていた。

武本忠弥の亡骸も、それらのがらくた物と同じく、蔵の一隅に仰のけに打ち捨てられていた。ただ一刀の下に斬撃を浴び、絶命したのに違いなかった。胸から腹へ走る疵痕に血が固まり、驚いて見開いた目を、蔵の暗い天井裏へ虚ろに投げていた。刀がその傍らに、虚しく転がっていた。

栄寿院は忠弥の亡骸の傍らへ着座して、合掌した。

「今さら、殊勝に冥福を祈ってなんの役にたつ。死人を増やすだけだと、言っただろう。言うとおりにしなかった祖母さまが、忠弥を死なせたのだ。もっとも、忠弥は大した技量もないのに、おのれの腕を過信しておった。嫌な男だった。縁者でなければつき合いたくない男だった。偉そうに、介錯してやると、人を見くびって乗りこんできたから、即座に斬り捨ててやったわ。で、あの様だ。せめて、おのれが未熟だという事実を、最期に学んだだろう。祖母さま、それが救いだと思いなされ」

万之助が、栄寿院の背中へ嘲笑を浴びせた。しかし、栄寿院は合掌を止めなかった。弔いの経を、かすかに唇を震わせ唱えていた。

「年寄は頑固だからな。歳を重ねれば知恵が勝手に身につくと、思いこんでおる。知恵があると思いこんでおる分、余計に厄介だ。勝手にさせておけ。一々相手にしていたら、くたびれる」

万之助は、手燭の火を吹き消し、奥の一画の、屋根裏部屋の天井を支える一本の角柱のほうへ、ふらつく足どりで戻った。

角柱の下に筵と茣蓙を乱雑に敷き、そこに、手塩皿と、白磁の徳利と杯を並べた白木の足つき折敷（おしき）がおいてあった。手塩皿には、田作りや角形の蒲鉾、かち栗、香の物などが添えてあり、すでに数本の空の徳利が、折敷の傍らに転がっていた。

万之助は折敷の前に胡坐（あぐら）をかき、黒鞘の大刀を左わきへ寝かせた。胡坐の恰好のまま片膝を立て、杯を手にとり、角柱に背中を凭せかけた。そうして、

「別所龍玄、久しぶりだ」

と、龍玄に声を投げた。

「おれの見覚えている別所龍玄は、十六歳の小僧だった。ときがたって、それなりに侍らしくなったではないか。馬子にも衣装だな。裃が似合うぞ。いつまでそこに突っ立っているつもりだ。ここへこい。おまえも一杯やれ」

佇んだ龍玄は、さりげなく言った。

「呑みにきたのではありません。務めを果たしにまいりました。何とぞお支度を」

「牢屋敷の不浄な首斬人でも、一人前の口が利けるのだな。安心したぞ。慌てるな。そのときがきたら、務めを果たせ。おれの死に水みたいなものだ。つき合え。

なぜ将軍御小姓衆の家柄の、おれの介錯人が身分のない素浪人の別所龍玄なのか、それを話してやる。おまえも訝しいだろう。身分の違いに気おくれを覚えるだろう。何ゆえ自分なのか、聞きたいだろう」

龍玄は進み、万之助の二間ほど前に立った。

万之助は、「そら」と杯を差し出した。

同田貫をはずし、二間余をおいて、ただ静かに対座した。同田貫を、左わきの筵に、木瓜(もっこう)の鍔を鳴らしておいた。

「なかなかの差料ではないか。以前、首打役の別所龍玄の差料は、無銘の同田貫と聞いた。それか。形(なり)の小さい龍玄には重そうだが、重すぎて仕損ずることはないのか」

龍玄は答えなかった。万之助の杯をとりにも行かなかった。

「首打役風情が気どりおって、かたわら痛い。まあ、よかろう。本来なら、おれと同席するのもむずかしいのだが、今宵は特別だ。許してやる。明日は正月だ。正月料理も用意させた。親父どのが身罷らなければ、この蔵の中で正月料理を肴に、酒を呑む廻り合わせもなかった」

万之助は杯を引っこめ、手酌で酒を満たした。ひと息にあおり、またついだ。

「龍玄が大沢道場へ入門したころ、すばしっこい小僧だと思っていた。ちびの、すばしっこいだけの龍玄ごとき、おれの相手にはならなかったし、相手にする気もなかった。ただ、なぜか気にはなった。気になろうがなるまいが、どうでもよかったのだがな。ちょうど一年前だ。介錯人・別所龍玄の名を聞いた。人伝に訊ねると、あのちびの小僧のことだとわかって驚いた。牢屋敷の同心や町方の間では、別所は化け物だとも、言われているそうではないか。それで、あのころの龍玄が気になったわけに気づいた。あのころおれは、龍玄が目障りだった。おれが稽古をしている同じ道場で、ちびのおまえが小鼠のようにすばしっこく動き廻り、同じように稽古をしている姿が目に入るのが、目障りで、邪魔でならなかった。それが、ようやくわかったのだ」

「万之助、刻限はきておる。よい加減に支度にかからぬか」

栄寿院が、硬い口調で咎めた。栄寿院は弔いの経を終え、万之助へ膝を向けていた。

だが、背後に、忠弥の亡骸が横たわっていた。

だが、万之助は栄寿院へ一瞥を与えただけで、その咎めを受け流した。そして、なおも龍玄に言った。

「にもかかわらず、何ゆえ別所龍玄を介錯人に名指ししたのか、話して聞かせよう。それを聞かなければ、龍玄も心残りだろう。それを話さぬうちは、おれもなすべきことがなせぬからだ」

「万之助、未練ぞ」

栄寿院が語気を強めた。

「未練ではない。元より覚悟のうえと、祖母さまに言っただろう。切腹場はこの蔵にいたすと言ったことも、偽りではない。心配するな。朝比山家を守るために、ちゃんと死んでやる。なすべきことをなし終えればな。まだ仕残したことが、あるのだ。それまで待て。さしてときはかからぬ」

万之助は栄寿院へ怒声を投げつけた。

栄寿院は、二の句が継げぬように、眉をひそめて万之助を見つめるしかなかった。

「龍玄。おまえは知らぬだろうが、この祖母さまは、おれの爺さまの後添えなのだ。なんと、元は吉原の女郎上がりでな。爺さまも道楽がすぎるではないか。爺さまは、正妻の里となんぞ行き違いがあったかで、正妻を離縁した。正妻は、本日身罷った幼い親父さまを残して、泣く泣く里へ戻った。そのあと、女郎を落籍せて、由緒ある旗本の、それも将軍の御小姓衆を務める家柄の、奥方さまに迎えたわけさ。元は吉原の女郎が、今は年寄として朝比山家に権勢をふるい、みながかしずく大そうな身分だ。孫のおれも、それを知ったときは驚いた。とは言え、祖母さまは親父さまの継母ゆえ、親父さまも、親父さまの倅のおれも、祖母さまの血は引いておらぬ。かろうじて、女郎の血を引くのはまぬがれた。将軍のお側に仕える御小姓衆が、女郎の血を引いているのでは、いかがなものか。龍玄もそうだろう。牢屋敷の首打役の血筋に、ずいぶん泣かされただろう。代々の不浄な血筋に苦労させられただろう」

万之助は、杯を舐めながら言った。

「牢屋敷の首打役の手代わりと、試し斬りをして刀剣鑑定をする生業は、祖父が始め、父からわたしへと継ぎました。代々の生業を、不浄にも、誇りにも思ったことはありません。また、祖父、父、わたしへと続く血筋を恥じたことも、自慢に思ったこともありません」

龍玄が言いかえすと、万之助はひりつくような笑い声を甲走らせた。

「笑えるぞ、龍玄。様にはなっておる。そんな気どった物言いを、誰に教わった。だが、おまえは首打役のくせに、介錯人と名乗っておるではないか。介錯人はひと廉(かど)の武士のやることとだぞ。牢屋敷の首打役とは違う。介錯人のように装いたいのだろう」

「長い太平の世に、刀を抜かずに生涯を終える武士もおります。切腹人の介添は、腕に覚えのある者が血気に逸(はや)って務まるものでも、身分で務まるものでもありません。大沢先生のご仲介により、十九歳のとき、切腹場の介添役を初めて務めました。その折り、介錯人・別所龍玄と名乗りました。このたびと同じです。介錯人・別所龍玄として、万之助さまの介添役を務めにまいりました」

「口は達者と見える。腕も口ほどにたつのかな。よかろう。話を進めよう」

万之助は、苦い顔つきに戻っていた。

立てた膝頭に杯を手にした右腕をだらしなく載せ、片方の掌で、酒に濡れた唇をぬぐった。そして、屋根裏部屋の天井から、穴が開いたような暗がりの中に渡した梁が、ぼんやりと浮かぶ屋根裏へ、顔を廻らせた。

「なぜ、切腹場がこの廃屋同然の蔵なのかを明かさねば、話が進まぬ。おれが物心ついたとき、蔵はすでにがらくたの物置場になっていた。爺さまの代のころは、諸侯や相応の武家、商人らからの献上の品々が、蔵の中にうずたかく積まれあふれていたと、親父さまから聞いた。米俵に酒、醤油に酢、塩、上等な反物、高価な茶器や壺などの焼物、書画に骨董、鎧兜に槍、刀などのまばゆいほどきらびやかな武具などの、宝の山だった。御小姓衆の職禄は高々五百石から千石だが、みな名門の子弟に限られている。爺さまは頭取に就いており、御側用人に次ぐ立場だった。献上の品々だけで、朝比山家にもたらされた富は、幸手(さって)の知行地の年貢を、はるかに上回っていたとも聞いた。爺さまは、四十八歳のとき、親父さまに家督を譲り、隠居になった。親父さまは、御小姓衆として将軍のお側に仕えた。ただし、頭取に就けなかった。後添えの継母ではあっても、将軍のお側に仕える御小姓衆の母が女郎上がりでは、差し障りになった。頭取まではいかがなものか、と見送られた。思えば、祖母さまを後添えに迎えた爺さまの道楽が、朝比山家の禍(わざわい)の種になった。そうではないか、祖母さま」

万之助は栄寿院へ向いた。

栄寿院は動ずる気配を見せず、万之助を凝っと見つめ、やおら言った。

「まだ子供だったそなたが、この蔵に入り、長い間出てこぬのは知っていた。ある日、そなたの姿が見えぬゆえ、奉公人たちに訊ねてもわからず、屋敷中を捜した。すると、蔵の屋根裏部屋の窓から、幼いそなたが、大人のように頰杖をついて、ぼんやりと外を眺めているのを見つけた。そこで何をしておると声をかけようとした。けれど、ふと、思いとどまった。そなたが寂しがっているのは、痛いほどわかった。きっと、幼いなりに我慢しているのであろう。心配にはおよぶまい。そっとしておいてやろうと思った」

「ほう。祖母さまは知っていたのか。そのとおりだ。ここは、おれの隠れ家だった。がらくたの物置場になり果て、家の者の誰もが殆ど見向きもしなくなったからこそ、おれには具合がよかった。初めて入ったのは、六つのときだ。暗くて、埃まみれで、干からびた線香みたいな臭いがした。不気味だったが、暗いのは恐くなかった。干からびた線香みたいな臭いも、嫌いではなかった。むしろ、なぜかおれは安らぎを覚えた。子供のように、走り廻って騒いだのではない。上の屋根裏部屋に身をひそめて、おれはある絵双紙を見ていた。屋根裏部屋で、汚れた葛籠の中にぼろ着と一緒に仕舞われていたのを、偶然、見つけたのだ。男と女が淫靡(いんび)にもつれ合い、じゃれ合っている十冊かそこらの、題もついておらぬ名なしの絵双紙だ。近ごろの錦絵のような、鮮やかな彩色もない。どれもその様や形だけを描いた古い絵だった。六歳の子供に、そこに何が描かれていたのか、定かにわかっていたのではない。ぼんやりとしか、わからなかった。だが、胸が高鳴った。屋根裏部屋の窓をわずかに開けて、ひと筋の外の明かりを頼りに、絵双紙を繰って、長いときをすごした。次の日も、その次の日も、絵双紙が見たくなって、おれは誰にも知られぬよう、こっそり蔵に入った。屋根裏部屋で息を殺していると、仮令、誰かが蔵に入ってきても、気づかれることはなかった。蔵の中では誰にも気兼ねせず、気ままにできた。希(まれ)に、窓を開けて外を眺めて、ぼんやりしていたのかもしれぬ。迂闊(うかつ)にも、それを祖母さまに見られていたのだな」

　万之助は、うす笑いを栄寿院に投げた。

「おれは母から疎(うと)んじられていた。目を合わすのも汚らわしい、と思っているかのように、母はおれをまともに見たことすらなかった。抱き締められた覚えもない。母親に疎んじられ、六歳の童子が寂しく思うのはあたり前だ。おれは寂しかった。母に気に入られたいと願ったが、どうすることもできなかった。たとえようもなくやりきれない、息苦しい毎日だった。だから蔵の中へ隠れた。屋根裏部屋へ身をひそめ、やりきれなさも息苦しさも忘れた。祖母さま、寂しがっているのは痛いほどわかっただと。笑止な。六歳の子供が、暗い不気味な、打ち捨てられた蔵に忍びこんで、何ゆえ気が安らいだか、そりゃあ、祖母さまにはわかるだろう。元はと言えば、すべては祖母さまの所為(せい)なのだからな」

「ばばがそなたを慈しんだ。ばばの慈しみでは、不足だったのか」

「わからぬよ。六歳の子供が何を感じ、何を考えていたのか、覚えてなどおらぬ」

栄寿院は沈黙した。

「ふん、他愛もない。今となっては、母上と思っていたあの女の、顔すら思い出せぬ。決して美しい女ではなかった。どちらかといえば、醜い女だった。あの女のことなど、もうどうでもよい。なぜだかわかるか、龍玄」

龍玄も、沈黙をかえした。

「あの女はおれを産んだ母ではなかった。おれを産んだお袋さまは、すぐにおれと引き離され、米原(よねはら)という武家へ嫁いでいったのだ。つまり、おれの母も、親父さまと同じ継母だった。しかも、継母はおれを忌み嫌っていた。そのわけを知ったのも、この蔵の中だ。その年の秋の終りごろだ。奉公人の中間が二人、使い古した箪笥と長持を蔵へ運んできた。両人とも、屋敷に長く奉公している中間だった。おれは屋根裏部屋の床に這い、手摺りごしに中間らを見下ろした。暗がりで、姿はぼんやりとしか見えなかったが、話し声はよく聞こえた。中間らは運んできた長持に腰かけ、煙管(キセル)を吹かしながら、それを話し始めた。朝比山家が爺さまの代よりの借金が増え、台所は火の車で、いつの間にか蔵の中の金目の物は売り払われ、お宝にあふれていたのがこの様だ、この先お屋敷はどうなることやらと、そんなやりとりだった。それが続いたあと、親父さまが御小姓衆の、頭取には就けそうにない事情の話になった。おれは中間らのやりとりによって、二年ほど前に爺さまが亡くなってから、栄寿院になった祖母さまが、昔は吉原の女郎だったことや、吉原を落籍されて爺さまの後添えに入って、親父さまの継母になった経緯を知ったのだ。吉原の女郎上がりが母親では、旦那さまは頭取に就けないだろうと、蔵の中なら外に聞こえる心配もないため、中間らは声高に笑っていた」

万之助はひとりで杯を重ねた。

「ああ、うまい。この酒が死に水だと思うと、ひとしおだ」

と、長い吐息をもらした。

「六歳の童子が、吉原も女郎も知るはずがない。どこの誰の話で、それが祖母さまとは結びつかなかった。だがな、筋道はわからぬ六歳の童子でも、勝手な思いを廻らすことはできる。感じることはできるのだ。祖母さまは、きっと、絵双紙の中の女だと、おれはわけのわからぬまま思った。そう思えてならなかった。胸の鼓動が、中間らに聞こえるのではないかと、心配になるほどだった。あのときほど、絵双紙が汚らしく思えたことはなかった。吐き気すら覚えた。中間らのやりとりは、それからおれの話になった。中間らはおれのことを、万之助、と言った。万之助は、奥方さまにあれほど嫌われて可哀想ながきだが、嫌われるのも仕方がない。万之助は、ゆうという養女と旦那さまの間にできた子で、ゆうは万之助を産むと、すぐに米原家へ嫁がされた。と言うのも、ゆうは祖母さまが吉原の女郎だったとき、どこの馬の骨とも知れぬ馴染みとの間に生まれた女で、町家へ里子に出していた。それを、祖母さまが爺さまの後添えに入った途端、朝比山家の養女にした。つまりおれは、吉原の女郎の血を引く女と、朝比山家の血筋の親父さまの間に生まれたわけだ。名門・朝比山家は世間体を慮り、朝比山家を里にしてゆうを他家へ嫁がせ、親父さまにすぐさま正妻を迎え、家督も親父さまに譲って、爺さまは隠居所に引っこんで体裁をつくろった、と中間らは言った。奥方さまが、万之助を嫌うのも無理はない。見た目も、ちょっと気味の悪いがきだ。名門らしくない醜い顔つきも女郎の血筋らしいと、中間らはそうも言って笑っていた」

万之助は、また甲高い哄笑(こうしょう)をまき散らした。

「おかしいか、万之助。女郎だったばばが、それほど憎らしいか。女郎の産んだ女(むすめ)が自分の母親だったことが、それほど汚らしいか。それほど恥ずかしいか」

栄寿院が言った。万之助は答えず、首筋をほぐすように動かした。

角行灯の火が、かすかにゆれた。

「そなたの爺さまは、確かに道楽者で、朝比山家の台所事情を傾けた。だが、人の意気に感じ、潔くさっぱりした気性の、侍らしい侍だった。ばばの馴染みになったとき、いずれ滅びる侍などこれでよいのだと、笑って放蕩の限りをつくしていた。ゆうを養女にする折りも、そうしたらどうかと、巽どのが言うてくれたのだ。なんと男らしい。ばばは、そんな巽どのに惚れておった。誇りに思うておった。そなたは、巽どのの血を引く孫ぞ。それ以上、おのれを貶めるな」

龍玄は、栄寿院を見つめた。

栄寿院は、淡い角行灯の明かりと蔵の冷たい暗がりとの、朦朧とした陰翳にくるまれていた。坐像のように身動きせず、ときの流れに身をゆだねているかのようであった。

六

まあ、よい。先を続けよう。

それ以後、蔵に入ることが不快で堪らなくなった。おれはもう、蔵に隠れることはできなくなった。廃屋同然の朽ちかけた蔵が目に入るのさえ、汚らしく思え、裏庭にも廻らなかった。あのときは、恐い夢から覚めた気分だった。

それから、蔵のことはどうでもよくなって、年月がすぎた。童子から背も伸びて若衆になり、元服を済ませ、二刀を帯びて朝比山家の大人とも交わる年ごろになった。

大沢道場へ入門したのは、七歳の春だ。十九の歳まで道場に通い、剣術の稽古を積んだ。おれには、剣術の天稟がある。天稟が、わかる者もわからぬ者もいる。おれには自分の才がわかった。龍玄、おまえも、自分に才があると、思っているのだろう。顔に書いてあるぞ。おまえに才があろうがなかろうが、どうでもいいがな。

その間、朝比山家はますます借金が増え、台所は破綻しかけていた。だが、破綻したからと言って、徳川さまの旗本・朝比山家を消すわけにはいかぬ。親父さまが、おれを忌み嫌っていた正妻のあの女を離縁し、幸手駒村の大百姓・太郎兵衛(たろべえ)の家のぎのを後添えに迎えたのは、おれが十四のときだ。

朝比山家は太郎兵衛に莫大な借金を抱えていた。その借金よりはるかに莫大な持参金が、ぎのに用意され、以後の様々な支援も朝比山家に約束されていた。親父さまは、百姓の家のぎのを後添えに迎えるとき、女郎を落籍せて後添えにするよりましだと、思ったかもしれぬ。親父さまは三十代の半ばすぎ。ぎのは二十七歳。おれの二人目の継母だ。

ただし、ぎのは高慢な女でな。名門・朝比山家の本家を支えているのは、自分の里の財力であり、自分のお陰で朝比山家は名門の体裁を保っている、という晴れがましさを一切韜晦しなかった。自分こそが朝比山家の奥方に最もふさわしいと、やたらにふる舞い、はばかることを知らなかったし、親父さまもぎのには頭が上がらなかった。

おれはぎのを避けた。そばに寄らず、話しかけもしなかった。ぎのは、朝比山家の相続人のおれを、さぞかし煙たく思っていただろう。六歳のおれなら、新しい母に気に入られようと、懸命に媚を売ったかもしれぬがな。仮初めの母など、もう不要だった。

ぎのが、おれのほかに今ひとり煙たく思っていたのが、祖母さまだった。そりゃあそうだ。女郎上がりとは言え、朝比山家の当主の母上なのだからな。

ゆうが、嫁ぎ先の米原家を出て、里の朝比山家に戻ったのは、ぎのが後添えに迎えられる一年ほど前だった。嫁ぎ先の亭主が病で亡くなり、子もできなかった。

ゆうは、爺さまが亡くなったのち、ひとり隠居所暮らしを送る祖母さまの世話のため、朝比山家に戻ってきた。祖母さまがゆうを養女にした事情はみな知っていても、ゆうは当主の親父さまの妹ゆえ、朝比山家では主筋だ。扱いは、奉公人とは当然、一緒にはならぬ。

言うたように、おれはゆうが産みの母と知りながら、知らぬふりをして、叔母上、とよそよそしく言った。ゆうはおれを、万之助どの、と呼んだ。気恥ずかしくぎごちない妙な具合だった。けどな、そのころのおれは、剣術の上達が自分でもわかっていたゆえ、大沢道場に毎日通い、稽古にのめりこんでいた。余計な気を廻す余裕はなかった。祖母さまとゆうとおれの素性がどうであれ、産みの母が誰であれ、どうでもよくなっていた。

万之助は顔を俯せにし、肩をよじって震わせ、気だるげに笑った。

「龍玄、おれにはお前の気持ちがわかるのだ。首打役と女郎の、どっちも不浄な生業だ。おれとお前には同じ不浄な血が流れている。そうだな、龍玄」

万之助は、気だるげに笑って歪んだ相貌を皮肉な不機嫌面に変え、宙へ泳がせてなおも続けた。

ところが、ぎのは違った。ぎのはゆうを、奉公人のごとくに扱った。ゆう、と呼び捨て、おまえは、とあたかも蔑むかのような体を、露骨に装った。しかも、おれの目の前で殊さらに見せつけたため、初めは面喰らったほどだ。ゆうがどういう立場か、後添えに入ったばかりで、知らぬのかと思った。

そうでないとわかったのは、ぎのが駒村から連れてきた二人の女中が、ゆうに主のぎのと同じふる舞いをしていたからだ。みどりとさきという、ぎのづきの中女中だった。二人は、ゆうが祖母さまの世話をしていると知っていながら、端女のように扱って、悪びれる色はまったくなかった。ただし、ぎのも女中らも、祖母さまの目があるところでは、そんな素ぶりは微塵も見せなかった。ぎのは、ゆうさま、とまで呼び換えたから、呆れた。

ぎのらがゆうを、そんなふうに扱っている様を見せつけられ、おれは堪らなかった。激しい怒りを覚えた。するとだ。おれの怒りがわかって、あの女たちはわざとらしいくすくす笑いを、聞こえよがしに寄こした。誰でもわかる。あの女たちは、故意にゆうを苛めていたのだ。ぎのには、百姓の出自の女が名門の旗本の奥方に就いた負い目があった。だから、女郎上がりの祖母さまの娘を貶めることで、おのれの財力や力を、朝比山家の相続人のおれに、ほかの奉公人たちのいる前で見せつけていたのだ。おまえもわきまえておけ、というふうにな。祖母さまは、それに気づいていたか。賢い祖母さまだ。気づかぬはずはあるまいな。無礼者、と斬り捨てるべきではないのか。朝比山家が武家ならばこそな。とは言え、まだ十四、五だったおれに何ができる。親父さまですら頭が上がらぬ女だ。おれにできることは、見て見ぬふりをし、沈黙するのみだった。おれは、大沢道場の稽古に打ちこんだ。たぎる怒りや憎悪、不快、嫌悪を竹刀や木刀にこめて、ひたすら打ちこんで吐き出した。自分を忘れようとした。

大沢先生はおれに言ったことがある。

「怒りは荒々しさを生む。荒々しさは剣筋を歪める。怒りを鎮めよ。後(おく)れをとる」

とだ。わかりました、と答えた。だが、先生の教えを聞く気はなかった。人が違えば剣も違う。おれはおれだ。人にはわからぬと思っていた。

十九のとき、おれは大沢道場を去った。大沢道場に通って得られるものが、なくなったからだ。これ以上続けても無益(むえき)だとわかったからだ。龍玄、剣の稽古が何ゆえ無益と知ったか、おまえにはわからぬだろう。

よい、それはあとで話す。酒も少なくなった。今は、おれがこの蔵の中でどんな実事を知ったか、話さねばならぬ。

大沢道場へ行かなくなって、おれは再び、蔵の中に入った。歳月はそれなりに、おれの疵を癒した。十九になって、不快も汚らしさも消えていた。祖母さまの素性もおれの血筋も、かまわぬと、思えた。そしたら、六歳のとき、蔵に隠れて覚えた安らぎと、屋根裏部屋で見つけ、胸を高鳴らせて密かに紙を繰った、男と女がもつれ合う絵双紙が、懐かしく思い出された。

古びたなりに、蔵は十数年の歳月に耐えていた。捨てられた諸道具が多少増えているのみで、朽ちていくときを諦めて受け入れ、古びた姿も線香臭さも、昔のままをとどめていた。

屋根裏部屋の葛籠に、ぼろ着と一緒に絵双紙は残っていた。胸は高鳴らなかった。ただ、おれは再び安らぎを覚えた。

それから、蔵の暗い屋根裏部屋で、何もせず、ぼんやりとときをすごすようになった。何かを考えて、次の考えに移ると、前の考えはすっかり忘れている、そんなふうにだ。六歳のあのころのような毎日ではないが、怒りや憎悪や嫌悪、遣りきれない屈託に堪らなくなったときは、ここへ忍びこみ、安らぎに癒された。

暗い中で誰にも知られず、静かに横たわっていると、死とはこういうものかと感じられた。すると、諦めて何もかもを受け入れよ、楽になれと、暗い静寂の奥から、蔵が話しかけてきた。

万之助は、そこでまた束の間をおき、気だるげに考えた。

ふと、一灯の角行灯の火がゆれ、蔵の中のうす暗がりを乱した。

「二十二歳で、とゑという女を娶(めと)った」

と、万之助は吐き捨てるように言った。

とゑはぎのの里の縁者で、ぎのが親父さまに強く働きかけた。ぎのは、おれが生気のない様子をしているので、いずれお城勤めをする相続人が、あれではよくない、二十二歳なら妻を娶るのに早くはないと、強く勧めた。親父さまとぎのとの間に長女が生まれ、次の子も身籠っていて、ぎののふる舞いは、いっそう大胆になっていた。親父さまは承知した。親父さまがぎのに逆らえぬのに、おれに逆らえるわけがない。

とゑはぎのに輪をかけて高慢な、おのれの里の富をはばかりもなくひけらかす、鼻持ちならない女だった。ぎのよりも傲慢だったし、何よりも、とゑはぎのらと同じように、ゆうを端女のごとくに扱ったのが、我慢ならなかった。とゑは、おれとゆうのかかわりを聞いていたはずだ。にもかかわらず、無邪気に面白がって、ゆうを卑(いや)しめた。ゆうのことを、気の利かない女だとか、素性が卑しいとか、まるでおれにあてつけるように、笑って話したこともある。ある夜、寝間でとゑを叱った。おれの叔母上ぞ。無礼なことを申すな、とだ。ところが、とゑは不満そうに顔をそむけ、何も言いかえさなかった。ふて腐れ、おれとは口を利かなくなった。

それから、二月(ふたつき)ほどがたった昼下がりだった。その午後、おれは蔵の中にいた。偶然だった。おれのような男には、そういう事が起こる。おそらく、おれの性根が引き寄せるのだ。植村隼人という、おれより三つ四つ年上の番方が、とゑと蔵に入ってきた。

「ここなら誰もいないし誰もこない」

とゑのささやき声が聞こえた。隼人がとゑをからかったらしく、とゑがおれの前では出したことのないような嬌声(きょうせい)を上げ、笑っていた。おれは屋根裏部屋の床に腹這い、手摺りのところから、目だけを出して階下をのぞいた。暗がりの底でも、二人のもつれ合う様がわかった。女の白い手足が男の黒い身体に、蛇のようにからみついているのだ。とゑのあけすけな声や乱れた吐息が、果てもなく続いた。なんという浅ましさかと思った。

番方の植村隼人は、城中の勤めで親父さまと懇意になり、わが屋敷に出入りし始め、これもぎのの仲介で、とゑの妹のやゑを娶っていた。おれがとゑと夫婦になって、数ヵ月のちだった。

それが済んだあと、とゑは夫のおれの悪口を言い始めた。あの顔は気味が悪いとか、身体にいやな臭いがあるとか、頭の廻りが遅くて苛々させられるとか、隼人にぶちまけた。隼人は、からからと笑っては、わかる、あの男らしいと、言っていた。隼人は、おれに面と向かっては、万之助さま、と言っていた。

おれは気づいた。とゑが朝比山家に嫁ぐことを望んだのではないのだ。財力のある大百姓の一族が、朝比山家とのつながりを深めるため推し進めた縁組に、従っただけだ。朝比山家は、大百姓一族の財力が台所の支えになる縁組を望み、おれは唯唯として受け入れた。

とゑは愚かな女だが、おれはとゑよりもっと愚かで歪んだ男だと気づいた。つくづく、おれは自分がいやになった。終らせねばと、そのときから思い始めた。

万之助は杯を上げ、龍玄を一顧だにせず、杯を折敷へ戻した。また徳利を傾けると、杯の半ばしか、酒は残っていなかった。

「酒もなくなる。そろそろだ。急ぐとしよう」

そう言って、杯をわずかに舐めた。

「とゑを離縁しなかったのは、どうでもよかったからだ。女敵討ちなど、とんでもない。わずらわしいだけだ。それ以来、とゑと褥をともにしたことはないし、夫婦になって三年余、おれはとゑを好いたこともない。その間、おれが廻らせていた考えは、どうやって終らせるかだった。半年前、この蔵の中でまた同じ出来事があった。やはり、おれの歪んだ性根が、それを引き寄せたのだろう。それとも、朽ち果てかけた蔵に引き寄せられたのか。もっとも、その折りはとゑではない。なんと、親父さまの妻にして朝比山家の奥方さま、二人目のわが継母のぎのの密通だった。しかも、相手は朝比山家に仕える家老の、松田常右衛門とぎのだった。さすがに呆れた。ぎのやとゑや隼人だけではない。長年仕えてきた奉公人まで、朽ち果てていく朝比山家を愚弄していた。祖母さま、それは知っていたか」

万之助は栄寿院に投げつけた。栄寿院は沈黙していた。

「ぎのは暗がりの底で、常右衛門に甘えてこう言った。このままで由緒ある朝比山家はどうなってしまうのでしょう。ああ、大変な事が起こりそうで、恐い。なんとかして、一門の繁栄を守らなければなりません。常右衛門、万之助が相続人では、朝比山家はだめになってしまいます。あの子ではだめです。あの子に、朝比山家の繁栄を守る器量はありません。万之助がこのまま朝比山家を継いだら、女郎の娘の卑しいゆうが生母になってしまいます。そんなことはあってはならないことです。おまえの力で、わが娘と、有力武家の血筋のどなたかと、養子縁組を結び、万之助を廃嫡（はいちゃく）にしてくだされ。万之助は狂気したことにし、そうですね、この蔵に押しこめにするとか……」

　万之助は、笑い声を引きつらせた。

「あの様を思い出すと、笑えてならぬ。痴態にまみれながら、ぎのは万之助ではだめですと繰りかえすのだ。常右衛門は、お任せください奥方さま、とそのたびに喘ぎつつかえしていた。懸命に噴き出すのを堪えた。堪えかねて少しは噴き出したかも知れぬが、二人は夢中になって気づかなかった。おれは、はっきりと、自分のなすことがわかった。目の前が晴々（はればれ）と開けたように、なすべきわが使命を確信した。あとは、使命をいつ果たすかだった。この半年、機会がくるのを待っていた。大晦日の今日、親父さまが急死した。親父さまがおれを促してくれたのだ。ぐずぐずするな、ためらうな、優柔不断はおまえの悪いくせだ、万之助。親父さまがそう言っているのだとわかった。だからおれは今日、なすべきことをなした。心残りは、ぎのに止めを刺せなかったことと、とゑを打ち逃がしたことだ。龍玄、善悪を裁くのではない。なすかなさぬか、それだけだ」

万之助は、最後の酒をひと息にあおった。折敷に杯を鳴らし、

「よし。最後の仕上げだ」

と、左わきの刀をつかみ、鐺を敷物の筵に勢いよく突いた。

「龍玄、そのときがきた」

万之助は立ち上がって、刀を白袴の腰に帯びた。柱の傍らより、広い場所を求めて蔵の中ほどへ、ゆらゆらと立ち位置を変えた。

龍玄は同田貫をとり、立ち上がった。同田貫を帯びながら蔵の中ほどへ進んで、万之助と三間近くの間をおいた。角行灯の明かりが、二人の姿を幻影のようにゆらした。

「万之助、何をするつもりなのです」

栄寿院が鋭く質した。

「祖母さま。最後の仕上げが済めば、切腹はする。懸念にはおよばぬ。ただし、そのときまで怪我をせぬよう、隅へ退いておれ」

栄寿院は動かず、対峙した二人を見守った。万之助が刀を鞘にすべらせ、抜き放った途端、白刃に跳ねかえった光が、花弁のように舞った。

七

「龍玄、抜け。なすべきことの仕上げをする」

万之助は正眼にかまえた。

龍玄は沈黙のまま、同田貫を静かに抜いた。同田貫の刃は、光の花弁を散らすことなく、冷やかに鈍い銀色に包まれた。それを、ゆるやかな弧を描いて八相へとった。そして、

「どうぞ」

と、ようやく言った。

万之助が三間の間を縮め始めた。龍玄は動かない。歩みながら、万之助が言った。

「偽りの奥に隠れていた実事を、おれはこの蔵の中で知った。偽りの数だけ疵ついたが、知らぬほうがよかったと思ったことはない。朝比山家の血筋正しき相続人として、女郎の血筋ではないふりをして生きてきた。その始末がこの蔵の中だ。知らぬふりをしても、いずれ実事は明らかになり、知らぬふりをした分、疵が深くなっただけだ。偽りのふりは終った。隠すこともない。これ以上、実事がおれを疵つけることはない」

龍玄と万之助の間はみるみる消え、万之助の踏みこみが、先手をとった。影が万之助を追って躍った。

その瞬間は、恰も二つの身体が交錯するかに見えた。蔵の板敷が鳴り、踏みこみと連動して上段へひるがえした一撃が、うなりを発して龍玄へ斬りかかる。

即座に、万之助の左へ廻る龍玄の肩衣の先端に、刃が紙一重の差で風を巻いた。万之助は易々と刀をかえし、左へ廻りかかる龍玄に反撃の隙を与えず、踏みこんだ足を軸に身を転じながら、追い打ちに斬り上げた。

と、龍玄の身体が爪先立ちに深く沈み、万之助の追い打ちは、龍玄の頭上で再び風を巻き上げた。それにも、万之助は咄嗟に反応した。空へ飛んだ一刀を旋回させ、身体を沈めた龍玄の頭上へ鋭く浴びせた。

「やあ」

万之助の雄叫びが、角行灯の明かりを引き裂いた。その刹那、龍玄の身体が左へそよいだ。龍玄は、打ち落とした刃に添うように体をそよがせ、爪先を軽々とはずませながら、空に凭れかかり、万之助の左へ左へと、流れるように廻りこんでいった。それでいて、龍玄の八相はくずれていなかった。

しまった……

と、万之助は思った。龍玄の反撃に、打ち落とした刀をかえす間はなかった。間に合わぬ。手遅れだと知った。

ところが、龍玄は反撃してこなかった。

八相にとり、そこに佇立した。

二人は、互いの位置を入れ替えただけだった。かすかな空虚が、万之助の脳裡をかすめた。それはくだけて引いていく波を、呆然と見守っているのにも似た空虚だった。

なぜ打たなかった。気づかなかったか。万之助にはわからない。

両者の間は、また三間に戻っていた。

「龍玄、機を逸したな。唯一の機会だった。二度とはないぞ」

万之助は言った。

天はおれに才を与えた。負けはせぬ。再び正眼にとり、間を縮めていく。

「大沢道場で、ちびのすばしっこいだけの小僧など、首打役の倅など相手にする気はなかったのに、一度か二度、おまえの稽古試合の相手をしてやったな。忘れはせぬ。おれは十五歳だった。わかっていたが、おまえはおれに敵わなかった。相手にならなかった。覚えているか、龍玄」

両者の間が消えた瞬間、万之助は大袈裟懸に打ちかかった。刃の咆哮が、真っすぐに大きく一歩を退いた龍玄の前面すれすれに、空を斬り裂いた。間髪を容れず、万之助は二打、三打と袈裟懸に龍玄へ打ちかかったが、退いていく龍玄に切先は届かない。

だが、龍玄の背後には蔵の壁がすぐに迫った。たちまち追いつめられ、真っすぐに退く一歩は残っていなかった。

すると、万之助の次の攻撃は、龍玄を惑わすかのように、一旦、横へ変化をつけた。誘うと見せかけ、一転、胴抜きを図った。

と、そのはずみだった。

龍玄の痩軀が万之助の白刃の閃光の真上を、乱舞するように躍動した。躍動は乱れていながら、華麗な舞いに見え、束の間、万之助はそれに見惚れた。

次の瞬間、空を斬った刃が土壁をくだいた。古い壁土が飛び散り、破片が床にばらばらとこぼれ落ちた。

咄嗟に身をかえしたが、またしても、万之助は遅れた。波はすでに引き、空虚が残された。龍玄は冷然と対峙し、なぜか、同田貫をわきへ垂らしていた。

「龍玄、逃げ廻るつもりか。大人しく、首を差し出すと思ったか」

万之助は荒い呼気の中で叫んだ。

「万之助さま、話が終っておりません。どうぞ、お続けください」

龍玄はかえした。

万之助はこみ上げる怒りを抑え、冷笑に変えた。よかろう、と腹の中で言った。

「おまえは、目障りな、苛だたしい小僧だった。目障りで苛だたしいほど気になったと、褒めてやる。おまえはおれより、二寸（約六センチ）は形が小さい。小僧のころのおまえが、そのままに現れたようだ。瘦せたちびの、小鼠のように素早く動き廻る小僧がな」

万之助は、わざとらしい嘲笑を、屋根裏の暗がりへ響かせた。

「十九のとき、大沢虎次郎先生に訊いたことがある。剣術の極意、心得、あるいは才とは何か、教えを乞うふりをしてだ。話の途中、それとなく別所龍玄の名を出して問うた。先生は別所龍玄の才を買っておられます。天稟と。天稟とはいかなるものなのでしょう。わたくしのような不才の者は、それがいかなるものにて、いかにすれば身につくのか知りたいのですと。すると、先生はそれまでの穏やかな言葉つきと、顔つきまで変え、冷たく答えた。天稟は身につけるものではない。すでに身に具わっているものだ。万之助には剣術の才が具わっている。だが、龍玄の才を追う必要はない。おのれの才を磨いてゆけばよい。龍玄の才を追っても無益だ、とな。あのときおれは、先生に、おまえは龍玄の才におよばぬ、と決めつけられた。小鼠のごとき小僧におれはおよばぬ。不浄な首打役の、素性も知れぬ素浪人の小倅に、名門・朝比山家の血筋を継ぐおれがおよばぬ、と決めつけられた。おれは怒りを覚えた。先生の不明を罵倒してやりたかった」

万之助は刀を垂らし、龍玄の周りを廻って、蔵の中ほどへ歩み出した。

「龍玄の才を追う必要はないだと。追っても無益だと。そのとき、おれは気づいたのだ。大沢先生は、おれが、所詮、女郎上がりの祖母さまの孫ではないかと、言うていたのだ。そんなおれの才など、何ほどのものかとだ。あれほどの屈辱を覚えたことはない。おれは、隠していた血筋を、先生にまで知られていたことを恥じた。牢屋敷の首打役にも劣ると、見られていたことに疵ついた。かえす言葉はなかった。ただ思った。隠し続けねばならぬ。知らぬふりを続けねばならぬ。そうではないと、自分に言い聞かせねばならぬとな。それから、大沢道場へ通うのは無益だとわかった。二度と、行かなくなった」

万之助は蔵の中ほどに立ち、角行灯のうす明かりをゆらめかし、三度（みたび）、正眼にかまえた。

「龍玄、かまえろ。一刀流の極意を教えてやる。おまえは十六歳だった。何よりも、大沢道場へ行って、おまえと顔を合わすのが耐えがたかった。おれはおまえを避けた。あのころ龍玄は、すでに大沢先生より強いと、噂がたっていたな。知っていたか。それとも、知らぬふりをしていたか。一年前、介錯人・別所龍玄の噂を聞いたとき、ちびの小僧のおまえだとは思いたくなかった。あの小僧に、そんな技量はあるはずがないと、思った。不快だったが、噂を知らぬふりはできなかった。朝比山家は将軍御小姓衆の家柄だ。調べる伝（つて）はいくらでもある。するとだ、別所龍玄は、牢屋敷の首打役の手代わりを務め、首を落とした胴の試し斬りによって、刀剣鑑定を生業にしておると知れた。おまえだとわかって、呆れた。牢屋敷の同心や町方の間でひそかに呼ばれている化け物とは、化け物のような恐ろしいほどの技量だと、褒め言葉なのだそうだ。そんな素浪人の首打役が、頼まれて、ひと廉の士分を騙り、介錯人を務めていると知れた。おれは、もうあの目障りな小僧を野放しにはできぬ。知らぬふりはできぬと思った。不浄な首打役の才か、名門・朝比山家の才か、いつか、いや、遠からず明らかにせねばならぬと気づいたのだ」

万之助は、一歩、そして二歩と踏み出した。万之助に並びかけるかのごとく、蔵の土壁に映るどす黒い影が迫っている。

「なすべきわが使命を確信し、いつ果たすかその機会を待っていたこの半年、おれの切腹場はこの蔵の中。介錯人は別所龍玄と決めていた。なすべきことは、大旨なした。祖母さま、龍玄を倒したのち、切腹をする。それが仕上げだ。介錯は、祖母さまに頼むしかあるまいな。龍玄、行くぞ」

歩みを速めながら、万之助は言った。真っすぐ、龍玄に迫ってくる。

龍玄はようやく八相にとった。

「話はわかった。身分なき素浪人の不浄な首打役の才か、名門の旗本・朝比山家の才か、勝敗は天のみぞ知る。わが名は介錯人・別所龍玄。この始末、承った」

龍玄はためらいなく言い放ち、歩み出た。

八相と正眼の二つのかまえが、急速に接近した。両者の間は縮まり、たちまち限界を超え、肉薄した。万之助の血走った目が、炎のように燃えていた。龍玄の氷のような目は、万之助を貫くように見つめている。両者には、もはや鍔で打ち合うほどの間しかなかった。

「あいやあ」

再び、万之助の雄叫びが発せられ、蔵の中を瞬時に廻った。踏み出しとともに上段へとった一刀は、光を照りかえしつつ龍玄を両断するかに思われた。途端、

「おおっ」

と、高らかに応じた龍玄は、八相から斬りかえした。二刀はうなり、初めて刃が喊声を上げ、牙を剥いた。二刀は軋み合い、咬み合い、食い千ぎり合い、照りかえす光を花弁のように散らした。

龍玄の身体は、微動だにしなくなった。

万之助は焦燥を覚えた。呼気が荒々しく乱れた。

「龍玄、終りだ」

万之助が叫んだ。

その刹那、龍玄の同田貫は万之助の一刀をからめとり、両者の真下へ巻き落と

した。

巻き落とされた一刀の切先が、古い床板に鈍い音をたて、突き刺さった。

「あっ」

万之助は、わずかに前のめりにたじろいだ。一瞬、切先が刺さった床板に目を奪われ、すかさず前面の龍玄へ戻した。

すると、万之助はそこに不可思議な光景を見た。そこにあるはずの龍玄の姿は、そこになく、万之助の左後方へ、早くも転じていたのだった。それは、一瞬のめまいのような、錯覚の交錯のようにも、幻影の飛翔のようにも思われた。

万之助は、即座に床板の切先を抜き、わずかな前のめりのたじろぎを立て直して、身体を龍玄へ反転させた。

そのとき、龍玄の同田貫がうなりを発し、蔵の中のうす明かりを斬り裂いて冷たい風を吹きつけた。

龍玄は両膝を折って、同田貫を片側へ下ろしていた。

そこで停止し、静かに目を伏せていた。

万之助は、かまわず龍玄へ相対した。

一瞬の遅れはやむを得なかった。もう、慌てなかった。ゆっくりと正眼へ戻した。

「かまえろ、龍玄」

静かに言った。

「万之助さま、終りました」

龍玄がこたえた。

「行くぞ」

と、言いかけたが、万之助にその先はなかった。

喉の皮一枚を残して抱え首となり、万之助は床板にうずくまった。血を噴く音が、屋根裏の暗がりへ、たち上っていった。

龍玄は栄寿院へ向いた。

栄寿院は少しも変わらず、そこに着座していた。蔵の中のうす明かりとうす暗がりの織りなす陰翳に隈どられ、身動きしなかった。背後に横たわる忠弥の亡骸すらも、おのれの命の一部であるかのように、動かなかった。

「栄寿院さま、ご検分を」

龍玄は言った。

「見届けました。何とぞ本家に戻ってしばしくつろがれ、お待ちくだされ」
そう伝えて伏せた栄寿院の目から、ひと筋の涙がこぼれ、白い頬を伝った。

八

年の明けた寛政二年（一七九〇）一月下旬、先の大晦日の昼下がりに、駿河台甲賀坂の朝比山家で起こった朝比山家相続人・万之助による刃傷沙汰について、植村隼人斬殺は万之助妻・とゑとの不義密通のための女敵討ち、と見なされた。家老・松田常右衛門は亡き父・百助の奥方・ぎのとの不義密通の不届きにつき成敗。中女中らは、主家に不埒なる行為におよんだ無礼討ち、と裁断し、万之助のその日のうちの屠腹をしかるべきふる舞いと認めて、朝比山家にそれ以上の咎めはなかった。

その刃傷沙汰以来、朝比山家を指図していた隠居所住まいの栄寿院は、お上の裁断がくだされると、先代・百助の奥方のぎのを離縁し、五歳と三歳の娘ともども駒村の里へ退がらせた。また、切腹して果てた万之助の妻・とゑも離縁となり、これも里へ退がらされた。それと同時に、朝比山家の親類の男児と養子縁組を結び、朝比山家を継がせた。

怪我を負い落命した使用人らへの、内済の手はずなど、栄寿院の指図によって一連の始末が速やかに進められたこともあって、江戸市中において、しばらく好奇の目にさらされたこの刃傷沙汰は、やがて人々の関心を失い、忘れ去られていった。

ただ、万之助の切腹の介添役を果たした別所龍玄という名が、そののち、静かな評判を呼んでいた。じつは、万之助の切腹が見事だったのは、別所龍玄の介錯が見事だったからだと、そんな評判が江戸市中に流れた。

「どこのご家中だい、その別所龍玄とか言う凄腕の侍は」

「どこのご家中でもねえ。どうやら、素浪人らしいぜ。鬼のような顔をした巨漢のさ」

「鬼のような顔？　そりゃあ、鬼のような顔をした巨漢だろう。素っ首を一刀の下（もと）に斬り落とすんだからさ」

と、そんな噂もささやかれた。

寛政元年のその日、駿河台下の納戸衆組頭四百俵の旗本・戸並家に奉公する若党が、宵になってから主・戸並助三郎の借金返済のため、無縁坂の別所家に静江を訪ねてきた。

返済と言っても、十両の借金の利息のみである。それでも静江は懇ろに若党を迎え、茶菓をふる舞い、利息受けとりの証文をわたして引きとらせた。

「これでようやく方がつきました。わが家はめでたしめでたしです」

と、若党は殊さらに笑って言い残し、無縁坂をくだっていったのだった。利息は払っても、借金の十両は手つかずのまま残り、年が明けて松の内がすぎれば、また借金返済の催促とりたてが始まるのだが。

静江は戸並家の若党を見送ると、ちょっと物憂いため息を吐いた。

その除夜の夜半近く、龍玄は無縁坂を上った。夜更けの町は、凍てつく寒気が龍玄の紺羽織の肩に下り、火照りを残した身体まで凍らせた。

麻裃は、紺羽織と黒袴に着替えていた。

講安寺門前の裏店の木戸門をくぐると、前庭の先の、中の口の板戸は閉じておらず、腰高障子に射す茶の間の明かりが見えた。

戸を引き、紺羽織に戯れかかるやわらかな温もりが、凍りついた身体を溶かすのを龍玄は感じた。茶の間の炉に火が熾り、金輪にかけた鉄瓶が湯気を天井へ上らせている。

炉のそばに、百合が横坐りになって、その百合の膝を枕に、杏子が眠っていた。杏子の小さな額の髪を指先で払っていた百合が、中の口の戸口に立った龍玄へ、白い顔を向けた。百合は、炉の温もりに似合う笑みを見せた。

「お戻りなさいませ」

百合がささやくように言い、杏子を起こさぬよう、そっと膝から下ろそうとした。

「そのままで」

龍玄はささやき声をかえした。

中の口の土間から茶の間の板敷へ上がり、炉のそばに着座した。刀袋と小葛籠を傍らへ寝かせ、腰の大刀を並べた。住居(すまい)に戻ったほんの束の間の安堵を、龍玄は味わった。杏子の心地よげな寝息が聞こえる。

百合は、膝の杏子を抱き上げようとする。

「よいのです。風邪をひかせてはいけません。先に布団へ寝かせます」

「では、わたしが杏子を運んでいこう」

龍玄は、百合の膝の上の杏子へ両手を差しのべ、起こさぬよう静かに、小さな、温かな身体を浮かせた。だが、両腕に抱えると、龍玄は、杏子の温もりと、ささやかな寝息をたてる可憐な命を愛おしんだ。両腕に抱いたまま、その愛おしさを味わうように、つくづくと見入った。

　膝を龍玄の後ろへにじらせ、刀を両袖でくるみとった百合は、龍玄の傍らから、のぞきこむように杏子に見入った。

「今夜はなぜか、なかなか寝なかったのです。ととが戻るまで、起きているつもりだったのかもしれません。お義母さまとお玉は、とうに休んだのに、布団に寝かせるとむずかって。ようやく寝たのです」

　龍玄と百合が、そのように顔を近づけ杏子に見入っていると、ふと、丸髷の百合の髪に、かすかな香の匂いがした。更けゆく除夜の深い静寂に、ほのかな華やぎが流れた。初めて香いだ匂いだった。にもかかわらず、それは、遠い昔の、龍玄がまだ幼かったころの年の瀬の、甘く、それでいて何かしらせつなさを甦らせる華やぎだった。

「香が匂う」

　龍玄がさりげなく言うと、

「あら」

と、百合は龍玄へまた微笑んだ。

すると、夜半の訪れを知らせるかのように、諸方の寺々で百八煩悩を払う梵鐘が、打ち鳴らされ始めた。初めは彼方の梵鐘が、遠く寂しげに、慎ましやかに鳴らされ、それが次々と伝播し、いくつもの流れを集めてゆるやかに波打つ大河のように、除夜の星空を、静かに、厳かに、鳴り渡っていった。

参考文献

『三田村鳶魚全集』（中央公論社）
『風俗辞典』坂本太郎監修、森末義彰・日野西資孝編（東京堂）
『時代考証事典』稲垣史生著（新人物往来社）
『日本人はなぜ切腹するのか』千葉徳爾著（東京堂出版）

この作品は、江戸時代寛政元年の物語です。本文のなかには、現代では差別的とされる表現がありますが、歴史的な観点より、そのまま使用しました。差別の助長を意図したのではないことをご理解ください。

（編集部）

この作品は、二〇一九年二月、光文社より刊行された
『介錯人』を改題し文庫化したものです。

初出
「切腹」　　　　「小説宝石」二〇一七年　九月号
「密夫の首」　　「小説宝石」二〇一七年十二月号
「捨子貰い」　　「小説宝石」二〇一八年　五月号
「蔵の中」　　　「小説宝石」二〇一八年　八月号

光文社文庫

傑作時代小説
川烏（かわがらす） 介錯人別所龍玄始末（かいしゃくにんべっしょりゅうげんしまつ）
著者 辻堂魁（つじどうかい）

2023年4月20日 初版1刷発行
2023年6月20日 4刷発行

発行者 三宅貴久
印刷 新藤慶昌堂
製本 フォーネット社

発行所 株式会社 光文社
〒112-8011 東京都文京区音羽1-16-6
電話 (03)5395-8149 編集部
8116 書籍販売部
8125 業務部

ISBN978-4-334-79525-2 Printed in Japan

組版 萩原印刷

光文社時代小説文庫　好評既刊

引導　坂岡真
金座　坂岡真
公方　坂岡真
黒幕　坂岡真
大名　坂岡真
暗殺　坂岡真
殿中　坂岡真
継承　坂岡真
鬼役外伝　坂岡真
番士鬼役伝　坂岡真
師匠　坂岡真
入婿　坂岡真
従者　坂岡真
ひなげし雨竜剣　坂岡真
秘剣横雲　坂岡真
刺客潮まねき　坂岡真
奥義花影　坂岡真

泣く女　坂岡真
一分　坂岡真
与楽の飯　澤田瞳子
花籠の櫛　澤田ふじ子
短夜の髪　澤田ふじ子
翔べ、今弁慶！　篠綾子
城をとる話　司馬遼太郎
侍はこわい　司馬遼太郎
ぬり壁のむすめ　霜島けい
憑きものさがし　霜島けい
おもいで影法師　霜島けい
あやかし行灯　霜島けい
おとろし屏風　霜島けい
鬼灯ほろほろ　霜島けい
月の鉢　霜島けい
鬼の壺　霜島けい
生目の神さま　霜島けい

○○○⬭○○○⬭○○○⬭ 光文社時代小説文庫　好評既刊 ⬭○○○⬭○○○⬭○○○

のっぺら　霜島けい
ひょうたん　霜島けい
とんちんかん　霜島けい
伝七捕物帳 新装版　陣出達朗
父子十手捕物日記　鈴木英治
春風そよぐ　鈴木英治
一輪の花　鈴木英治
蒼い月　鈴木英治
鳥かご　鈴木英治
お陀仏坂　鈴木英治
夜鳴き蟬　鈴木英治
結ぶ縁　鈴木英治
地獄の釜　鈴木英治
なびく髪　鈴木英治
情けの背中　鈴木英治
町方燃ゆ　鈴木英治
さまよう人　鈴木英治

門出の陽射し　鈴木英治
浪人半九郎　鈴木英治
息吹く魂　鈴木英治
ふたり道　鈴木英治
夫婦笑み　鈴木英治
古田織部　高橋和島
雲水家老　高橋和島
酔ひもせず　田牧大和
彩は匂へど　田牧大和
落ちぬ椿　知野みさき
舞う百日紅　知野みさき
雪華燃ゆ　知野みさき
巡る桜　知野みさき
つなぐ鞠　知野みさき
駆ける百合　知野みさき
しのぶ彼岸花　知野みさき
告ぐ雷鳥　知野みさき

光文社時代小説文庫　好評既刊

読売屋 天一郎　辻堂 魁
冬のやんま　辻堂 魁
倅の了見　辻堂 魁
向島綺譚　辻堂 魁
笑う鬼　辻堂 魁
千金の街　辻堂 魁
夜叉萬同心 冬かげろう　辻堂 魁
夜叉萬同心 冥途の別れ橋　辻堂 魁
夜叉萬同心 親子坂　辻堂 魁
夜叉萬同心 藍より出でて　辻堂 魁
夜叉萬同心 もどり途　辻堂 魁
夜叉萬同心 本所の女　辻堂 魁
夜叉萬同心 風雪挽歌　辻堂 魁
夜叉萬同心 お蝶と吉次　辻堂 魁
夜叉萬同心 一輪の花　辻堂 魁
無縁坂　辻堂 魁
ちみどろ砂絵 くらやみ砂絵　都筑道夫

からくり砂絵 あやかし砂絵　都筑道夫
赤猫　藤堂房良
死笛　鳥羽 亮
秘剣水車　鳥羽 亮
妖剣鳥尾　鳥羽 亮
鬼剣蜻蜓　鳥羽 亮
死顔　鳥羽 亮
剛剣馬庭　鳥羽 亮
奇剣柳剛　鳥羽 亮
幻剣双猿　鳥羽 亮
斬鬼嗤う　鳥羽 亮
斬奸一閃　鳥羽 亮
あやかし飛燕　鳥羽 亮
鬼面斬り　鳥羽 亮
幽霊舟　鳥羽 亮
姫夜叉　鳥羽 亮
兄妹剣士　鳥羽 亮